神々が支配する世界で 下

Worlds governed by Gods.

佐島　勤　Tsutomu Sato

カバーイラスト：浪人　本文イラスト：谷 裕司

神々は地球人類にこう告げた。

――我々は『神々』である。
――だが我々は君たち地球人が思い描く宗教的な存在ではない。
――我々は数多の次元に跨がる文明を築き、精神生命体に進化した知性体である。
――我々はこの星の造物主ではないが、星を創造し生命を創り出す能力を持つ。
――我々は信仰を強要しない。君たちには宗教的な自由を保障する。
――我々の要求はただ一つ、我々『神々』の軍勢に加わる戦士を提供することのみ。
――次元間文明を築いた知性体は、我々だけではない。
――我々は邪悪な知性体『邪神群』と長きにわたり闘争を繰り広げている。
――恐れる必要は無い。邪神と戦う為の力は、我々が授ける。
――君たちは我々が用意する「鎧」に適合する者を、我々『神々』に捧げるのだ。
――さすれば我々は、地球に加護を与える。

そしてその言葉どおり、神々の力を宿した鎧
『神鎧《じんがい》』を人類に与え、これに適合する人間を選び出し育成する社会制度を定めた。

使命を果たす為に戦う。
そこに自分は存在しない。
愛情も友情も存在しない。
ただ使命の為に戦い続ける。
使命を妨げる敵を倒し続ける。

――何故、お前なのか。

――何故、こんなことになっているのか。

――何故。何故！

God' s Armores and characters **神鎧&人物紹介**

——神々の戦士と邪神の戦士を一括りにして『神鎧兵』と呼ぶ。

神々の戦士／従神戦士

——平和、即ち現在の為に戦え。

新島荒士（あらしま・こうじ）

2001年（神暦元年）4月21日生まれ。神から与えられた『神鎧』を扱うための養成所、富士アカデミーに入学が決まった少年。この富士アカデミーは女性候補生ばかりで、現在所属している男性は荒士ただ一人である。

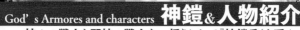

――進化、即ち未来の為に戦え。
邪神の戦士／／善神の使徒
古都鷲丞（こみや・しゅうすけ）
1996年8月14日生まれ。神々の戦士として訓練を受けていたが、行方不明になっていた。
邪神『アッシュ』から、「グリュプス」のコードネームを与えられている。

CONTENTS

Worlds governed by Gods.

神々が支配する世界で 下

Worlds governed by Gods.

佐島　勤　Tsutomu Sato

カバーイラスト：浪人　本文イラスト：谷 裕司

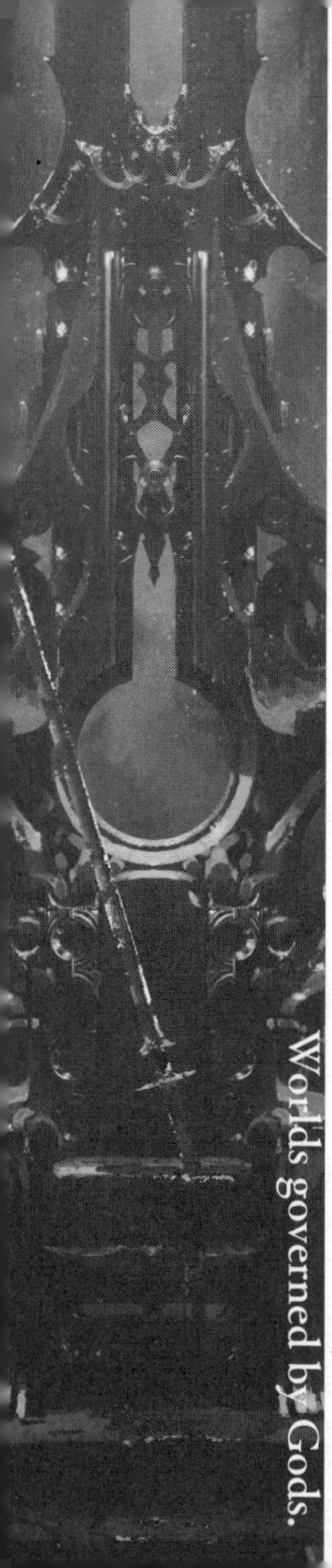

【8】年末年始

「待ち合わせは
明日の朝九時。
分かった？」

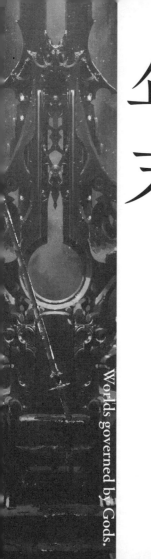

神暦《しんれき》十七年も残すところ数時間となった。

役所やメーカー、金融系は既に休みに入っていた。今年最後の書き入れ時と奮闘していた小売店も、今日の営業を終えるところがぼちぼち出始めている——そんな時間。

荒士《こうじ》は富士《ふじ》アカデミーの通常空間のグラウンドで一人、『空中歩兵戦術』の自主練に励んでいた。


空中歩兵戦術は、このジアース世界で生み出されたG型神鎧《じんがい》兵の空戦技術だ。

創始者は今能《こんの》翔一《しょういち》。ジアース世界最初の従神戦士《じゅうしんせんし》、七人の内の一人。その七人の中で唯一、現在も神々の戦士として戦い続けているジアース世界従神戦士《じゅうしんせんし》の象徴的な人物だ。

荒士《こうじ》が空中歩兵戦術を創始者から直々に教わったのは、硫黄島《いおうとう》の事件の直後のこと。背神兵《はいしんへい》の襲撃から助けてもらった後、態々《わざわざ》アカデミーまで護衛してくれた翔一《しょういち》に、荒士《こうじ》は思いきって空中戦のアドバイスを求めた。

翔一《しょういち》は惜しげも無く空中歩兵戦術の全てを、荒士《こうじ》の頭に叩き込んだ。翔一《しょういち》は言葉で説明するのではなく、神鎧《じんがい》に備わったテレパシーシステムで荒士《こうじ》と意識を接続して空中歩兵戦術の知識を流し込んだのだ。

そのやり方は従神戦士《じゅうしんせんし》の常識に照らしても、乱暴なものだったようだ。一瞬で大量の知識を与えられて激しい頭痛と目眩《めまい》に襲われた荒士《こうじ》は、慌てて医療棟に運び込まれた。他の候補生が背神兵《はいしんへい》との戦いで負ったダメージの治療を受けている横で、荒士《こうじ》は知識酔いで医務室に収容された。そのベッドサイドで、荒士《こうじ》が既に何度も世話になっている童顔の美人医務局員――美少女医務局員と表現した方がしっくりくるかもしれない――の鹿間《かまた》多光《ひかり》が翔一《しょういち》のことを「乱暴」とか「無神経」とか何度も愚痴っていた。

荒士《こうじ》自身は翔一《しょういち》に対して、感謝こそすれ不平も不満も無かった。気を失うほど深いダメージを受けたわけではない。頭痛と目眩《めまい》くらいで新しい技術が手に入るなら安いものだ、と荒士《こうじ》は考えていた。

固い砂地のグラウンドを蹴って跳び上がり、約二メートルの高さの空中に着地する荒士《こうじ》。既に手に持っていたエネリアルアームの槍《やり》で、彼は基本的な型の稽古を始めた。

その型は一箇所に留まるものではない。前後左右に大きく足を踏み出し、力強く舞うように足場を変えながら槍《やり》を繰り出し、振り回す。槍《やり》をくるくる回すような見栄《みば》えの良《い》い、複雑な動きはないが、一刺し一振りから力が迸《ほとばし》っていた。

もっとも、荒士《こうじ》が練習しているのは槍《やり》の技そのものではない。足場を変えても空中に立ち続けていられるように、訓練をしているのだった。

彼が空中に立っていられるのは、そういうイメージで自分の立ち位置を決めているからだ。自分は今、空中に立っている。そう決めたから、空中に立つことができる。

自分が在ると決めたように在る。それが神鎧《じんがい》の飛行機能の本質だ。

いる。
のでもない。神鎧《じんがい》兵は次元装甲が作り出す亜空間の、外部空間に対する干渉力によって飛んで
神鎧《じんがい》兵は反重力で飛ぶのではない。精神的なエネルギーを放射して、その反動で飛んでいる

Nフェーズの次元装甲は、装着者を外部空間から完全に切り離された亜空間で保護する。しかし完全に相互干渉不能の状態では、神鎧《じんがい》兵はNフェーズを起動した場所から一歩も動けないということになってしまう。外部空間から切り離された亜空間で歩いても走っても、その足が地面を蹴ることはないからだ。

それでは戦うこともできない。神鎧《じんがい》はあくまでも、神々の敵を倒す為《ため》の武具だ。そんな間抜けな欠点を神々が見逃すはずもなく、神鎧《じんがい》の次元装甲には外部空間に対する干渉力が備わっている。装着者が次元装甲内部の亜空間で歩けば、外部空間に歩いたという結果が出力される。武器を振るえば、対象の事物に武器を振るったという結果が出力される。

出力される結果は、亜空間内部の人間の限界に拘束されない。神鎧《じんがい》の干渉力の範囲内であれば、どんな「結果」でも出力できる。ただその「結果」を決めるのは中にいる人間、神鎧《じんがい》兵だ。神鎧《じんがい》のセンサーは、次元装甲を展開した後も、展開前と全く同一の五感情報を装着者に伝える。神鎧《じんがい》兵はNフェーズで作り出される亜空間に移動しても、五感だけではそれと分からない。自分が現実の空間で活動していると錯覚してしまう。

だから自分の在り方にも、現実と同じ枷《かせ》をはめてしまいがちになる。「人は空を飛べない」

というのは、自分が現実の肉体で外部空間に関わっているという錯覚がもたらす自縄自縛の典型だ。人は空を飛べないから、人には無い翼や翅《はね》を背中に生やして「神鎧《じんがい》兵の自分は空を飛べる」と自分に言い聞かせる。あるいはロケットブースターのような形の物を背負って、そこから単なる光を放出し、その光で空中に持ち上げられていると自分を偽る。他にも飛行ツールのバリエーションはあるが、いずれも現実の自分には無い器官や、形だけはそれらしい機械で「飛べない」という認識を覆《くつがえ》していた。

空中歩兵戦術は翼や機械に頼らず、「神鎧《じんがい》の靴には虚空《こくう》を踏み締める機能がある」と自分の認識を書き換えて空を飛ぶ——のではなく空を駆け回る技術だ。

まずヘルメットのAR機能で空中に広い足場を投映し、その上で歩き回ることから始める。第二段階として徐々に足場を狭くしていき、第三段階では靴の裏に想定した——設定した、ではない——力場だけで空中に立つ。

最終的には重力の方向に影響されず、横向きだろうと逆さまだろうと自由に空中に立てるように訓練する。それができれば、空中歩兵戦術は完全修得となる。

空中歩兵戦術のメリットは、武器を振るう際に足を踏み締められる点にある。

刀槍はしっかりとした足運びがあってこそ、十分な威力を発揮する。

足が地に着いていない状態では、単にスピードがあるだけ、勢いがあるだけの刺突・斬撃になってしまう。本当の意味で、刃に威力が乗らないのだ。

穂先を当てるだけではなく、敵を貫くことを念頭に置いた技術を修行してきた荒士《こうじ》にとって足を踏み締められる空中歩兵戦術は、素直に納得できるものだった。

今は一年で最も日が短い時期だ。空は疾《と》うに暗くなっている。そろそろ夕食の時間だ。

入学して四ヶ月も経《た》てば、周りが異性ばかりの環境にも少しは慣れる。食事も食堂の片隅で独りコソコソ摂《と》るのではなく、チームメイトと同じテーブルを囲むようにしていた。

彼女たちを待たせるのは荒士《こうじ》としても本意ではない。いったん自主練を切り上げて、夕食後にもう一頑張りしようと決めた。

鎧《よろい》と武器をエネルギーに戻し、制服姿になって寮に足を向ける。直接食堂に行かないのは、食事前に手と顔だけでも洗おうと考えたからだ。

空中歩兵戦術に限らず空を飛ぶ時はNフェーズを使う。次元装甲に守られた亜空間——『個《こ》有空間《ゆうくうかん》』は装着者に最適の環境に調整されているから、汚れが付かないのはもちろん、汗も余りかかない。手はともかく、顔を洗うのは気分の問題だった。

荒士《こうじ》の部屋は三階だ。寮の建物にはエレベーターが付いているが、彼は階段で上り下りしている。この時も階段を上りながら、荒士《こうじ》は空中歩兵戦術の師である翔一《しょういち》のことを考えていた。

荒士《こうじ》が翔一《しょういち》に直接会ったのはあの日が初めて。だが荒士《こうじ》はそれ以前から翔一《しょういち》のことを知っていた。

この星で最初の従神戦士《じゅうしんせんし》。その七人の内でただ一人、現役の戦士として今も前線に立っている、日本が誇る神暦《しんれき》時代の英雄。自分から話し掛けた時には、柄にもなく緊張した。

表情に乏しく寡黙なたたずまいは如何《いか》にも「歴戦の戦士」という印象で、感動さえ覚えた。

所謂《いわゆる》「中二病」とは似て非なる、忘れ掛けていた「少年の心」が呼び覚まされた。

だがいきなりテレパシーをつながれ、空中歩兵戦術のノウハウを流し込まれた時。

その直後は溢《あふ》れかえる知識を処理しきれず意識が飛び掛けていて、翔一《しょういち》から受けた乱暴な仕打ちに不満を覚えるどころではなかった。

時間を置いて落ち着きを取り戻した荒士《こうじ》が翔一《しょういち》に対して懐《いだ》いた想《おも》いは、怒りでも不満でもなかった。光《ひかり》のように、愚痴を零《こぼ》す気分にもならなかった。

覚えたのは懸念《けねん》、心配、そして危惧。

テレパシーシステムにより接続した意識を通して伝わってきた翔一《しょういち》の心の状態は、危ぶまれるものだった。

燃え尽き掛けている、という印象。

擦り切れてしまいそうになっている、という印象。

そればかりが心に残って、乱暴な指導方法に不満を懐《いだ》くどころではなかった。

あれが従神戦士《じゅうしんせんし》の、避けられないゴールなのだろうか。戦士に取り立てられて神々の為《ため》に戦い続ければ、自分もああなってしまうのだろうか。——そんな不安が荒士《こうじ》を捕らえた。

心に蘇《よみがえ》った不安を振り払うように、立ち止まって強く頭を振る荒士《こうじ》。

彼は心の中で自分に言い聞かせる。

「幾ら何でも先走りすぎだ」と。

今は自分が神々の戦士に選ばれるかどうか、その資格が得られるかどうか、まるで分からない段階だ。それどころか自分は従神戦士《じゅうしんせんし》について、まだ何も知らないに等しい。

彼はもう一度「先走りすぎだ」と、今度は声に出して自分に言い聞かせた。

◇◆◇◆◇◆◇

代行局には、年末年始の休みなど無い。ましてや神々が作り出した神造人間、巨大人工頭脳オラクルブレインの生体端末であるディバイノイドは、人間の暦に縛られたりはしない。ディバイノイドにとっては十二月三十一日も、三百六十五日の内の一日でしかなかった。

また「一日の勤務時間」という概念もディバイノイドには無い。生体端末である彼ら（彼女たち）の肉体には人間同様の食事と休憩が必要だ。だが霊的コンピュータとでも言うべきその精神は、夢を見ることもなく二十四時間活動を続けている。

日本時間午後七時過ぎ。この星の全代行局のディバイノイドが参加する会議がサイバー空間で開かれていた。

ディバイノイドは所属する代行局の代行官《アルコーン》——オラクルブレインとテレパシーシステムでつながっている。そして各地のオラクルブレインは南極のオラクルブレイン——総代行官《グランドアルコーン》に接続し、統括されている。

会議はこのシステムを利用して南極のオラクルブレイン内に意識だけを出張させる形で開催された。

「……ではどの代行局でも、テレポートジャマーは発見できていないのですね？」

今回の会議で司会進行役に選ばれたマッターホルン代行局の男性型ディバイノイド『カルボナド』が、それまで各代行局から出された報告を総括する。この会議の議題は地球統治を脅《おびや》かす背神兵《はいしんへい》の新兵器、テレポートジャマー対策だった。

なお『カルボナド』はフランス語で黒ダイヤを意味する。ディバイノイドの名称には、代行局が置かれている現地の公用語が採用されている。マッターホルン代行局はスイスに置かれているので、公用語の一つであるフランス語の名称が採用されているのだった。

確認の為《ため》に発せられた問い掛けに、全員から肯定の反応が返される。それ以外の答えが返ってこないのは、問いを発した司会役本人にも分かっていた。彼が所属するマッターホルン代行局でも、捜索の成果は上がっていない。

「黒百合《くろゆり》。テレポートジャマーの性質について、新たに分かったことはありませんか？」

カルボナドが富士《ふじ》代行局から参加している女性型ディバイノイド『黒百合《くろゆり》』に名指しで訊《たず》ね

た。富士《ふじ》代行局では硫黄島《いおうとう》で回収したテレポートジャマーの解析に取り組んでいる。

ただ硫黄島《いおうとう》に残されていたテレポートジャマーは秘密漏洩《ろうえい》防止の為《ため》か自壊しており、調べ始めてすぐに「メカニズムの解明は不可能だ」と結論付けられていた。

「以前にも申し上げたとおり、非アクティブ状態のテレポートジャマーは物理的にも非物理的にもエネルギーを発していません。遠隔探査は困難です」

これは硫黄島《いおうとう》襲撃事件の直後に開かれた対策会議で告げられた報告と同じ内容だ。この結論があったから、テレポートジャマーの捜索は世界中に無人機を飛ばして低空からの光学探査および質量探査を行うという恐ろしく時間が掛かるものになっている。

「そうですか」

カルボナドの口調は淡々としたものだが、同じディバイノイドには失望のニュアンスが読み取れるものだった。

「ただ……」

「ただ？」

だから黒百合《くろゆり》がサービス精神を発揮したというわけでもなかったが、彼女が続けたセリフに、カルボナドは食い付いた。

「……これはまだ推測に過ぎませんが、テレポートジャマーは邪神群が製造したものではなく、マテル世界から供給されていると思われます」

「マテル世界ですか」

「ありそうな話だ」

黒百合《くろゆり》の言葉に、納得の声が複数上がった。

マテル世界はマルチバースの中でも工業技術が特に進んだ世界で、電子工学分野では神々や邪神群を部分的に凌駕《りょうが》しているとまで言われている。ただその技術は内向きで、恒星間航行のような外向きの技術は発展していない。

「残された残骸から確証が得られないのであれば、マテル世界を調査すれば良いのではありませんか」

マウナ・ケア代行局の女性型ディバイノイドが、そのように提案した。

「マテル世界には課報員《ちょうほういん》が潜入しているはずですね？」

この問い掛けは会議の参列者に対するものではなく、南極のオラクルブレイン、総代行官《グランドアルコーン》に対するものだ。オラクルブレインの処理能力を考えれば当然だが、答えはすぐに返ってきた。

回答は「YES」。

会議は「テレポートジャマーの供給元がマテル世界であることを課報員《ちょうほういん》に確認させる」という結論で、いったん閉会となった。

◇◆◇◆◇◆◇

「お帰りなさーい」

夕食後の、今年最後の自主練を終えて自室に戻ってきた荒士《こうじ》を、出迎える声があった。

「お前、また勝手に入って……」

声の主はベッドに座った陽湖《ようこ》だ。腰掛けるのではなく、ベッドに上がり込んで座っている。

「良《い》いじゃない。荒士《こうじ》君だって嬉《うれ》しいでしょ」

陽湖《ようこ》は「細かいことを言うな」という何時《いつ》もの決まり文句ではない反論を口にした。

「何がだよ」

しかし「嬉《うれ》しいでしょ」と言われても、荒士《こうじ》は本気で意味が分からない。「何が」というのは純粋な疑問だった。

「えーっ、分からないの?」

不満そうに口を尖《とが》らせる陽湖《ようこ》。態《わざ》とらしさを隠そうともしない演技だが、実は、荒士《こうじ》がそれと分からない程度に本心が混ざっていた。

「だから何が」

「こんなに可愛《かわい》い幼馴染《おさななじ》みが部屋でお迎えしてくれたんだよ。男子なら嬉《うれ》しいはずでしょ」

荒士《こうじ》が陽湖《ようこ》をマジマジと見詰める。それも一瞬だけではなかった。呆《あき》れたような視線、というわけでもない。妙に感情が読めない目で見下ろされて、陽湖《ようこ》が居心地悪そうに身動《みじろ》ぎする。

「……ねぇ、何か無いの？」

沈黙に耐えられなくなった陽湖《ようこ》が、荒士《こうじ》にコメントを求めた。

「あーっ、そうだな……。陽湖《ようこ》は確かに可愛《かわい》い。それは認める。滅多《めった》にいない美少女だ」

「な、何よ、いきなり⁉　……分かれば良いのよ」

目を泳がせる陽湖《ようこ》。彼女の頬は、すぐに分かるほど赤らんでいる。つまり、言い訳できないレベルで照れていた。

「でもな、陽湖《ようこ》」

しかし陽湖《ようこ》の可愛《かわい》らしい反応にも拘《かか》わらず、荒士《こうじ》の大真面目な口調は変わらなかった。

「俺は自主練から戻ってきたばかりだ。結構汗もかいている。言いたいことは分かるよな？」

夕食後の自主練は技を錆《さ》び付《つ》かせない為《ため》に、生身に近いEフェーズで槍術《そうじゅつ》の鍛錬を重点的に行った。その影響で、セリフのとおり全身に汗が滲《にじ》んでいる。

「――えっ？」

「それとも幼馴染《おさななじ》みの誼《よしみ》で、背中を流してくれるとか？」

荒士《こうじ》がのぞき込むように、陽湖《ようこ》に顔を近付ける。

「そ、そんなわけないでしょ！　ご、ごゆっくり！」

弾《はじ》かれたようにベッドから降りる陽湖《ようこ》。彼女は一目散に荒士《こうじ》の部屋から逃げ去った。

「あいつまた、靴を忘れてやがる……」

ベッドサイドに揃《そろ》えて置かれた彼の物よりサイズが小さな靴に、荒士《こうじ》はため息を零《こぼ》した。


インターホンの呼び出しチャイムが鳴った。荒士《こうじ》は応答ボタンを押す為《ため》に受信機の前まで歩く手間を省いて「どうぞ！」と叫んだ。

ドアがそっと開く。躊躇《ためら》いが感じられる開け方だ。

「お邪魔しまーす……」

遠慮がちな小声でそう言いながら、小動物が物陰から敵の有無を窺《うかが》うような仕草で顔を出したのは陽湖《ようこ》だった。

「陽湖《ようこ》、入ってこいよ」

荒士《こうじ》に促されて、陽湖《ようこ》が部屋の中に入ってくる。何時《いつ》もより少しだけ遠慮が感じられる動作だ。――何時《いつ》もが遠慮無さすぎるだけで、十六歳の少女が同い年の男友達の部屋に入る態度にしては、まだまだ大胆な部類だった。

「靴ならそこにあるぞ。手は触れていない」

「あっ、うん、ごめんね。ありがと」

陽湖《ようこ》がしゃがみ込んで、この部屋に忘れていった自分の靴を手に提げていたシューズバッグにしまった。

これで用済み、夜も更《ふ》けているし、陽湖《ようこ》はこのまま自分の部屋に戻ると荒士《こうじ》は思っていた。だが陽湖《ようこ》は部屋を出て行くのではなく、荒士《こうじ》のベッドに腰掛けた。同じ轍《てつ》を踏まない為《ため》か、今回はベッドに上がらなかった。

「荒士《こうじ》君さ、明日はどうするの？」

何か用か、と荒士《こうじ》が訊《き》こうとしたその機先を制して、陽湖《ようこ》が荒士《こうじ》に訊《たず》ねた。

「明日？　そう言えば元日ってことで教練が休みだったな。別に帰省する予定も無いし、何時《いっ》もどおり自主練をするつもりだが」

「えーっ」

荒士《こうじ》の答えに、陽湖《ようこ》が不機嫌を丸出しにした声を上げた。

「何で陽湖《ようこ》が不満そうなんだよ……。陽湖《ようこ》は帰省しないのか？」

アカデミーは正月の二日間を特別な休養日とし、条件付きで帰省を認めている。

「監視付きで帰省とかしたくない」

その条件は、アカデミーの行動監視を受《う》け容《い》れること。帰省中はインフォリストのモードが変更され、候補生の行動だけでなく本人と接触する第三者の行為までが、アカデミーによって二十四時間モニターされる。

　監視を担《にな》うのは人間の職員ではなくディバイノイドで、他人にプライバシーをのぞき見される恐れは無い、ということになっている。だが監視される方にとっては、見られていることに変わりはない。それを嫌って帰省をしないという、陽湖《ようこ》のような候補生も少なくなかった。

「私のことは良《い》いのよ」

　陽湖《ようこ》は素っ気なくそう言って、表情を改めた。

「荒士《こうじ》君。偶《たま》には休んだ方が良《い》いんじゃない？　もうずっとお休みを取っていないでしょう？」

「睡眠は十分取っているぞ。毎週のメディカルチェックも、結果は良好だ」

　アカデミーは候補生に、週に一度以上のメディカルチェックを義務付けている。

「そうじゃなくて。完全にオフの日を作った方が良《い》いよ」

　荒士《こうじ》の言葉に、陽湖《ようこ》はもどかしげな口調で反論した。

「……陽湖《ようこ》が言いたいことは分かる。長く続ける為《ため》には、適度な休養日が必要だというのだろう？」

「そうよ！」

「だが休みに何をすれば良いんだ？　テレビは面白くないし、ネットはアクセスできるコンテンツが制限されている。アカデミーの中では、訓練以外だと教材で勉強するか寝るくらいしかできることはないぞ」

本気で首を捻《ひね》る荒士《こうじ》に、陽湖《ようこ》が呆《あき》れた目を向けた。

「何でアカデミー内限定なのよ。特区だったら教練が休みの日に、自由に出掛けられるでしょ」

特区というのは代行局とアカデミーの関係者の為《ため》に設けられた商店街のことだ。場所によっては繁華街や歓楽街になっている所もある。職員からの情報漏洩《ろうえい》防止の為《ため》、特区は外部との出入りを検問で制限されており、区内の店で働く従業員の資格審査もある。

富士《ふじ》代行局、富士《ふじ》アカデミーは『裾野特区《すその》』と隣接していて、職員や候補生は物質転送機を使わなくても自由に往《ゆ》き来《き》できる。裾野《すその》特区は候補生にとって、厳しい教練で磨《す》り減《へ》らした心身をリフレッシュする為《ため》の貴重な場所になっていた。

しかし荒士《こうじ》の反応は「そうなのか？」という、鈍いものだった。

「荒士《こうじ》君、まさかと思うんだけど……もしかして、特区に行ったことが無いの？」

「無いぞ。買いたい物も無いしな」

陽湖《ようこ》が「信じられない」という目を荒士《こうじ》に向ける。いや、本人は気付いていないが視線だけでなく「ウソ、信じられない」と小声で呟《つぶや》いていた。幸い、なのかどうなのか、その呟《つぶや》きは荒《こう》士《じ》の耳には届いていなかったが。

「……荒士《こうじ》君、初詣に行こう！」

「外出許可は取っていないが？」

何を言っているんだ？　という目で陽湖《ようこ》を見る荒士《こうじ》。

何を言っているの？　という眼差《まなざ》しで荒士《こうじ》を見返す陽湖《ようこ》。

「――裾《すそ》野特区には神社があるんだよ。知らなかった？」

「……知らなかった」

「そうでしょうね……」

陽湖《ようこ》が片手で額を押さえてため息を吐く。

荒士《こうじ》もさすがに、決まり悪そうな表情になった。

「まあ、良《い》いわ。私が案内してあげる。待ち合わせは明日の朝九時。分かった？」

陽湖《ようこ》がずいっと顔を寄せ、荒士《こうじ》の胸元に指を突き付ける。

「わ、分かった」

その勢いに押される格好で荒士《こうじ》は頷《うなず》いた。

◇◆◇◆◇◆◇

翌朝――神暦《しんれき》十八年元旦の食堂は目に見えて人数が少なかった。二十四時間監視付きという条件にも拘《かか》わらず、帰省を選んだ候補生は多いようだ。それも当然かもしれない。『白』の候補生は十五歳か十六歳。普段はエリートの矜持《きょうじ》で自制していても、親元が恋しい年頃だ。

この富士《ふじ》アカデミーには比較的裕福な国の出身者が集められている。候補生の所属先はアカデミー内部に出身国、出身地域に起因する対立を持ち込まないように配慮されていた。

歴史的に敵対関係にあってそれを現代に引きずっている国の出身者や生活水準が違いすぎて共感の形成が難しい地域の出身者は、まだ精神的に未熟な十代の内は感情的な衝突を引き起こしやすい。それ故、別々のアカデミーで学ぶように調整されているのだ。

だから富士《ふじ》アカデミーの場合は「貧しい実家にはいたくない」「どうせ手伝いばかりさせられるから帰りたくない」「殺伐とした故郷に戻りたくない」という候補生は少ない。女子ばかりという事情も相俟《あいま》って、ここは帰省を選んだ候補生が最も多いアカデミーかもしれない。

（……いや、朝食にはまだ早すぎるという可能性もあるな）

荒士《こうじ》が食堂に来たのは何時《いつ》もどおりの時間だが、教練が休みの日は朝が遅くなる候補生が多い。特に今日は元旦。昨夜は特区で夜遅くまで年越しの催しをやっていたようだし、帰省しない候補生の多くはそれに参加していたようだ。普段の休日以上に朝が遅くなるというのも、十分に考えられる。

「おはよう、荒士《こうじ》。今朝も早いな」

朝食を終えて部屋に戻ろうとした荒士《こうじ》は、食堂の出入り口でイーダに声を掛けられた。

「イーダは帰省するんじゃなかったのか？」

荒士《こうじ》がそう応えると、イーダは軽い苦笑を浮かべた。

「今帰っても実家は真夜中だからな。午後になって帰るつもりだ」

「そうか、時差か……。大変だな」

まだ日本から出たことが無い荒士《こうじ》は、時差の存在が頭に無かった。

「休みが一日だけだったら帰ろうと思わなかっただろうが、二日あるから午後からでも十分だ。荒士《こうじ》はどうするんだ？」

「今日は一日、自主練を休んでゆっくりするつもりだ」

「そうか。だったら荒士《こうじ》、裾野《すその》特区に出掛けないか？　午前中、ミラと一緒に特区をブラブラする予定なんだ」

イーダの誘いに、荒士《こうじ》が決まり悪げな表情を浮かべる。

「……すまない。午前中は先約があるんだ」

「……そうか。だったら仕方が無いな」

「またの機会に誘ってくれ。いや、今度は俺の方から誘わせてもらっても良いか？」

いつも凛々《りり》しいイメージのイーダが珍しく気落ちした様子を見せたことに焦《あせ》った荒士《こうじ》が、良く考えていないセリフを口にした。

口に出してしまってから「俺は何を言っているんだ」と荒士《こうじ》は焦《あせ》りを覚える。彼の感覚では、ナンパ慣れしたチャラ男のようなセリフだった。

「ああ、もちろんだ。是非誘ってくれ」

イーダが、これも彼女にしては珍しい満面の笑みを浮かべた。

「あ、ああ」

今更「今のは無し」と、荒士《こうじ》は言えなかった。

◇◆◇◆◇◆◇

現在の時刻は八時五十分。荒士《こうじ》はアカデミーから裾野《すその》特区に直通する門を出て、綺麗《きれい》に整えられた街並みの中を急ぎ足で歩いていた。

（もっと早く連絡しろよ）

心の中で呟《つぶや》く言葉は、陽湖《ようこ》に対する悪態だ。

実は昨晩、陽湖《ようこ》は待ち合わせの時間だけを一方的に通告して、場所を告げていなかった。

陽湖《ようこ》が部屋を出て行ってからそれに気付いた荒士《こうじ》は、インフォリストの通話機能を使って陽《よう》湖《こ》を呼び出した。インフォリストはスマホと違って手許《てもと》から離すということも電源が落ちるということも無い。

また陽湖《ようこ》の部屋は同じ階で、荒士《こうじ》の部屋の向かい側から四つ隣だ。部屋に戻っていた陽湖《ようこ》からすぐに応答はあった。だが、待ち合わせの場所を訊《き》いても「明日教えるから」と言うばかりだった。

長い付き合いだ。こうなると幾ら問い詰めても無駄だと荒士《こうじ》は知っている。だから彼は、言われたとおり待つことにした。だが待った結果が、この慌ただしいタイミングだ。

（これ以上あいつの気紛《きまぐ》れに付き合うのは止めだ！）

荒士《こうじ》は決して守れそうにない決意を抱えて、陽湖《ようこ》が指定した美容院へ急いだ。


「おーっ、間に合った！　偉い偉い」

待ち合わせ場所に着いた荒士《こうじ》に陽湖《ようこ》が掛けた言葉は、控えめに言っても巫山戯《ふざけ》たものだった。

だが荒士《こうじ》は咄嗟《とっさ》に何も言い返せなかった。

怒りで言葉を失ったのでも、呆《あき》れて絶句したのでもない。

荒士《こうじ》としては不覚にも、陽湖《ようこ》に見とれてしまったのだった。

「どう？　似合う？」

得意げに笑う陽湖《ようこ》。彼女の表情にセリフを添えるとすれば、「遠慮せずに褒《ほ》めなさい」だろうか。あるいはいっそ「苦しゅうない、素直に褒《ほ》め称《たた》えよ」だろうか。

彼女が着ているのは煌《きら》びやかな振袖。

客観的に言って、得意になるだけのことはあった。綺麗《きれい》に髪を纏《まと》めて、上品に化粧した晴れ着姿は、文句なく美しかった。

「……馬子にも衣装」

「何をぅ！」

手を振り上げ荒士《こうじ》を叩《たた》こうとする陽湖《ようこ》。荒士《こうじ》の言葉が照れ隠しだということは見え見えだ。

だから本気で怒ったのではなく、振り下ろした手にも戯《じゃ》れ付《つ》く勢いしか無かった。

だがまだ洋服と振袖の感覚の違いがチューニングできていなかったのか、陽湖《ようこ》はよろけてしまう。

「おっと」

倒れそうになった陽湖《ようこ》を、荒士《こうじ》は慌てて支えた。

「あ、ありがと」

荒士《こうじ》の胸に抱き止められて、陽湖《ようこ》が顔を赤くする。

荒士《こうじ》が陽湖《ようこ》の胸に触るとかの、ラブコメにありがちなハプニングは起こらなかった。

「い、いや。気を付けろよ」

しかし顔を逸《そ》らして目を泳がせている荒士《こうじ》の反応は、実にそれらしかった。

荒士《こうじ》が動揺しているのを見て、陽湖《ようこ》が落ち着きを取り戻す。

「……うん。気を付けるよ。じゃあ、神社に行こうか」

そう言って陽湖《ようこ》は、荒士《こうじ》を先導する形で歩き出した。

裾野《すその》特区は縦横三キロの正方形に造られた人工の都市だ。碁盤の目状の道路で区切られた街角にはデジタルサイネージの案内板が配置されている。また道路は五本ごとに幅が広く取られた大通りになっていて、ロボット運転のＥＶバスが走っている。

そのバスに乗って二人は特区の東側にある神社に行った。混雑しているという程ではないが、初詣客は結構多かった。——なお二人は目にしていないが、特区には新旧キリスト教の小規模な教会が幾つかあって、そこでは新年のミサが行われていた。

今日の荒士《こうじ》の服装はアカデミーの制服にデザインが似ている立て襟コートにウールのスラックス。彼の冬用一張羅だ。初詣と聞いたのでフォーマルっぽいものを心掛けたのだった。

そんな彼の格好は陽湖《ようこ》の晴れ着姿にそれほど見劣りしていなかった。「お似合い」と言っても大袈裟《おおげさ》なお世辞にはならないだろう。現に陽湖《ようこ》も、荒士《こうじ》の服装に不平不満を唱えていない。

「何をお願いしたの？」

参拝を終えて拝殿の前から下がっていく荒士《こうじ》に、隣を歩く陽湖《ようこ》が訊《たず》ねる。

「願い事か？　強くなる為《ため》に、倦《う》まず弛《たゆ》まず訓練を続けられますように、だ」

振袖で何時《いつ》もどおりに歩けない陽湖《ようこ》の歩調に合わせながら、荒士《こうじ》は隠さず、気負わず質問に答えた。

「強くしてくれ、じゃなくて訓練を続けられるように、か。荒士《こうじ》君らしいね」

陽湖《ようこ》がクスッと笑い声を零《こぼ》す。

「……笑うなよ」

「て、照れなくたって良いじゃない」

そっぽを向く荒士《こうじ》がツボにはまったのか、陽湖《ようこ》は口元を晴れ着の袖で隠して笑い続ける。

笑われているにも拘《かか》わらず荒士《こうじ》は、嫌な気分にはならなかった。

◇◆◇◆◇◆◇

裾野《すその》特区は富士《ふじ》代行局と富士《ふじ》アカデミーの職員、アカデミーの候補生が多忙な業務、厳しい教練で疲弊した心をリフレッシュする為《ため》に造られた街だ。それ故、職員と候補生に休日が与えられる正月に商店や娯楽施設が休業することなどあり得ない。

むしろ、商店も娯楽施設も普段以上に賑《にぎ》わっていた。それはそうだ。アカデミーには決まった休日がなく、各位階ごとに教練の進捗状況に応じて休みが与えられる。全ての候補生に一斉に休みが与えられるのは正月の今日と明日くらいだった。

そのあたりは代行局もほぼ同じで、普段の休日は交代制。だが今日と明日は最低限の人数を残すのみで運営され、それ以外の職員はオフだ。

つまり裾野《すその》特区にとっては、大晦日《おおみそか》ではなく元日とその翌日こそが書き入れ時なのだった。

そんな賑《にぎ》やかな街の様子に、十六歳の少女が初詣だけで満足するはずがない。荒士《こうじ》は何時《いっ》になく上機嫌な陽湖《ようこ》に連れ回されることになった。

しかし残念ながら、陽湖《ようこ》の上機嫌と荒士《こうじ》の平穏は長続きしなかった。

陽湖《ようこ》が足を止めて若者向けブランドショップのウインドウを熱心にのぞき込んでいるところに、二人の名を呼ぶ声が掛かった。

その声に聞き覚えがある荒士《こうじ》と、聞き覚えが無い陽湖《ようこ》が同時に振り返る。

「光《ひかり》さん」

自分たちを見詰める二人の女性。声を掛けてきた、その片方に応えたのは荒士《こうじ》だった。

「あっ、医務室の……」

荒士《こうじ》の返事で、陽湖《ようこ》も目の前の着飾った女性が誰だか気付いたようだ。彼女も医務室には世話になっているが、医務室の職員は光《ひかり》一人ではない。そもそも光《ひかり》が荒士《こうじ》の専属みたいになっている現状が異常なのだ。それが光《ひかり》の父親に対する忖度《そんたく》なのか、担当者を固定して特別に親しくさせようという代行局の思惑なのかは分からないが。

ただ陽湖《ようこ》が笑みを消したのは、荒士《こうじ》が特に世話になっている相手だったからではない。不快感を露《あら》わにするようなあからさまな真似《まね》こそしていないものの、ムッとした雰囲気を隠せずにいるのは荒士《こうじ》が目の前の二人に見とれていたからだ。客観的な事実は別として、陽湖《ようこ》の主観ではそう見えていた。

「光《ひかり》さん」

この親しげな呼び方も、陽湖《ようこ》としては気に食わない。

「隣の方は、代行局の御同僚ですか？」

もっとも今のところ、荒士《こうじ》も光《ひかり》も陽湖《ようこ》の不機嫌を気にしていなかった。いや、気付いていなかった。陽湖《ようこ》の隠蔽が上手《うま》いのか、荒士《こうじ》の関心が薄いのか。それは分からない。

「同僚というか、アカデミーの先輩よ」

表に現れている事実は、光《ひかり》と荒士《こうじ》が普通に会話しているということだった。

「代行局では同期だけどね。須河彩香《すがあやか》、防衛部所属の局員よ」

光《ひかり》のセリフを受けて、彩香《あやか》が荒士に名乗った。

「先輩、私は代行局じゃなくてアカデミーの職員ですよ」

光《ひかり》が横から茶々を入れた所為《せい》で、荒士《こうじ》は自己紹介のタイミングを失ってしまう。

「ああ、大丈夫。新島君《あらしま》、貴男《あなた》のことは知っているわ」

それを彩香《あやか》がフォローする。

気が利《き》く姉御肌か、と荒士《こうじ》は彩香《あやか》について思った。

「ところで、新島《あらしま》君と平野《たいらの》さんは初詣？　二人はお付き合いしているの？」

フォローされたことに気付いた様子も無く、光《ひかり》がいきなり裏も悪気もなく訊《たず》ねる。

これはまた、遠慮が無いな、と荒士《こうじ》は思った。

「初詣の帰りですが、付き合ってはいません」

その思いを表に出さず、荒士《こうじ》は事実を簡潔に答えた。

「お二人も初詣ですか？　とても仲がよろしいんですね」

荒士《こうじ》のセリフを受けるタイミングで、陽湖《ようこ》が平坦《へいたん》な声で、同じ柄の色違いの振袖を着ている光《ひかり》たちに訊《たず》ねる。

「初詣だけど、別に付き合っているとかじゃないわよ」

急にアワアワしだした光《ひかり》を横目に、彩香《あやか》がほんのわずかに肩を竦《すく》めて答えた。

◇◆◇◆◇◆◇

荒士《こうじ》が寮に戻ったのは、と言うより陽湖《ようこ》を寮に送り届けたのは、正午を二時間以上過ぎた頃だった。特に目的があるようでもなかったのに、陽湖《ようこ》が中々特区から帰ろうとしなかったのだ。

彼はこの後、年末に引き続き空中歩兵戦術の自主練に取り組む予定にしていた。朝の時点で立てたスケジュールより少し遅くなったが、今日は元日だ。訓練施設の『空中戦シミュレーター』に空きが無いということはないだろう。仮にいっぱいだった時は、昨晩のようにグラウンドで練習すれば良い。シミュレーターに比べればできることは限られるが、練習にはなる。

中学生時代は地域の行事もあって元日はどうしても稽古の時間を取れなかった。だから仕方無く、片賀順充《ひらがよりみつ》の道場でも他の生徒に合わせて初稽古は二日にしていた。

だがアカデミーでは、そんな制約は無い。

教練は明日まで休みだが、施設は教官の許可さえ得られれば自由に使える。

早く一人前になりたい荒士《こうじ》に、この環境を活《い》かさないという選択肢は無かった。

ただ予想に反して、空中戦シミュレーターは混雑していた。これは縦横百メートル、高さ四十メートルの、航空機格納庫のようなだだっ広い建物の中を、不透明なエネルギーシールドで高さ五メートルを床にして一辺三十メートルの立方体に区切り、その中で立体映像と空中戦を行うという施設だ。

教練の時は亜空間に同様の「箱」を作るので、事実上人数制限は無い。だが自主訓練の場所は通常空間に限定される為《ため》、一度に九組という制限があった。

推奨される一組の人数は四人だが、一人で使っても構わない。一辺三十メートルというのは、空中機動のスケールで考えるとかなり狭い。それ故ここは、回避技術か白兵戦技術の訓練用に利用されている。

今は飛行距離や飛行速度よりも、地上と同じように空中で動き回る感覚を摑《つか》みたい荒士《こうじ》の目的には最もマッチした施設だ。取《と》り敢《あ》えず利用申請をして、朝に考えていたとおりグラウンドで練習しながら空きが出たらまた来よう、と荒士《こうじ》は考えた。

『新島《あらしま》君、待ってください』

だが申請手続を行って施設から出ようとした荒士《こうじ》は、思念の声によって呼び止められた。彼にはまだ区別が付かないが、サイ能力によるテレパシーではなく神鎧《じんがい》の思念波通信システムによる呼び掛けだ。

テレパシー波にも肉声と同じく個性がある。それは本人に備わった能力によるテレパシーでも機械で発信されたテレパシーでも同じ。神々の技術によるテレパシーは、サイ能力者が自力で放つテレパシーに全く遜色なく自然でクリアだ。出力ではむしろ、天然のテレパシーに勝っている。

だから荒士《こうじ》はその思念波が真鶴《しづる》のものだと聞き分けるのに、苦労はしなかった。

足を止めて振り返る荒士《こうじ》。

九つのマス目に区切られた中央の箱から、神鎧《じんがい》を纏《まと》った真鶴《しづる》が降りてきた。

「新島《あらしま》君は空中戦シミュレーターの順番を待っているのですよね？　でしたら、一緒に訓練しませんか？」

「一緒にですか？」

答えが分かっているのに質問をするのは、先輩に対する態度として余りよろしいものではない。だが完全に予想外の申し出だった所為《せい》で荒士《こうじ》はつい、諾否を答える代わりに真鶴《しづる》のセリフを一部リピートする形で問い返してしまった。

「ええ、一緒に」

幸い、真鶴《しづる》は気にしていなかった。

「邪魔ではありませんか？」

荒士《こうじ》が今度は、当然とも思われる妥当な質問をする。

「立体映像を相手にするのも、自分以外の味方がいた方が練習になります。三十メートル四方は、空を飛ぶには狭いですから」

「味方の邪魔にならない立ち回りが練習できるということですか」

「そういうことです」

納得して頷《うなず》く荒士《こうじ》に、真鶴《しづる》も笑顔で頷《うなず》いてみせる。

「それに立体映像だけでは、物足りないでしょう？　やはり、実体がある相手でなければ」

そして彼女は笑顔のまま、こう付け加えた。

要するに真鶴《しづる》は空中の、シールドで囲まれた箱の中で、自分と戦ってみないかと誘っているのだ。

「はい、よろしくお願いします」

格上相手の、慣れない条件での稽古。荒士《こうじ》に断る理由は無かった。

立体映像を相手にした真鶴《しづる》との連携は、最初は戸惑ったものの短時間で慣れた。

水平方向の動きはほぼマスターしている荒士《こうじ》だが、上下の移動は足場こそ踏み外さないものの、まだぎこちない。しかし荒士《こうじ》がもたついている場面では真鶴《しづる》が上手《うま》くカバーしてくれた。

彼女はパートナーの動きを完全に把握し、未来予知の如《ごと》く正確に予測しているように見える。首席候補生の肩書きは伊達《だて》ではなかった。

「シミュレーションはいったん、ここまでにしましょう」

約一時間が経過し、襲い掛かってくる立体映像が途切れたところで、真鶴《しづる》が中断を提案した。中止ではなく中断。言うまでもないが、この施設を使った今日の自主訓練を終えるという意味ではない。

「はい、よろしくお願いします」

「最初は太刀のみで戦います」

「口惜《くや》しかったら弓を使わせて見せろ、ということですね」

荒士《こうじ》は挑発だと逆上しなかった。彼女と自分の間には手加減が当然の実力差がある。そこを彼は、勘違いしていなかった。

「口惜《くや》しかったら、などと性格が悪いことは考えていませんが……」

逆に真鶴《しづる》の方が不満そうに呟《つぶや》く。荒士《こうじ》はそのセリフを聴き取っていたが、口調から独り言だと分かったので、言い訳はしなかった。

「それでは、お願いします」

一礼し、真鶴《しづる》から距離を取って荒士《こうじ》は槍《やり》を構える。

真鶴《しづる》はその場で、得物を弓から太刀に切り替えた。

「では、始めましょう」

真鶴《しづる》が凛《りん》とした表情で荒士《こうじ》に告げる。

荒士《こうじ》も表情を引き締めてそれに応える。

「行きます！」

「来なさい！」

荒士《こうじ》と真鶴《しづる》は、同時に相手へ突進した。

荒士《こうじ》は地を駆けるように。

真鶴《しづる》は氷の上を滑るように。

槍《やり》と太刀が交差した。


射掛けられる光矢《こうし》。そのスピードは銃弾を遥《はる》かに上回り、しかも通常の矢と違って空気抵抗で減速しない。

荒士《こうじ》はそれを、左の上腕部に固定した大盾で受け止める。神鎧《じんがい》兵の盾は手に持つか前腕部に固定するのが一般的だが、荒士《こうじ》の場合は槍《やり》で両手が塞がっているので日本甲冑《かっちゅう》の大袖の要領で肩口に取り付けることにしたのだ。

真鶴《しづる》が放った光矢《こうし》が、盾の上でエネルギーに還《かえ》り爆発する。

その衝撃に吹き飛ばされることなく、逆に爆風と閃《せん》光を突き破って荒士《こうじ》は間合いを詰める。

槍《やり》の間合いに入られる前に、四枚の光翅《こうし》を広げた真鶴《しづる》は大きく横に飛んだ。弧を描いて飛びながら、エネリアルの弓に光矢《こうし》を番《つが》える。

真鶴《しづる》の武器は戦い始めてから十分足らずで弓に替わっていた。荒士《こうじ》の槍《やり》と真鶴《しづる》の太刀、技術の巧拙よりむしろ武器の相性が大きかった。

やはり、リーチが長いというのは有利なのだ。懐《ふところ》に入れば有利、というのは間合いを詰める技術があって初めて成り立つ。「間合いを詰める」と「間合いを詰めさせない」では、前者の方が難度が高い。

もっともこの有利不利は、弓矢と槍《やり》の間にも成り立つ。弓矢の側が機動力で勝っていれば、それは一層顕著なものとなる。真鶴《しづる》が武器を持ち替えてから、荒士《こうじ》はほとんど防戦一方になっていた。

しかしこれは、彼にとっては望ましい状況だ。今の荒士《こうじ》の目的は、空中での機動力を身に付けること。リーチで勝る相手に反撃する為《ため》には、まず第一に機動力で相手を上回らなければならない。

ただそうは言っても、いきなり「覚醒！」みたいな感じで空中機動力が劇的にアップするはずもない。幾ら追い回しても今の自分では真鶴《しづる》に追い付けないと、さっきから思い知らされている。

（……常に上回る必要は無い。一瞬で良《い》いんだ、一瞬で）

後を追い掛けても、追い付けない。間合いを詰めるには真鶴《しづる》の動きを読んで、先回りするしかない。

それだって待ち構えるのは駄目だ。見て、避けられてしまう。

待ち構えるのではなく、タイミングを合わせて、相手の回避が間に合わないスピードで突進する。その一瞬のスピードを出せれば真鶴《しづる》を捕まえられると荒士《こうじ》は思った。

幸い――という言い方は不謹慎だが、真鶴《しづる》の避け方には癖がある。回避軌道に規則性があるのだ。だから動きを読むのは、難しくない。何故《なぜ》これほど分《わ》かり易《やす》い欠点を矯正しないのか荒《こう》士《じ》には理解できないくらいだ。

もしかしたらアカデミーの教練はそういう小手先のテクニックよりも、神鎧《じんがい》の性能を引き出すことに重点が置かれているのかもしれない。だが小さな欠点、些細《ささい》なミスが意外に勝敗を分ける決定打になることを、荒士《こうじ》は師匠の片賀《ひらが》順充《よりみつ》から教え込まれている。

事実、それはこの戦いの、突破口になった。


楕円《だえん》の弧を描いて飛び回り、真鶴《しづる》は荒士《こうじ》に光矢《こうし》を射掛ける。戦況はずっと、真鶴《しづる》が優位だ。

だが彼女は余裕を失っていた。心理的に追い詰められているのは真鶴《しづる》の方だった。

(当たらない！　何故《なぜ》!?)

彼女は先程から、本気で当てるつもりで光矢《こうし》を放っていた。本当の実戦ではないから威力は低く抑えている。だが矢のスピードは実戦と変わらない。

秒速十五万キロメートル。光速の約半分だ。宇宙空間ならともかく、地球上の距離尺度内では一瞬で標的に到達する。

この弾速は真鶴《しづる》が使う光矢《こうし》だけではない。ライフルの光弾も速度は同じ。光速よりは遅いので、宇宙空間の距離尺度なら見て躱《かわ》すことも可能かもしれない。だが地球上――地上の距離尺度が適用される大気圏内では無理だ。

だから大気圏内の空中戦では、素早く動き回り狙いを付けさせないことが基本になる。しっかり照準されてしまえば、一瞬で飛来する光矢《こうし》や光弾から逃れる術は無いからだ。

これが集団戦ならば仲間同士で死角を守り盾で矢弾を防ぐという戦法もあり得る。だが一人ではそれもできない。射線――矢弾が飛んでくる方向が限定されているような状況でない限り、盾で矢を防ぎきることは、不可能とは言わないまでも事実上それに近いはずだった。

だが事実として、真鶴《しづる》の矢は荒士《こうじ》に一本も命中していない。全て盾で防がれている。それも、大盾を肩口に固定したスタイルで。

肩口に固定された盾は、前腕部に固定する場合よりも自由に動かせない。手に持つスタイルとは比べものにならないほど不自由だ。逆サイドを守るには身体《からだ》を大きく捻《ひね》らなければならないし、上を防御するには身体《からだ》ごと傾けなければならない。

そんな、幾つもの不利な条件が重なった状態にも拘《かか》わらず、荒士《こうじ》は真鶴《しづる》の光矢《こうし》を完全に防御していた。

（読まれている？　まさか――未来予知？）

真鶴《しづる》は荒士《こうじ》の周りをグルグルと飛び回り、矢を射掛けながら、そんな疑心暗鬼に囚われていた。

読まれている、という真鶴《しづる》の推測は当たっていた。だが未来予知という憶測は的外れだ。言うまでも無いが、荒士《こうじ》は真鶴《しづる》が放つ光矢《こうし》を視認して盾を翳《かざ》しているのではない。彼にはそんな、時間を加減速するような特殊能力は無い。シールドに隠れた視線の向き、体軸の傾き、バランスを取る足など、荒士《こうじ》は真鶴《しづる》のちょっとした癖から飛行軌道を読み取っていた。

銃と違って弓矢はアクションが大きい。予備動作から矢を射るタイミングは、ある程度測れる。飛行軌道と射撃のタイミングが分かれば、射線を予測することもできる。荒士《こうじ》はそれに合わせて身体《からだ》の向きを変えているのだった。

やはり真鶴《しづる》はまだ「癖を隠す」といった類の小技を教わっていないようだ、と荒士《こうじ》は確信した。ここまで射線の予測が外れていないのがその根拠。ならば、仕掛けるポイントも――。

（ここだ！）

荒士《こうじ》は自分が作った足場を全力で蹴った。

槍《やり》を構えて突進する。

その先で、真鶴《しづる》の口が驚愕《きょうがく》の形を描いた。ヘルメットのシールドに隠れている目も、驚きに見開かれていると分かる。

荒士《こうじ》が穂先を突き出す。彼は「捉えた」と確信した。

しかし次の瞬間、彼は強烈な衝撃を受けて空中の足場から落下した。

槍《やり》が突き出される勢いよりも速く、真鶴《しづる》が後退しながら光矢《こうし》を放ったのだ。

刺突の体勢にある荒士《こうじ》に、盾を翳《かざ》す余裕は無い。

正面から光矢《こうし》を受けて、荒士《こうじ》は撃墜されたのだった。


「新島《あらしま》君、本当に大丈夫ですか……？」

空中戦シミュレーターの「箱」から降りた真鶴《しづる》が、一足先に退出していた荒士《こうじ》に気遣わしげな表情で体調を問う。

「そんなにご心配いただかなくても大丈夫です。Nフェーズは維持されていましたし」

荒士《こうじ》は少し恐縮している口調で「箱」の中でも答えたセリフを繰り返した。

「今日も勉強させていただきました。ありがとうございます」

そして真鶴《しづる》に対する御礼《おれい》を付け加えた。

「いえ、今日は私の方こそ勉強になりました」

真鶴《しづる》が返した言葉は、形式的な「お返し」ではない。そこには、真情が込められていた。

「良ければこの後、どうやって私の動きを読んだのか教えてもらえませんか」

真鶴《しづる》の本気は、このリクエストからも窺《うかが》われる。

荒士《こうじ》は、当たり前だが、断らなかった。二人はこの建物の中に設けられた休憩室に移動して、今の対戦で気付いた反省点を指摘し合った。談話室備付けのフリードリンクを飲みながら話し合う二人は、演習を始める前よりも親密に見えた。

真鶴《しづる》に対する荒士《こうじ》の態度に、目立った変化は無い。

一方真鶴《しづる》は、女子校や女子の部活で散見される「教え導くお姉様」的なものから、力量を認めた対等な「仲間」――あるいは対等な「異性」――に対するものに、態度が変化していた。

◇◆◇◆◇◆◇

正月二日目の朝。

今日も教練は休みだ。昨日陽湖《ようこ》に特区を連れ回された所為《せい》か、荒士《こうじ》は久々に「遊びに行く」という感覚を思い出していた。

中学生時代、荒士《こうじ》も故郷で武術の修行ばかりしていたわけではない。勉強はもちろん、普通の中学生のように友人と遊んでいた。

小遣いの関係で時々にしか行けなかったが、カラオケやボウリングなどでも遊んだ。ソシャゲやビデオゲームは余り嗜《たしな》まなかったが、放課後に帰宅部の仲間と駄弁《だべ》って無駄な時間を楽しんだりもした。

しかしここには、一緒に気晴らしができるような男友達はいない。改めて言うまでも無いが、周りにいる同年代は女子の候補生ばかりだ。昨日と今日は外出が許されていたので中学校時代の友人と会うことは可能だったが、荒士《こうじ》が神々の戦士の候補生に選ばれてから、彼らとは距離ができていた。——荒士《こうじ》が帰省に消極的な理由の一つだ。

だからと言って、一人で特区をブラつくのも彼の趣味ではなかった。結局、遊ぼうと思ってもやりたいことは無い。それよりも自主練している方が充実した時間を過ごせるに違いない。

——荒士《こうじ》はそう結論して、早速使用可能な訓練施設に向かうことにした。

しかしトレーニング用の身支度を調え部屋を出ようとしたところで、インフォリストに着信があった。教官からのメールだ。出鼻を挫《くじ》かれて「面倒な」とは思ったが、当然無視することはできない。

開いたメールの内容は、呼び出しだった。着ている物はアカデミーから支給されたトレーニングウェアだ。荒士《こうじ》はそのまま、行き先を訓練施設から指導室に変えた。

◇◆◇◆◇◆◇

指導室では既に白百合《しらゆり》が待っていた。今日の彼女は裾丈が太ももまであるオフィサーカラーのジャケットとスリムパンツ姿だ。教練の時にも着ている、謂《い》わば教官の制服だ。

こうして指導室に呼び出されるのは入学の日以来だが、あの日のような挑発的な服装ではなかったことに、荒士《こうじ》は落胆するのではなく安堵《あんど》した。

実を言えば荒士《こうじ》は、とある理由から肉食系の若い女性が苦手だった。もちろん荒士《こうじ》も十代の男子らしく、美女のきわどい姿には欲情する。だが近付きたくなる気持ちと同時に逃げ出したくなる気持ちも湧いて、相反する衝動に身動きが取れなくなってしまう。そして、そんな自分を情けないと、彼は自己嫌悪《けんお》していた。

白百合《しらゆり》の実年齢は分からないし、ディバイノイドの彼女を「若い女性」の範疇《はんちゅう》に入れて良いのかどうかは判断に迷うところだが、入学の日の色っぽい姿は——姿だけなら——荒士《こうじ》の苦手意識を刺激する「肉食系の若い女性」のものだった。一方「年上の若い女性」でも光《ひかり》のように、美人でも生々しい色気を感じさせない外見であれば荒士《こうじ》も心を乱されない。なお昨日会った光《ひかり》の同僚の女性は、荒士《こうじ》が苦手なタイプだ。

白百合《しらゆり》の用件は簡単に言えば「チームメイトと交流を深めなさい」というものだった。荒士《こうじ》は演習の連携で不都合を感じていない。だが教官の目には、看過できない意思疎通不全が映っているのだろうか。

彼が白百合《しらゆり》の言葉を素直に受け取れないのは、ハーレム推進疑惑があるからだ。候補生を妊娠させる行為は固く禁じられたが、その一方で職員との子作りを推奨された。そのようなことがあったので、将来候補生でなくなった女子を相手に種馬の役目を強制されるのではないかという疑惑が意識の片隅にこびり付いたままだ。

とはいえやはり、教官の指示には逆らえない。今日は午後からチームメイトと特区に出掛けることになった。

◇◆◇◆◇◆◇

出掛けるのが午後からになったのは、帰省していたイーダとミラが戻ってくるからだ。幸織《さおり》も教官から連絡を受けて、予定より早く帰省を切り上げることになっている。

午前中に午後の分まで鍛錬して浴室で汗を流した荒士《こうじ》は、寮のロビーで三人を待っていた。寮を出入りする他の候補生が向けてくる好奇の眼差《まなざ》しは、この四ヶ月で磨いたスルー技術で処理した。

「新島《あらしま》君」

荒士《こうじ》は待ち人が中から出てくると考えて、ロビーからエレベーターと階段の方を見ていた。

しかしその声は、彼の背後から掛けられた。驚きはしないが、意外感は禁じ得ない。

「朱鷺《あけさぎ》、あ……」

彼は振り返りながら幸織《さおり》の名を呼び、新年の挨拶を口に仕掛けた。だが「明けましておめでとう」と告げるはずだった舌は、その一割を発声したところで麻痺《まひ》してしまった。

幸織《さおり》は振袖を着ていた。もっとも、それだけなら言葉を失うほど驚く理由にはならない。その手の醜態は、昨日の陽湖《ようこ》で実演済みだ。その後、同じく晴れ着姿だった光《ひかり》にいきなり声を掛けられた時には、目を奪われこそしたが絶句するようなことはなかった。

では何故《なぜ》、新年を祝うはずの荒士《こうじ》の挨拶は途切れてしまったのか。

その答えは、幸織《さおり》の艶姿《あですがた》が普段の彼女と結び付かず困惑してしまったからだ。度肝を抜かれた、と言っても良かった。

幸織《さおり》は、こう言っては何だが地味な少女だ。ただし、決して不細工ではない。目鼻立ちはむしろ、整っている方だろう。一緒にいると癒やされる、と感じる男子が多いのではないだろうか。荒士《こうじ》も第一印象でそう思った。

ただ、華が無い。美少女とは顔の造作だけではなく、表情や仕草、身に纏《まと》う雰囲気も合わせて「美少女」となる。

雰囲気なんて目に見えないじゃないか、と反論する者もいるだろう。だが写真にも「美少女の雰囲気」は写る。素材と演出と、プラスαで「魅力」はできている。

幸織《さおり》は歯に衣を着せずに言えば、素材以外がパッとしない少女だった。

しかし、今日の幸織《さおり》は違った。最早《もはや》別人と言っても良いレベルに、荒士《こうじ》には思われた。

少し冷静になってみれば、絶世の美少女というわけではない。身近なところで比べても、美少女度は陽湖《ようこ》や真鶴《しづる》の方が、今の幸織《さおり》より上だろう。

だがしっかりメイクアップした幸織《さおり》には「華」があった。それも熟《う》れすぎた果実のような香りを漂わせる華だ。それがさらに、普段の彼女のイメージと乖離《かいり》していて衝撃的だった。

「新島《あらしま》君？」

幸織《さおり》が訝《いぶか》しそうに荒士《こうじ》を見る。突如黙り込んでしまったことに疑問を覚えている表情だ。

「あ、ああ、済まない。明けましておめでとう。帰省していると聞いていたから、着物姿に驚いてしまった」

「あっ、そうでしたか……」

恥ずかしそうに幸織《さおり》が目を泳がせる。しかしすぐに「あっ」という表情を浮かべて荒士《こうじ》に目を向けた。

「あの、明けましておめでとうございます。今年もよろしくお願いします」

ただし、目を合わせようとはしなかった。荒士《こうじ》の口元を見て、すぐに頭を下げる。ふんわりしたミディアムヘアに挿している簪《かんざし》風の髪飾りに付いた鈴がチリンと鳴った。

その少しおどおどした態度は何時《いっ》もの彼女だ。荒士《こうじ》は印象のギャップによるショックから、ようやく完全に抜け出した。

「こちらこそよろしく」

荒士《こうじ》が答えを返す。

幸織《さおり》が顔を上げた。だが彼女はすぐに、荒士《こうじ》から目を逸《そ》らした。

「……あの、それで……」

「？」

「……似合っていますか？」

陽湖《ようこ》と同じことを訊《き》くんだな、と荒士《こうじ》は思った。だがまあ、昨日に続いて二回目だ。昨日の経験と反省があった御蔭《おかげ》で答えには迷わなかった。

「良く似合っている」

「ありがとうございます！」

幸織《さおり》が明るい笑顔になった。シャンデリアが一斉に点《とも》ったような眩《まぶ》しさだ。

その笑顔を見て「やはり余計なことは言わずに、シンプルな答えが正解だったか」と荒士《こうじ》は思った。

普通に寮の自室から下りてきたイーダとミラの二人と合流し、特区に出掛けた。

イーダとミラは晴れ着でこそなかったが、二人とも着飾っていた。華やかな三人に囲まれて、両手に花、プラス一の状態。

しかし荒士《こうじ》は、居心地が悪かった。

これが一対一、いや一対二までなら、鼻の下を伸ばす余地があったかもしれない。だが一対三になるともう、そんな余裕は無くなる。

「三人寄れば姦《かしま》しい」という性的偏見が混じった慣用句ではないが、幸織《さおり》たち三人は女子が興味を持つ話題で盛り上がり、荒士《こうじ》はそこに口を挿《はさ》めなかった。除《の》け者《もの》にされたのではなく、話題に付いていけなかったのだ。

彼にできたのは、気まずい雰囲気にならないように気遣いをフル回転させることだけだった。

日が暮れて自分の部屋に戻った頃には、荒士《こうじ》は疲れ切っていた。

今夜は自主練も、できそうになかった。

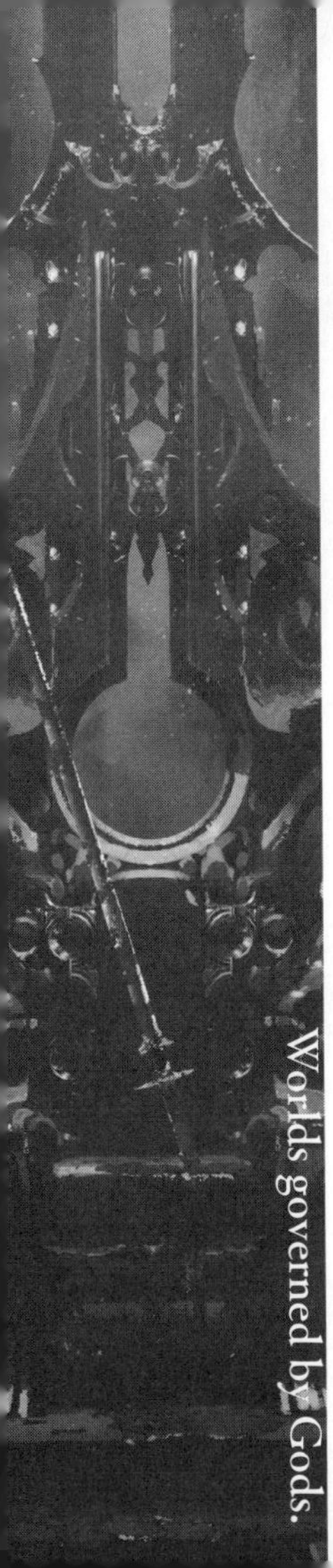

【9】解放運動

「一緒に、来て……？」

香港《ホンコン》の祭壇《オルター》破壊。富士《ふじ》アカデミーへの侵入。硫黄島《いおうとう》の戦闘。

これらの事件は報道されなかった。富士《ふじ》アカデミー内部の事件はともかく、香港《ホンコン》の一件と硫《い》黄島《おうとう》の件は目撃者がいてもおかしくはなかった。偶々《たまたま》マスコミの目が届かなかったのか、それとも報道が禁じられたのか。

マスコミに対する介入があれば、何処《どこ》かから話が漏れそうなものだ。本物のジャーナリストは事実に目を瞑《つぶ》り口を噤《つぐ》むことを恥として、国益や業界の利益、会社の利益を損なってでも、事実を人々に伝えようとするもの。この時代に「本物のジャーナリスト」がどれほど残っているかは分からないが、ゼロということはあるまい。

それなのにどちらの事件も全くニュースになっていないのはやはり、偶然誰にも目撃されなかったのか。——いや、そうではなかった。実際には、どちらのニュースも発信されていた。

ただそれが事実とは信じられず、一般の人々の間では陰謀論で片付けられてしまっていた。

代行局が世論を操作したのではない。代行官《アルコーン》が命じるまでもなく、両事件の情報を自力で入手できなかった大手マスコミが代行局に忖度《そんたく》して、陰謀論で片付けたのだ。

ただ全ての人々が陰謀絡《がら》みのフェイクニュースと信じたわけではなかった。硫《い》黄島《おうとう》の件はともかく香港祭壇《ホンコンオルター》の破壊は、それを事実と信じる一般的ではない人々がいた。

◇◆◇◆◇◆◇

神暦《しんれき》十八年一月十五日。

凶報は、その日の教練が終了した夕食時に飛び込んできた。

荒士《こうじ》は基本的に、食事はチームメイトと一緒に摂《と》っている。だが食卓を共にする相手はチームメイトだけに限られてはいなかった。

この日も、並びの席に陽湖《ようこ》のチームがいた。陽湖《ようこ》本人はちゃっかり荒士《こうじ》の隣だ。これは硫黄島《いおうとう》の事件以来とても頻繁にあることで、幸織《さおり》などは陽湖《ようこ》のことを荒士《こうじ》の恋人と思い込んでいる。

陽湖《ようこ》のチームメイトでは他に、あのイレギュラーな戦闘で彼と肩を並べて戦ったリン・リージュンが荒士《こうじ》に懐いていた。今日は陽湖《ようこ》の向かい側に座っているが、陽湖《ようこ》と彼女で荒士《こうじ》を挟んで座ることも少なくない。なお今は荒士《こうじ》の右隣に陽湖《ようこ》、左隣にミラ、荒士《こうじ》の向かい側にイーダ、ミラの向かい側に幸織《さおり》という座席配置になっている。

適度に和やかな会話を交ぜながら全員がもう少しで食事を終える、という頃。同じテーブルを囲む女子にペースを合わせて箸を進めていた荒士《こうじ》は、陽湖《ようこ》のインフォリストにメール着信のサインが点《とも》っているのに気付いた。陽湖《ようこ》の席は荒士《こうじ》の右隣。インフォリストは彼女の左手首。この位置関係だから、着信サインがすぐに分かったのだ。

もっとも、荒士《こうじ》がそれを教える必要は無かった。

「ちょっとごめんね」

陽湖《ようこ》はそう断りを入れて、メールを開いた。なおデフォルトのモードでは、インフォリストの仮想ウインドウは本人にしか見えない。

メールは短い物で、陽湖《ようこ》はすぐに読み終わった。仮想ウインドウを表示する為《ため》に上げていた左手をテーブルの上に戻した陽湖《ようこ》の顔は強張《こわば》っていた。

ショックを受けている。だがそれほど切羽詰まった感じは受けない。少なくとも、家族に関わる凶事ではないようだ。

「何があったんだ？」

そう判断した荒士《こうじ》は、余り遠慮を感じさせない口調で訊《たず》ねた。もし深刻な内容だと判断していたなら躊躇《ためら》いがあっただろうし、訊《き》くこと自体を遠慮していたかもしれない。

「……パパの会社の倉庫が襲撃されたって」

質問された直後は話し掛けられた内容も理解できない様子だったが、一瞬とは言えないタイムラグの後、陽湖《ようこ》は比較的落ち着いた口調でそう答えた。顔色はまだ悪かったが、表情は柔らかさを取り戻していた。

「隆通《たかみち》さんは大丈夫なのか？」

「隆通《たかみち》」というのは陽湖《ようこ》の父親の名前だ。

「うん、本社にいたから」

「そうか」

陽湖《ようこ》の様子から、彼女の家族に被害は無いだろうと荒士《こうじ》は分かっていた。だが、はっきり確認できるとやはり気分が楽になる。

「でも……」

一方、陽湖《ようこ》の表情は晴れないままだ。

「……被害が酷《ひど》いのか？」

考えてみれば、単なる強盗事件で候補生個人にアカデミーや代行局がメッセージを送るはずがない。

「人質を取られてる」

「人質？　強盗じゃないのか？」

強盗が人質を取ることはある。例えば銀行強盗は、テレビドラマでもお馴染《なじ》みだ。だが荒士《こうじ》は、直感的に違うと思った。

「もしかして、独立派のテロリストか？」

「正解。人類解放戦線《じんるいかいほうせんせん》っていう、オリジナリティの無い名前のテロ組織の仕業なんだって」

「何故《なぜ》、陽湖《ようこ》の家の会社が独立派に狙われたの？」

少し離れた所からミラが質問を挿《はさ》んだ。

「代行局との取引が多いからだろう」

答えたのは荒士《こうじ》だ。

「会社の名前はＨＩＲＡＧＡ《ヒラガ》というんだが、ＨＩＲＡＧＡ《ヒラガ》は富士《ふじ》代行局と直接取引が許されている納入業者の中で、取引額上位五社に入る会社だ。以前から独立派テロリストの標的になることが多かった」

「フーン……。そういうのって、何処《どこ》の国でも一緒なのね」

ミラの感想にイーダが「そうだな」と頷《うなず》く。陽湖《ようこ》の向かい側ではリン・リージュンが「分かる分かる」という顔で、やはり頷《うなず》いていた。

「それでテロリストの要求は何だったのだ？　陽湖《ようこ》のところに注意メッセージが来たのだから、単純に金ではあるまい？」

二度ほど頷《うなず》いた後、イーダは陽湖《ようこ》に立ち入った質問をした。まだ知り合ってから半年も経《た》っていないが、背神兵《はいしんへい》相手に共に戦った経験が時間以上に関係を深める決め手になっていた。

「人質交換よ」

陽湖《ようこ》は何時《いつ》もより低い声音で答えた。

「パパか私が人質になれば、今捕まっている三十人は解放するんだって」

「三十人も人質になっているんですか⁉」

思い掛けない大事件に幸織《さおり》が驚きの声を上げる。

「隆通《たかみち》さんは分かるが、何故《なぜ》陽湖《ようこ》が指名されるんだ？」

陽湖《ようこ》の父親はＨＩＲＡＧＡ《ヒラガ》の経営者だから、犯人が身柄を要求するのは当然だ。これまでにも同様の犯罪は何件もあった。しかし陽湖《ようこ》を人質に取ろうとした事件はあっても、人質解放の条件に陽湖《ようこ》を要求したケースを荒士《こうじ》が耳にするのはこれが初めてだった。

もしかして自分が知らないだけで、これまでにも同じような事件はあったのだろうか。――荒士《こうじ》は、そんな疑いを懐《いだ》いた。

「私がアカデミーの候補生だから、らしいよ」

候補生の素性は、荒士《こうじ》のような特殊な例を除けば秘匿されていない。マスコミ報道を含めて公表は代行官《アルコーン》により禁じられているが、家族親戚知り合いから私的に伝わる分には代行局も制限していなかった。

「候補生を狙っている？　何の為《ため》に……？」

「邪神に売り渡すんじゃないの？」

荒士《こうじ》の呟《つぶや》きを、左隣のミラが拾う。

「オランダで似たような事件が起こったわ。拉致されたのはアカデミー生じゃなくて、入学予定の男子だったけど」

その発言に荒士《こうじ》は目を見開いてミラを見詰め、すぐに顔を反対方向に向けて陽湖《ようこ》と目を合わせた。

「そう言えば荒士《こうじ》は入学前にも、あの背神兵《はいしんへい》に襲われたんだったな」

その反応を見たイーダのセリフに、荒士《こうじ》と陽湖《ようこ》が揃《そろ》って頷《うなず》いた。

「そういう事件って結構多いんでしょうか」

幸織《さおり》が怯《おび》えた表情を浮かべる。

彼女の言葉を否定できる者はいなかった。

「じゃあさっきのメールは、独立派の誘いに乗らないよう注意するものだったとか？」

同じチームのリージュンが陽湖《ようこ》に訊《たず》ねる。

「どうやら、そうみたい」

メールには「軽率な行動は控えるように」としか書かれていなかったが、アカデミーが言いたかったことはリージュンが推測したとおりだろう。

「でもどうするんだろうね。犯人の背後に、本当に邪神がいたとしたら、警察の手には負えないわよ」

「先輩たちに出動要請があるかもしれないな」

ミラの指摘に、イーダがそんな予測を返した。

◇◆◇◆◇◆◇

ミラとイーダの予想は、残念ながら的中した。占拠された倉庫にＳＷＡＴが突入したのだが、人質三十人の内の六人を巻き添えにして全滅した。撃退されたのではない。突入したＳＷＡＴの全員が殉職するという最悪に近い結果に終わった。――真の最悪は人質全員死亡だ。

突入要員が誰も戻ってこなかったが、データリンクで彼らが見た映像も彼らと交わした音声も記録されている。そのデータから、犯人の中に少なくとも一人の背神兵《はいしんへい》がいると分かった。邪神に神鎧《じんがい》を与えられた背神兵《はいしんへい》には、神々に神鎧《じんがい》を与えられた者でなければ対抗できない。その現実がしっかり認識できているのだろう。代行局と強い繋《つな》がりを持つＨＩＲＡＧＡ《ヒラガ》の政治的影響力が無視できなかったという面も、多分にあったに違いない。

警察はあっさりと、代行局に助力を求めた。

しかし現在、富士《ふじ》代行局には拠点防衛の為《ため》の最低限の従神戦士《じゅうしんせんし》しか残っていない。他の従《じゅう》神戦士《しんせんし》は、異次元で行われる大規模な作戦の為《ため》に出撃中だった。何時《いつ》邪神群の陣営から攻撃されるか分からない現状では、留守番の従神戦士《じゅうしんせんし》は動かせない。

しかし代行局としても、背神兵《はいしんへい》の跳梁《ちょうりょう》は見逃せない。動かせない防衛部隊に代わって、代行局は候補生の出動をアカデミーに要請した。

そして富士《ふじ》アカデミーは、代行局のこの要請を受諾した。

◇◆◇◆◇◆◇

夕食の二時間後、荒士《こうじ》は白百合《しらゆり》に呼び出された。場所は指導室ではなく、作戦指令室《ブリーフィングルーム》。それだけで用件は、通常の教練に関するものではないと分かった。

ブリーフィングルームには『紫』の候補生がそろっていた。『白』は荒士《こうじ》と陽湖《ようこ》だけだ。何故《なぜ》自分が呼ばれたのか、荒士《こうじ》は場違い感に戸惑った。見れば陽湖《ようこ》も同じ心情のようで、居心地悪そうにしていた。

一方、『紫』の先輩候補生たちは事情を知っているのか、荒士《こうじ》と陽湖《ようこ》が呼ばれていることを訝《いぶか》しんでいる様子は無い。最後尾の席に着いた二人をチラッと見て、すぐに視線を前に戻す。真鶴《しづる》でさえもそんな感じだった。

ただ、場違い感に長時間耐える必要はなかった。荒士《こうじ》が入室して三分も経《た》たない内に、『紫』の教官・菖蒲《あやめ》と『白』の教官・白百合《しらゆり》が候補生たちの前に立った。

「既にニュースをチェックしている者もいると思いますが、代行局の契約業者が独立派の襲撃を受け従業員が人質になっています」

菖蒲《あやめ》の説明に驚く者も、何故《なぜ》そんなローカルな話題をと訝《いぶか》しむ者も、この場にはいなかった。

『紫』の全員が、この事件に背神兵《はいしんへい》が関わっていることを知っていた。

「事件を起こしたテロリストの中に背神兵《はいしんへい》の存在が確認されました。言うまでも無いことですが、警察では背神兵《はいしんへい》を制圧できません。そこで代行局に出動要請がありました」

菖蒲《あやめ》が自分の生徒たちの顔を見渡す。

怖《お》じ気《け》づいている者は、一人もいなかった。

それを見て、菖蒲《あやめ》は「当然」という顔をしていた。

「しかし富士《ふじ》代行局の従神戦士《じゅうしんせんし》は現在大規模な遠征に従事していて、最低限の人数しか残っていません。そこで皆さんの出動が命じられました」

菖蒲《あやめ》の言葉に「神々の御心のままに」と『紫』の候補生が声を揃《そろ》える。これは従神戦士《じゅうしんせんし》が出撃命令を伝えられた時の決まり文句だった。

「警察のデータで確認できた背神兵《はいしんへい》は一人ですが、エネルギー量と波形から見て『青』相当が二人に『黒』相当が一人と推測されます。『黒』の背神兵《はいしんへい》には特殊能力が備わっていることがありますので、スリーマンセルで行動してください」

『紫』の七人が手首のインフォリストを見た。こういう場合に従神戦士《じゅうしんせんし》がチーム分けで揉《も》めることは無い。作戦に最適なチームが代行官《アルコーン》＝超巨大光量子コンピュータ・オラクルブレインから示されるからだ。

真鶴《しづる》以外の六人の目が彼女に集まった。全員の目に軽い意外感がある。富士《ふじ》アカデミーの

『紫』は七人だから、三人一組だと一人余る。その一人が首席候補生の真鶴《しづる》だった。

「古都《こみや》候補生は平野《たいらの》候補生の護衛に付いてください」

菖蒲《あやめ》のセリフに「えっ？」という表情を見せたのは、真鶴《しづる》よりむしろ陽湖《ようこ》の方だった。

「テロリストは平野《たいらの》候補生の身柄を要求しています」

ここで白百合《しらゆり》が説明を引き継ぐ。

「もちろん、そのような要求に従うつもりはありません。ただ候補生を捕らえて何をするつもりなのか、邪神群の狙いを突き止める必要があります」

「彼女を囮《おとり》に使うおつもりですか」

思わず荒士《こうじ》が口を開いた。発言の許可も得ずに教官を詰問《きつもん》するなど、普通の学校ならばともかくアカデミーでは本来許されないが、白百合《しらゆり》も菖蒲《あやめ》も咎《とが》めなかった。

「身柄を渡さなくても、姿を見せるだけで一定の効果があると考えています。ですから、平《たいら》野《の》候補生には護衛を付けることにしました。古都《こみや》候補生と、新島《あらしま》候補生、貴男《あなた》を」

「……っ？　俺を、ですか？」

「新島《あらしま》候補生？」

「か、神々の御心のままに」

白百合《しらゆり》のたしなめる口調に、荒士《こうじ》は慌てて姿勢を正し応えを言い直した。

「平野《たいらの》候補生は神鎧《じんがい》を装着せずに、制服で現地に向かってください」

「勇敢な戦士に神々のご加護があらんことを」

白百合《しらゆり》の指示に対する陽湖《ようこ》の答えを待たずに、菖蒲《あやめ》が出撃を命じる決まり文句を唱えた。

「神々に栄光あれ！」

その命令に応えて、陽湖《ようこ》を除く八人が神鎧《じんがい》を纏《まと》った。

◇◆◇◆◇◆◇

陽湖《ようこ》の実家は横浜にあり、事件の現場も本牧《ほんもく》の倉庫街にあった。

倉庫や工場が建ち並ぶ一帯とは言え、普段は結構人影が多い。しかし今は夜中に近い。それに辺りは警察によって規制線が張られていた。だからアカデミーの候補生たちは、ただ一人素顔を隠していない陽湖《ようこ》も含めて、人目を気にせずに転送機で転移《テレポート》ができた。

倉庫街は静まり返っていた。事件現場の倉庫も外から窺《うかが》う限り、まるで中には誰もいないかのように静寂に沈んでいた。人質は既に全員殺されていて、犯人は立ち去った後なのではないか……と、そんな不吉な想像すらしてしまう程に。

「では私たちは計画通りに」

アフリカ系フランス人の『紫』・クロエがそう言って、タイ人のメイ、台湾人のメイリンと共に倉庫の裏手に向かう。

「真鶴《しづる》、いつもと違って今夜は『白』が一緒だ。気を付けろよ」

生粋のドイツ人であるソフィアは自分の言葉に真鶴《しづる》が頷《うなず》いたのを見届けて、イギリス人のレベッカ、スペイン人のルシアと共に屋根の上へと飛び上がった。

「平野《たいらの》さん、行けますか?」

「大丈夫です」

真鶴《しづる》の問い掛けに、陽湖《ようこ》が気丈な表情で頷《うなず》く。

「では新島《あらしま》君。打合せどおりに」

「了解です」

荒士《こうじ》が頷《うなず》くと同時に、真鶴《しづる》の姿が消えた。彼女はSフェーズを解放し、身長を一センチまで縮めて陽湖《ようこ》が着ているダッフルコートの大きなポケットに潜り込んでいた。

神鎧《じんがい》を装着しただけで武器を顕現していない荒士《こうじ》を連れて、陽湖《ようこ》が倉庫の扉に近付く。扉の横にはドアホンが付いている。そのボタンを、陽湖《ようこ》は押した。

返事は無かったが、陽湖《ようこ》は構わず話し始めた。

「要求どおり、平野《たいらの》陽湖《ようこ》が参りました。人質を解放してください」

『……入れ』

鍵を開ける音の直後に、ドアホンから応答があった。

陽湖《ようこ》がヘルメットに包まれた荒士《こうじ》の顔を見上げ、荒士《こうじ》が頷《うなず》く。扉は、荒士《こうじ》が開けた。

扉の向こうには、サブマシンガンを構えたテロリストが待っていた。背神兵《はいしんへい》の姿は見当たらない。

「入れ。そっちの男は神鎧《じんがい》を脱いでからだ」

テロリストは荒士《こうじ》を陽湖《ようこ》から引き離そうとしなかった。逆に、陽湖《ようこ》と一緒に倉庫の中へ入るように指図した。

陽湖《ようこ》のコートの中でテロリストの言葉を聞いていた真鶴《しづる》は「やはり、そういうことだったのね」と思った。彼女はテレパシーシステムで『紫』の仲間たちに突入の合図を送り、コートのポケットから飛び出した。

真鶴《しづる》が光矢《こうし》を射る。針よりも細く小さな矢がテロリストの額に当たって、目を灼《や》く閃《せん》光に変わる。古いカメラの、マグネシウムを使ったフラッシュのような、強烈な光だ。

テロリストが床に崩れ落ちた。操り糸がいきなり切れたマリオネットのような倒れ方だ。目のすぐ上で発生した烈光に目が眩《くら》んだようにも見えるが、事実は違う。

エネリアルは精神エネルギーを固定した半物質だ。物質化が解《と》ければ、特に手を加えない限り精神エネルギーに還《かえ》る。そして精神エネルギーの急激な解放＝爆発は、精神に衝撃を与える。つまりエネリアルの矢がエネルギー化したことによって、テロリストは精神にダメージを受け意識を失ったのだった。

陽湖《ようこ》と荒士《こうじ》を拘束すべく待ち構えていた独立派は四人。連射された真鶴《しづる》の光矢《こうし》は、ほとんど一瞬で四人の意識を刈り取った。

真鶴《しづる》が元のサイズに戻って陽湖《ようこ》の隣に立つ。

荒士《こうじ》が「陽湖《ようこ》」と声を掛け、陽湖《ようこ》も神鎧《じんがい》を装着した。

「どうやら敵の本当の狙いは荒士《こうじ》君だったみたいだね」

陽湖《ようこ》がセリフに似つかわしくない明るい口調で、ただしその奥に荒士《こうじ》を心配する気持ちを滲《にじ》ませて、言った。その指摘は超巨大光量子コンピュータである代行官《アルコーン》が推定した犯人の動機として、転移《テレポート》直前に転送機まで付き添った白百合《しらゆり》から告げられたものだった。

人質交換に陽湖《ようこ》が応じれば、高確率で荒士《こうじ》が付いてくる。陽湖《ようこ》を狙うと見せ掛けて、彼女をかばった荒士《こうじ》を攫《さら》う。

それが、テロリストの真の目的を問われて、オラクルブレインが下した神託《オラクル》だった。

「……テロリストは確保できたようですね。人質の保護も完了したようです」

軽く俯《うつむ》いて考え込んでいるような仕草を見せていた真鶴《しづる》は、別行動を取っていた『紫』とテレパシーシステムで交信していたようだ。顔を上げた真鶴《しづる》が荒士《こうじ》と陽湖《ようこ》に現状を教える。

「ですが、背神兵《はいしんへい》はまだ見付かっていないようです。警戒を解かないように」

真鶴《しづる》のそのセリフが引鉄《ひきがね》となったわけでは無いだろうが、突如として倉庫が崩れ始めた。

「陽湖《ようこ》！」

「新島《あらしま》君、平野《たいらの》さん！」

荒士《こうじ》が陽湖《ようこ》の手を引く。それは真鶴《しづる》の声よりも、一瞬早かった。

荒士《こうじ》が陽湖《ようこ》と共に倉庫を飛び出す。さらに真鶴《しづる》が、荒士《こうじ》の左脇と陽湖《ようこ》の右脇に手を差し入れて抱え上げる格好で飛んだ。

撒《ま》き散《ち》らされる瓦礫《がれき》が落ちてこない場所まで距離を取った三人は、大型倉庫の壁を破って出現する二体の巨人を見た。

「人質は⁉」と陽湖《ようこ》が叫ぶ。

「……無事です。クロエたちが全員運び出しています」

その問い掛けに真鶴《しづる》が答えた。

「ですが人質の安全確保の為《ため》に、すぐには戦いに復帰できないようです。新島君《あらしま》」

そして真鶴《しづる》は荒士《こうじ》に目を向ける。

「被害拡大を防ぐ為《ため》に、あの背神兵《はいしんへい》は私たちで止めますよ」

「――分かりました」

荒士《こうじ》は力強く頷《うなず》いた。しかしそれを聞いた陽湖《ようこ》は「無茶だ」と思った。

事前の情報では、敵背神兵《はいしんへい》は『黒』が一人、『青』が二人。二体が両方とも『青』だとしても、Sフェーズを展開して巨人化するレベルの能力を持っているのだ。『紫』の真鶴《しづる》ならともかく、『白』の自分や荒士《こうじ》が太刀打ちできる相手ではない。――陽湖《ようこ》は、そう思った。

そんな陽湖《ようこ》の懸念《けねん》を余所《よそ》に、荒士《こうじ》は得物の槍《やり》を呼び出して構えた。闘志を漲《みなぎ》らせて、穂先を巨人化背神兵《はいしんへい》に向ける。

「真鶴《しづる》さん、フォローをお願いします！」

「少し待ってください」

荒士《こうじ》の言葉に応えを返し、真鶴《しづる》は陽湖《ようこ》の片手を摑《つか》んだ。

「飛びますよ」

「は、はい」

実のところ何故《なぜ》飛ばなければならないのか、陽湖《ようこ》は理解していなかった。ただ手を引っ張られて、何も考えずに翅《はね》を広げた。


二人は空に舞い上がり、崩れたＨＩＲＡＧＡ《ヒラガ》の物とは別の大型倉庫の屋根に着地した。荒士《こうじ》が立っている場所からは三十〜四十メートルほど離れている。

「平野《たいらの》さん」

真鶴《しづる》が陽湖《ようこ》に顔を向ける。今度は「はい」と、陽湖《ようこ》は噛《か》まずに返事をした。

「身を守ることに専念してください。危ないと感じたら、すぐに転移《テレポート》してアカデミーに戻ること。良《い》いですね？」

「……分かりました」

本音を言えば陽湖《ようこ》は、荒士《こうじ》を残して自分だけが帰還するのは嫌だった。荒士《こうじ》のことが心配、というより、自分が役立たずと認めるようで。しかし自分が真鶴より弱いのは客観的な事実だ。この場に残っていても役に立てそうにないと理解する判断力は残していた。

「新島《あらしま》君、良《い》いですよ！」

陽湖《ようこ》が納得したのを確認して、真鶴《しづる》が叫ぶ。

肉声が届くか届かないか微妙な距離。だが、真鶴《しづる》は合図を自分の声で直接届けようとしたのではない。

『了解！』

荒士《こうじ》の応えは、ヘルメットに内蔵された通信機から返ってきた。


神鎧《じんがい》やエネリアルアームの原料になる精神エネルギーは神々のシステムから供給されている。PKビームも同じだ。神鎧《じんがい》装着者の精神からエネルギーを絞り出しているわけではない。

その一方で、神鎧《じんがい》やエネリアルアームを物質として維持しているのは神鎧《じんがい》兵の精神力。精神エネルギーをPKビームという破壊の力に変換するのは、射手の「斃《たお》す」「壊す」という意志、闘争心の燃焼だ。

（――貫けェ！）

真鶴《しづる》の合図と共に、荒士《こうじ》は心のトリガーを引いた。

得物の穂先に注《そそ》ぎ込み溜《た》め続けたエネルギーを、迸《ほとばし》る闘志と共に解放する。

荒士《こうじ》が構えた槍《やり》の切っ先から、眩《まばゆ》い光が伸びた。時空の性質に干渉する力と時空自体が自らの安定性を維持しようとする力がせめぎ合い、ビーム上の時空連続体に対生成と対消滅が連続して発生し、光子が生み出されているのだ。

神鎧《じんがい》のシステムにおけるＰＫ《サイコキネシス》は思念エネルギーを物体に作用する力に変換する技術。

しかし、思念エネルギーは物理的に生み出されているものではない。物理的に認識される時空連続体では――実は「連続」という概念も厳密には正しくない――物質に宿るエネルギーが他の物質に移転するか、物質内に固定されたエネルギーが解放されることによって、物理的なエネルギーの発生が観測される。だが思念エネルギーは物質に宿っているものでもなければ物質内に固定されているものでもない。

ＰＫ《サイコキネシス》は無から有を生み出す現象。物理世界の法則に反する技術だ。

それ故に、物理的な力の干渉を受けない次元装甲にダメージを与えることができる。

荒士《こうじ》が放ったＰＫビームは巨人化した背神兵《はいしんへい》の次元装甲に命中し、目に見える戦果を上げた。

巨人の輪郭が揺らぎ、次の瞬間、消えた。Ｓフェーズが維持できなくなり、通常のサイズに戻ったのだ。

『白』としては破格の威力。『紫』、いや、正規の従神戦士《じゅうしんせんし》である『黒』でもこれ程の威力を発揮できる者は少ないだろう。前述のようにＰＫビームの破壊力は闘争心に左右される。外から見る限り、戦う時の荒士《こうじ》は落ち着きを保ち、容赦なく、むしろ冷酷だ。しかし心の内側では、闘志が熱く、激しく燃え盛っているに違いない。

しかし荒士《こうじ》は神鎧《じんがい》を得てから、まだ半年も経《た》っていない。どんな素質を秘めていようと、鍛錬を積み重ねなければ地力は向上しない。彼が本当に戦士として通用する分野は、今のところ瞬発力だけだ。

背神兵《はいしんへい》の一人に大きなダメージを与えたが撃破したわけではないし、目の前の敵はまだ一人残っている。戦いは始まったばかりであるにも拘《かか》わらず——荒士《こうじ》は、片膝を突いていた。

ＰＫビームは裏技的な攻撃手段である為《ため》、特に精神力を消耗する。闘志を全力で燃やした反動で、強い脱力感に見舞われたのだ。

ただ、この攻撃手段は体力を消耗するものではないので、ある意味で脱力感は錯覚だ。慣れてくれれば錯覚に惑わされなくなる。また、精神力を消耗するといっても神々のシステムから供給される精神エネルギーに破壊の性質を与えるだけで、自分の精神エネルギーを外部に放出しているわけではない。経験を積めば、脱力感自体を覚えなくなる。

しかし、まさにその「経験」が不足している荒士《こうじ》は、ＰＫビームの使用直後に大きな隙を曝《さら》してしまう。それだけでなく、彼の場合は神鎧《じんがい》自体の防御力も低下する。

このことは荒士《こうじ》本人も、ＰＫビームの技術を彼に教えた真鶴《しづる》も、十分に心得ていた。荒士《こうじ》が真鶴《しづる》に頼んだ「フォロー」は、陽湖《ようこ》のことだけではなかった。敵に付け入る隙を与えてしまう自分自身のフォローも含んでいた。

四枚の光翅《こうし》を広げて真鶴《しづる》が飛ぶ。彼女は巨人に向かうと見せ掛けてその攻撃を掻《か》い潜《くぐ》り、本来のサイズに戻った背神兵《はいしんへい》を急襲した。彼女の光矢《こうし》を受けて仰向けに倒れる背神兵《はいしんへい》。この背神《はいしん》兵《へい》は、代行局の分析に依《よ》れば『青』相当だ。荒士《こうじ》のPKビームで弱っていたところに、格上の『紫』が放った直撃弾を受けて、その背神兵《はいしんへい》は戦闘能力を失った。

真鶴《しづる》が巨人の頭上まで一気に飛び上がり、フルフェイスの兜《かぶと》に覆われた顔面目掛けてエネリアルの矢を放つ。その時には既に、真鶴《しづる》はSフェーズを解放していた。

サイズの変化以外で、F型のSフェーズはG型のように外見上の明確な変化は無い。仮面が出現する荒士《こうじ》のSフェーズは例外だ。

ただ微妙な変化として、白い肌はますます白く、濃い色の肌はますます濃く、唇は真っ赤に染まり、瞳の色は半透明のシールド越しでもハッキリと見分けられるようになる。それと、これもわずかな違いだが、胸甲や肩当てなどの装甲が薄くなり身体《からだ》によりフィットするようになる。小さな変化が重なり合って色っぽさが増している印象だ。

そんな印象の変化とは裏腹に、真鶴《しづる》の攻撃は苛烈さを増した。巨人化している背神兵《はいしんへい》の意識は明らかに、真鶴《しづる》に集中している。荒士《こうじ》に注意を払う余裕を失っていた。

真鶴《しづる》の攻撃を受けて背神兵《はいしんへい》が後退する。半壊していた倉庫の被害がますます広がる。ここまで壊れると建て替え以外の選択肢は無いので、貸倉庫のオーナー企業がこの現場を見ていたならば、いっそのこと更地に変えて欲しいと考えたに違いない。

背神兵《はいしんへい》による損害だから、再建費用は代行局によって補塡される。そこには取り壊し費用、撤去費用も含まれるが、全部きれいに壊れてしまった方が建て替えに早く着手できる。この破壊を引き起こしている背神兵《はいしんへい》や真鶴《しづる》にとっては、知ったことではない算盤《そろばん》勘定だが。

知ったことではないという点は、崩れ行く倉庫の間近で粉塵《ふんじん》を浴びている荒士《こうじ》も同じだ。彼は巨人背神兵《はいしんへい》の注意が自分から完全に逸《そ》れたのを確認して、廃墟《はいきょ》と化した倉庫の中に戻った。正直に言って、脱力感は残っている。しかし真鶴《しづる》以外の『紫』がまだ戻ってきていない現状では、彼がしなければならないことがある。

壊れた壁の内側に足を踏み入れる。周りには血と内臓の欠片《かけら》で赤黒くペイントされた瓦礫《がれき》が散らばり、その隙間から押し潰されたテロリストの死体をのぞかせていた。

この光景にはさすがに気分が悪くなったものの、定番の嘔吐《おうと》はしなかった。これ程の惨状を直接見るのは初めてだ。だが自分でも意外に感じる程、ショックは無かった。「修羅場で動揺しない為《ため》」という理由で中学校に進学した直後、師の片賀《ひらが》順充《よりみつ》に警察からくすねてきた惨殺《ざんさつ》死体の写真を見せられた時も——良く考えれば精神的な虐待だ——割と平気だったから、性格的に耐性があるのだろう。生理的にグロを受け付けないという人の逆パターンだ。

捜し物は比較的あっさりと見付かった。荒士《こうじ》が撃った背神兵《はいしんへい》は、下半身が瓦礫《がれき》に埋もれた状態で倒れていた。真鶴《しづる》の攻撃で仲間の背神兵《はいしんへい》がよろめいた際に埋まったのだろう。下半身だけで済んでいて、荒士《こうじ》にとっては幸いだった。

彼は背神兵《はいしんへい》を引きずり出して俯《うつぶ》せに寝かせ、アカデミーから転移《テレポート》で取り寄せた手錠を後ろ手に掛けた。この手錠には神鎧《じんがい》の機能を封じるシステムが組み込まれている。神鎧《じんがい》の強制解除まではできないが、次元装甲の発生とエネリアルアームの具現化を妨害する。神鎧《じんがい》を脱がせられない以上、百パーセント無力化できた保証は無い。だがこれでひとまず無害化できたと考えて良いだろう。

そう考えて荒士《こうじ》が一息《ひといき》吐いた、その瞬間を見計らったようなタイミングだった。

「誰だ⁉」

荒士《こうじ》の前に突如出現した人影。そのシルエットはF型神鎧兵《じんがい》だが、従神戦士《じゅうしんせんし》のものとは少し違っていて、アーマースカートの後部が鳥の尾のように長く伸びている。アーマースカートを構成する金属質《メタリック》な短冊《たんざく》も鳥の羽のような形状だ。

それだけならば特別にカスタマイズされた従神戦士《じゅうしんせんし》がいるかもしれない。現に荒士《こうじ》自身のSフェーズは通常のF型ともG型とも形状が違っている。

だからそれは、直感だった。彼は理屈では説明できない根拠で、その人影は背神兵《はいしんへい》だと判断した。

半透明のシールドに覆われていない、赤い唇が笑みの形に弧を描く。それだけで強烈な色香が漂う。母性でも処女性でもない、「女」性。その笑みの形が荒士《こうじ》の忘れたい記憶を刺激した。

荒士《こうじ》は、グロテスクな死体にも湧いてこなかった吐き気を覚えた。胃から迫《せ》り上がる不快感を、奥歯を噛《か》み締《し》めて堪《こら》える。手で口を押さえるような、弱さを見せる真似《まね》は意地で我慢した。

彼はエネリアルの槍《やり》を呼び出し、穂先をF型背神兵《はいしんへい》に向けた。しかし相手は身構えもしない。ただ荒士《こうじ》を見詰めるだけだ。それが不気味だった。

こうして向かい合っていても、強いのか弱いのか力量が全く読めない。相手は恐らく、自分よりも数段格上だ。ここまで近付かれては、逃げることもできないだろう。それでも荒士《こうじ》は怯《ひる》まなかった。

抗《あらが》ってこそ、活路は見出《みいだ》せる。諦めた者に、絶望は訪れる。——片賀順充《ひらがよりみつ》の教えだ。荒士《こうじ》はそれを、信じていた。その教えに縋《すが》って己を支えていた、と言い換えても良いかもしれない。

一挙手一投足、指先のわずかな動きから微《かす》かな息遣いまで見逃すまいと、荒士《こうじ》は背神兵《はいしんへい》を凝視する。倦怠《けんたい》感を気合いで追い出し、集中力を高める。

笑みの形に弧を描いていた背神兵《はいしんへい》の朱唇《しゅしん》が開いた。

「いきましょう?」

問い掛けるような誘い。荒士《こうじ》には彼女の言葉が「行きましょう」とも「生きましょう」とも「逝《い》きましょう」とも聞こえた。それは忘れたくて記憶の片隅に押し込んだ、あの淫《みだ》らな女教師の「イく」「イって」という嬌声《きょうせい》を思い出させた。

背神兵《はいしんへい》の、半透明だった兜《かぶと》のシールドが透けていく。おぼろに見えるその顔立ちは、何となく彼女に似ていた。

「一緒に、来て……？」

背神兵《はいしんへい》の目が妖しく光る。ねっとりとした声音で荒士《こうじ》を誘《いざな》う。

あの日にも聞いた声。聞いた言葉。

あの過《あやま》ちの、屈辱の日が、フラッシュバックする。


「――五月蠅《うるさ》い、黙れっっ！」


荒士《こうじ》が構える槍《やり》が伸びた。

ＰＫビームを放ったのではない。槍《やり》の柄が瞬時に、倍以上の長さに伸びたのだ。

予備動作が無い刺突に背神兵《はいしんへい》が驚愕《きょうがく》の表情を浮かべる。

槍《やり》の穂先は激しい火花を散らして背神兵《はいしんへい》を突き飛ばし、ぼんやりとした光に変わって消えた。

荒士《こうじ》が膝を突く。さっきは片膝だったが、今度は両膝だ。それでも身体《からだ》を支えられず、両手まで床に突いてしまう。力を使い果たしているのが明らかだった。

壁まで飛ばされた背神兵《はいしんへい》が立ち上がる。さすがに警戒した様子で荒士《こうじ》にゆっくりと近付くが、彼が無力になったと見極めて楽しげに口角を上げた。それは、毒々しいまでの色気を感じさせる笑みだった。

「荒士《こうじ》君が危ない！」と陽湖《ようこ》は心の中で叫んだ。

彼女は真鶴《しづる》に言われたとおり、避難した屋根の上で戦況を見詰めていた。半壊した倉庫の中に入っていく荒士《こうじ》を目で追い掛けたのもその一環で陽湖《ようこ》的には、それ以上の意味はなかった。

——少なくとも、陽湖《ようこ》の意識の表層では。

彼女の心の奥底に横たわる真の動機が何であったかは、この際重要ではない。荒士《こうじ》の行動を視線でトレースしていたが故に、新たな背神兵《はいしんへい》の登場にも、それと交戦した荒士《こうじ》が危地に陥ったのにも、陽湖《ようこ》はいち早く気付いた。

真鶴《しづる》はまだ巨人化した背神兵《はいしんへい》と交戦中だ。見た感じではかなり追い詰めていて、もうすぐ決着が付きそうだ。

ただし、もうすぐ。荒士《こうじ》をピンチから救うには、間に合いそうにない。

何を手間取っているのか他の『紫』の先輩候補生は、まだこの場に戻ってきていない。

秘められていた力が突如覚醒して荒士《こうじ》が自力で状況をひっくり返すというご都合主義も、期待できそうになかった。

自分がやるしかない。

それであの背神兵《はいしんへい》に目を付けられることがあっても。

陽湖《ようこ》はそう決意した。何故《なぜ》自分の身を危険に曝《さら》すような決断をしたのか、彼女はその理由を意識していなかった。おそらくはこの場で誰かに問われても、答えられなかった。

使徒『サイレン』。今、荒士《こうじ》を見下ろしている背神兵《はいしんへい》のコードネームだ。『サイレン』はギリシャ神話の怪物セイレーンを指す英語で、「魅惑的な美女」「妖婦」という意味もある。

セイレーンは半人半魚として描かれることもあるが、元々は半人半鳥。背神兵《はいしんへい》サイレンのモチーフも半人半鳥の方だ。

セイレーンは歌声で人を惑わす怪物。背神兵《はいしんへい》サイレンも、歌こそ用いないものの、人の心を惑わせ操る特殊能力『心理干渉』を邪神に与えられている。今日サイレンは、その力で荒士《こうじ》を操り拉致するように彼女の「神」——自分が従属する邪神から命じられていた。

容易な任務だと、サイレンはつい先程まで考えていた。ターゲットは神鎧《じんがい》を与えられてまだ半年も経《た》たない初心者だ。戦闘力には目を見張るべきものがある。だがいきなり高い戦闘力を発揮する候補生は、各アカデミーに毎年一人や二人は出てくるものだ。ターゲットだけが特別なわけではない。

そういう高い戦闘力を持つ初心者も、精神波の扱いには慣れていない。候補生にまず必要とされるのは精神エネルギーを制御する技術で、精神波を扱う技術はその次の段階だ。精神波をコントロールできない『青』は珍しくないし、『紫』の中にも精神波を上手《うま》く制御できない者はいる。況《いわ》んや『白』の候補生に、彼女の心理干渉を防御できるはずはなかった。

しかし結果は驚くべきものだった。ターゲットの新島荒士《あらしまこうじ》は彼女の術中に落ちなかったのだ。

心理干渉の精神波が届いた手応えはあった。だが強烈な拒否反応、生理的嫌悪《けんお》に近い拒絶によって、彼女の命令《コマンド》は撥《は》ね除《の》けられた。

しかも、それだけではなかった。何が彼の逆鱗《げきりん》に触れたのか、激情と共に繰り出された槍《やり》は単にサイレンの身体《からだ》を突き飛ばしただけではなかった。もう少しで彼女の次元装甲を破るところだった。それ程のダメージをサイレンに与えていた。

だがそれは一時的なオーバーブースト、火事場の馬鹿力的なものだったようだ。ターゲットは今、彼女の前で両膝を突いている。土下座をするような態勢で力尽きている。

サイレンの特殊能力が通じなかった理由は分からない。そのことに屈辱を感じていないと言えば嘘《うそ》になる。だが結果だけを見ればターゲットは抵抗力を失い、彼女の前に無力な姿をさらしている。心理干渉を防がれた屈辱は、任務達成の満足感で相殺《そうさい》できそうだった。

サイレン自身も、先程のダメージで力が低下している。だが転移《テレポート》は彼女の力ではなく邪神の力で行われるものだ。彼女はターゲットの身体《からだ》に触れて、転移《テレポート》を強く願うだけで良《い》い。

サイレンが荒士《こうじ》に手を伸ばす。

しかし、その手は届かなかった。

膝を曲げ身体《からだ》を前に倒したサイレンの頭に直撃した光矢《こうし》——エネリアルの矢が、彼女を大きくよろめかせた。

矢は貫通していない。威力は低く、肉体にダメージは無かった。

だが精神が受けたインパクトは小さくなかった。荒士《こうじ》の攻撃で不安定になっていた次元装甲が大きく揺らぎ、それを支えているサイレンの精神に衝撃がフィードバックされたのだ。彼女が体勢を崩したのはその所為《せい》だ。

攻撃を事前に察知できなかったことも、サイレンにショックを与えた。彼女を襲ったのはエネリアルの矢だ。神鎧《じんがい》のセンサーが残している戦闘記録に頼らなくても、それは分かっている。

弓矢による攻撃には溜《た》めが必要だ。速射の技術を使っても「弓を引く」という動作は省略できない。狙いを付けてしまえば引鉄《ひきがね》を引くだけの銃に比べれば時間が掛かる。

エネリアルアームの弓の場合、時間以上に弓を引く過程で発生する「力の溜《た》め」が神鎧《じんがい》のセンサーに捕捉される。通常の弓と銃器の場合と違って、エネリアルアームは弓よりも銃の方が隠密性《おんみつせい》が高い。

今の射撃の威力から推定される射手の練度は低い。正戦士の『黒』ではあり得ず、候補生のレベルで考えても第三位階の『赤』以下、もしかしたら『白』かもしれない。

そんな相手の射撃に気付かなかったという事実が、サイレンの危機感を刺激した。ダメージの蓄積が自覚している以上に大きいと認めざるを得ない。人質救助でこの場を離れている富士《ふじ》アカデミーの『紫』が戻ってきたら『黒』の実力を持つ自分でも危ないかもしれない。サイレンは邪神と背神兵《はいしんへい》をつなぐテレパシーのホットラインを使って、彼女の「神」に作戦中止の可否を訊《たず》ねた。

矢を放った陽湖《ようこ》は、すかさず倉庫の屋根に伏せた。あの敵の反撃を受ければ自分は一溜《ひとた》まりも無いと、直感的に分かっていた。

死角に入った程度で見付からないという保証は無かったし、大規模な砲撃で辺り一面吹き飛ばされる恐れもあった。それでも彼女は、その場を離れなかった。

恋愛感情も持っていない相手——と陽湖《ようこ》は確信している——に死ぬかもしれないリスクまで負って義理立てするのは、きっと愚かしい真似《まね》だ。それでも彼女は荒士《こうじ》を見捨てられなかった。陽湖《ようこ》は次元装甲に有《あ》りっ丈《たけ》の精神力を注《つ》ぎ込んで自分にできる最大限まで守りを固め、そっと顔を上げた。

その直後に光弾が飛んできて彼女の頭を吹き飛ばす、という最悪の予想は現実にならなかった。廃墟《はいきょ》と化した倉庫の中に、あの背神兵《はいしんへい》の姿は無かった。荒士《こうじ》は力尽きたのか俯《うつぶ》せに倒れており、側《そば》には真鶴《しづる》が両膝を突いて彼の背中に手を当てていた。おそらく転移《テレポート》をしても問題が無い体調かどうか、神鎧《じんがい》のセンサーで調べているのだろう。

——どうやら、ピンチは去ったらしい。

胸を撫《な》で下《お》ろすのと同時に、陽湖《ようこ》は背中に光翅《こうし》を広げて荒士《こうじ》の許《もと》へ一直線に飛んだ。

◇◆◇◆◇◆◇

亜空間の中に造られた、高い岩山の上に立つ中華風の絢爛豪華《けんらんごうか》な建物。神殿だけでなく岩山も造られた物だ。そこは邪神群の一柱『シュエンヌ』の神殿だった。建築様式からすればその建物は「宮殿」と呼ぶ方が相応《ふさわ》しかったかもしれないが、邪神とは言え神の住まいだ。ここはやはり「神殿」と称するべきだろう。

神殿の奥、三層の壇に設《しつら》えられた玉座《ぎょくざ》ならぬ神座《しんざ》の椅子に座る美女。見た目は若い。絹のようにつややかな黒髪は、先の方が壇上に蟠《わだかま》っている。おそらく立っていても床に届く長さだ。着ている物は黒のドレス。建物の印象とは違う、西洋風で現代風のロングドレスだ。胸元が大胆に露出している。印象は一言でいって妖艶《ようえん》。ただし、下品ではなかった。

この美女こそが邪神シュエンヌだ。そして彼女の前、神座の椅子から三段下がった床には背《はい》神兵《しんぺい》サイレンが両手両膝を突き頭を下げていた。

サイレンは邪神アッシュの使徒ではなく、シュエンヌの使徒だった。

「思楽《スーラ》」

思楽《スーラ》というのはサイレンの本名だ。フルネームは黄 思楽《ファンスーラ》という。

「はい、シュエンヌ様」

思楽《スーラ》が主人の邪神を名前で呼んだのは、そう指示されているから。アッシュも同様だから、邪神は名前で呼ばれるのを好むのだろうか。いや、「アッシュ」も「シュエンヌ」も邪神にな〻る前の本名というわけではないから、邪神が名乗る名前は一種の称号なのかもしれない。

「では、報告を聞かせてもらえる？」

「――はい」

顔を上げたサイレンこと黄思楽《ファンスーラ》が、硬い声で返事をする。

「ああ、勘違いしないでちょうだい」

強張《こわば》った表情で言葉を続けようとした思楽《スーラ》を、シュエンヌが遮った。

「思楽《スーラ》を責めるつもりは無いのよ。『白』に心理干渉が通用しないなんて、想定外過ぎるもの。わたくしにも、予想できなかったわ」

砕けた口調で、シュエンヌが慰めのセリフを口にする。

「わたくしが聞きたいのは任務に失敗したという結果ではないの。新島荒士《あらしまこうじ》という半人前が一体どうやってわたくしが授けた心理干渉から逃れたのか、それを聞きたいのよ」

そして、何を報告すべきなのか指図した。

「心理干渉に失敗した理由は分かりませんが、精神波は届いていました」

「アクセスをブロックされたわけではないのね？　すると、スキルそのものが抵抗を受けたということかしら」

「抵抗と言うより、拒絶されたような感じでした」

「拒絶？　どんな？」

「生理的な嫌悪《けんお》感……でしょうか？」

「嫌悪《けんお》感？」

思楽《スーラ》の言葉に、シュエンヌが眉を顰《ひそ》めた。邪神とは思えない、人間くさい表情だ。

アッシュにはどこか人間的に振る舞っているようなところがあった。しかし同じ邪神群の一柱でも、シュエンヌからは本物の人間らしさを残しているような印象を受ける。——ただし、それが善であるとは限らない。極めて人間的に邪悪なのかもしれない。

「はい。私の顔を見て、強いネガティブな感情が発露したように見えました」

「貴女《あなた》の顔を……？　そんなはずないわ」

シュエンヌは「信じられない」という表情で頭を二、三度振った。

「思楽《スーラ》の顔は、あの坊やのお気に召すように作ったはずよ」

その呟《つぶや》きは独り言で、思楽《スーラ》の耳には届かなかった。

「……まあ、良《い》いわ。またすぐにでも、確かめる機会はあるでしょう」

そしてシュエンヌはそんな風に自分を納得させた。

「思楽《スーラ》、ご苦労様でした。用があれば呼ぶから、それまで休んでいなさい」

「かしこまりました」

思楽《スーラ》が再び両手を突いて、恭《うやうや》しく顔を床に近付ける。

シュエンヌは艶然《えんぜん》と微笑《ほほえ》みながら、気取った仕草でパチンと指を鳴らす。

その直後、思楽《スーラ》は糸が切れたように脱力して磨き抜かれた床に突っ伏した。

シュエンヌが腕をサッと横に振る。まるで虫を払うような仕草だ。

次の瞬間、思楽《スーラ》の姿はシュエンヌの前から消えていた。シュエンヌは思楽《スーラ》を、待機用の寝床に仕舞い込んだのだった。

【10】異次元の戦い

「無論でございます。我が神より授かった力、存分に御覧ください」

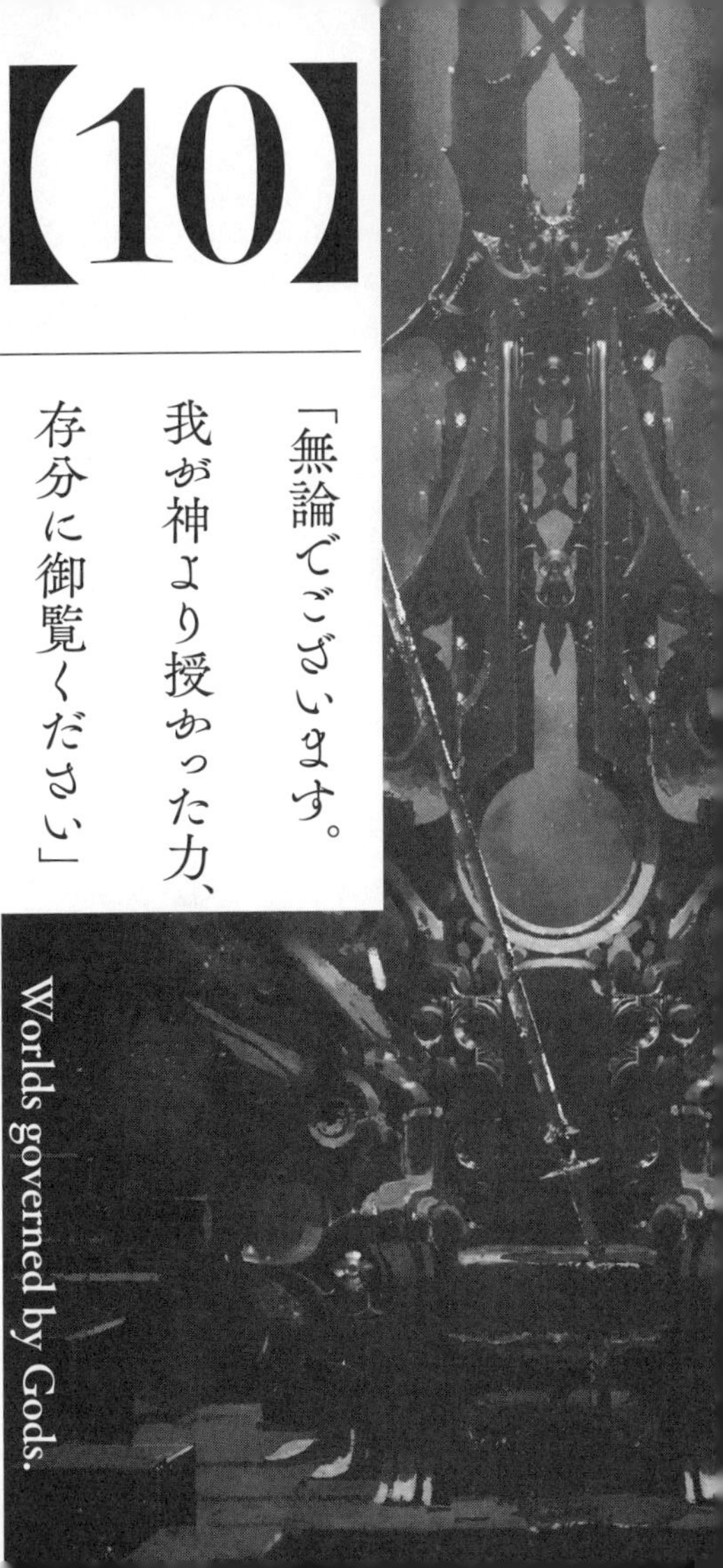

Worlds governed by Gods.

神暦《しんれき》十八年一月十五日。荒士《こうじ》たちが独立派と背神兵《はいしんへい》に占拠されたHIRAGA《ヒラガ》の倉庫に出動したのと同時刻。陽湖《ようこ》の姉、平野名月《たいらのなつき》は月の裏側にいた。

周りには大勢の従神戦士《じゅうしんせんし》が集まっている。今能翔一《こんのしょういち》を始めとする富士《ふじ》代行局所属の従神戦《じゅうしんせん》士《し》だけではない。世界各地から神々の戦士が集結していた。

今日はテレポートジャマーの供給元、異次元の地球『マテル』制圧作戦の決行日だ。もうすぐ次元を転移《テレポート》して、邪神が支配する惑星へ攻め込む計画になっていた。

正規の従神戦士《じゅうしんせんし》になってから約一年半、名月《なつき》は一度だけ異次元への遠征に加わったことがある。だがその時は援軍として次元の壁を越えた。戦場は彼女が従い彼女に加護を与える神々の神域《しんいき》の内側だった。

しかしこれから実行される作戦は、邪神が支配する領域に飛び込んでいくことになる。これまで神々が支配する神域《しんいき》でしか戦ったことがない名月《なつき》は緊張し、不安を覚え、恐怖を抑えられずにいた。

「戦士平野《たいらの》」

「——はい」

いきなり声を掛けられて動揺しながらも、名月《なつき》は何とか噛《か》まずに応えを返した。

なおアカデミーの候補生が「○○候補生」と呼ばれるのに対して、正戦士は「戦士○○」と呼ばれる。これは従神戦士《じゅうしんせんし》同士で話す場合も支援スタッフから話し掛けられる場合も同じだ。

──閑話休題《それはともかくとして》──。

「敵地への出撃は初めてだったな」

「……はい」

返事をするまでに生じたタイムラグは、意外感の所為《せい》だった。

翔一《しょういち》は名月《なつき》の上官ではない。元々『黒』《アルコーン》の従神戦士《じゅうしんせんし》には、一人で一戦闘単位のようなところがある。一人一人が代行局から、時には代行官から直接命令を受けて出動し、他の従神戦士《じゅうしんせん》士《し》と共闘する場合もそこにあるのはあくまで共闘関係で、上下関係は無い。

それに名月《なつき》が遂行してきたミッションは主に富士《ふじ》代行局の防衛。異次元や亜空間、次元狭界《きょうかい》に出撃することが多い翔一《しょういち》とは、同じミッションに従事した経験はほとんど無い──というか、彼女が援軍の一員として異次元に派遣された、あの一度だけだった。

翔一《しょういち》は何処《どこ》で名月《なつき》の出動履歴を知ったのだろうか。もしかして今回の作戦の為《ため》に、富士《ふじ》代行局に所属する戦士のデータを調べ上げたのだろうか。

それは、あり得ることのような気がした。ジアース世界の現役従神戦士《じゅうしんせんし》の中では翔一《しょういち》が最年長、最もキャリアが長い最先任だ。単に時間だけではなく、実績の量も質も最も優れている。ジアース従神戦士《じゅうしんせんし》の現地纏《まと》め役として、最も適任なのは翔一《しょういち》で間違いなかった。

もしかしたらそれを見越してデータを集めたのかもしれないし、代行局から非公式にリーダーの役目を務めるように言われてデータを渡されたのかもしれない。

「不安か？」

「……正直に言えば、不安で、少し怖いです」

まさかここまで直截的《ちょくせつてき》に問われるとは思わなかったが、訊《き》かれてみればすんなりと本心を口にできた。そして不思議なことに、不安と恐怖を口に出したことで少し気持ちが楽になった。

「良《い》いことだ」

それに対する翔一《しょういち》の反応は、少し奇妙に思われるものだった。

「……良《い》いことなんですか？」

こう訊《たず》ねたのは名月《なつき》ではない。二人の会話を横で聞いていた名月《なつき》の同期、ナタリア・ノヴァックだった。

「不安も恐怖も感じない兵士は無謀な突撃で戦友まで巻き込む。これは通常の軍隊だけでなく我々従神戦士《じゅうしんせんし》にも言えることだ。私はそんな阿呆《あほう》と戦場で肩を並べたくはないな」

感情が感じられない淡々とした毒舌には経験に裏打ちされた、疑う余地のないリアリティがあった。

「それに、これから向かうのは邪神群の神域《しんいき》。神々のサポートが制限される不利な環境だ。緊張して、慎重になるくらいでちょうど良《い》い」

「――はい」

返事をしたのは名月《なつき》だけではなかった。ナタリアと二人で翔一《しょういち》の言葉を嚙《か》み締《し》めていた。

月の裏側に設置された転送ゲートを通り抜けると――そこはやはり、月の裏側。大きさも重力も景色も全く同じ。衛星だけでなく母星も、地上の人工物を除けば観測できる差異は無い。マテル世界は天体の特徴で見る限り、ジアース世界と瓜二《うりふた》つだった。

この作戦にはジアース世界だけでなく、神々が支配する幾つもの次元の従神戦士《じゅうしんせんし》が参加していた。そのほとんどの次元がジアース世界よりも長い年月、神々に仕えてきた歴史を持つ。この場に派遣されている従神戦士《じゅうしんせんし》の人数で言っても、ジアースは少ない方だ。しかし今回、主体となるのはジアース世界の部隊だった。

それ故に全体の指揮役はジアースの従神戦士《じゅうしんせんし》に割り当てられていた。ただしそれは、上官という意味ではない。神々の目となって戦場を俯瞰《ふかん》し、神々の命令に従って戦士の移動を調整する伝令役だ。なお、その役目が与えられたのは今能《こんの》翔一《しょういち》ではない。リーマ・ザワディ・マーザイという名のケニア人女性だ。翔一《しょういち》には前線で、主戦力の一員として活躍することが期待されていた。

◇　◆　◇　◆　◇　◆　◇

従神戦士《じゅうしんせんし》をこの次元に導くゲートが閉じた。どうやら作戦に参加予定の従神戦士《じゅうしんせんし》は全員揃《そろ》ったようだ、と思わせたところで新たな転送ゲートが開く。今まで開いていた円形のゲートより遥《はる》かに大きな、正三角形のゲートだ。

そこから出てきたのは、浮遊する小型ピラミッド。小型と言っても底面の各辺と斜辺が約五メートル、高さが約三・五メートルある。表面は継ぎ目のない滑らかな金属でできていた。

月面から十センチの高さに浮遊する小型ピラミッドは『移動ポート』と呼ばれる移動型の物質転送機だ。神々の力を中継し、四つの斜面に転送フィールドを形成する。

それが合計十基、この場に持ち込まれた。テレポートジャマーの破壊に成功すれば、同時に四十人の回収が可能になる計算だ。これは作戦に参加する従神戦士《じゅうしんせんし》の三分の一以上の人数。つまり三回の転送で、全員が戦域を離脱し月の裏側まで退却できるということになる。従神《じゅうしん》戦士《せんし》の作戦としては、かなり大きな安全マージンを取っていると言えた。

別の大型ゲートが開く。そこから出てきたのは多数の円盤形無人兵器・ソーサー。機動性に優れ、従神戦士《じゅうしんせんし》の乗り物としても使用される機種だ。

『皆さん、突入を開始して下さい』

伝令役のリーマから作戦開始の合図が出された。

従神戦士《じゅうしんせんし》がソーサーに飛び乗る。そして次々とマテル世界の地球に向かっていった。

その場に残ったのは移動ポートを守る役目のG型従神戦士《じゅうしんせんし》四人だけだった。彼ら以外には、伝令役のリーマも含めて月の裏側に残っていなかった。

◇◆◇◆◇◆◇

マテル世界の地球は『ノバローマ』という名の専政国家によって統一・支配されている。極めて高度に発達した科学技術によって国民は貧困から解放されているが、徹底した最適職業配分政策が人々に息苦しさを与えていた。

最適職業配分政策とは、誕生時および幼児期に行われる適性検査で親の地位や財産に関係なく成人後の職業が割り当てられ、幼少期から適性職業に合わせた専門教育を行うというものだ。

建前の上では、職業選択の自由は保障されている。だが徹底した専門教育の弊害で、他の職業を選んでも適応できない。ＡＩの補助があっても高度化しすぎた社会・生産・事務・技芸システムを使いこなせない。周りが専門家ばかりだから、ＡＩの下僕、システムの奴隷としての存在価値も得られない。結局、与えられた職業に就く以外の選択肢は無い。

それはある意味で平等かつ効率的な社会制度だと言える。自分に向いていない職業を親や親戚に押し付けられることもない。しかしその反面、幼児期の適性検査でエリートコースに選ばれなかった者に浮上の機会は無い。青少年期に好きなことが見付かっても、趣味以上にはできない。

そして政治家に選ばれた者たちにも、この職業制度を変える権限は与えられていない。何故《なぜ》なら現行の制度に能力的にも性格的にも最も適合する人間が、権力の最高階層に就任する仕組みになっているからだ。

今回の作戦は、ノバローマの社会制度に不満を持つ現地の人々の協力によって成り立っている。不満分子との連携が無ければ、これほど速やかにテレポートジャマーの供給元を特定できなかった。

誤解を避ける為《ため》に、これは言っておかなければならないだろう。この社会制度を作ったのは、マテル世界を支配する邪神『ワイズマン』ではない。何故《なぜ》かジアース世界の英語と同じ発音の名称を持つこの邪神は、マテル世界にほとんど干渉していない。関心が無い、と言う方が適切かもしれない。

テレポートジャマーの供給も、マテルの技術者が独自に開発し製品化した物を対価を払って購入し、邪神群の中でも直接交流がある一部の邪神に提供しているだけに過ぎなかった。――なおマテル世界は自力で物質転送機を実用化している。テレポートジャマーは、この転送機を使った犯罪を防止する目的で発明された。またワイズマンはこの製品の対価を、マテル世界の太陽系ではほとんど採掘できない希少元素の鉱石で支払っている。

そういう事情からか、従神戦士《じゅうしんせんし》の攻撃に対応した神鎧《じんがい》兵は、マテル以外の次元から来た者が多かった。

そもそもワイズマンは神々、邪神群を問わず、ジアースや他の世界でも行われているような徴兵制度をマテル世界に敷いていない。マテル人の神鎧兵《じんがいへい》は、ワイズマンが独自にスカウトし、独自に自分の使徒にした者だけだ。その数は少なく、全部合わせても二十人以下。その中にはまだ育成中の、ジアース世界の基準で『紫』未満の神鎧兵《じんがいへい》も含まれている。

必然的に、神々の軍勢に相対する防衛戦力はワイズマンが支配する他の次元の使徒が主力となった。

またそこには、他の邪神が支配する次元の使徒も援軍として参加していた。

◇◆◇◆◇◆◇

ノバローマの首都カエサリアでは下級市民の暴動、いや、叛乱《はんらん》が起こっていた。ただし目に見える流血は、今のところ無い。市民たちは市内各所のアクセスポイントから一斉に、カエサリア行政システムをクラッキングしていた。

下級市民と言っても高度な専門教育を受けた者ばかりだ。その中には、システムのメンテナンスに携わっている者も少なからずいる。システム開発や改良の仕事がしたくても、それを許されなかった技術者たちだ。

またインフラ整備の担当者もいる。この世界ほど科学技術が進み、全惑星規模で隅々まで普及していれば人力の作業は皆無に近いが、土木工作機械の操作にも専門知識と技能が必要だ。

彼らが叛乱《はんらん》に参加したことで都市の物理的な情報網は、むき出しになっていた。

覆いを剝《は》がされたアクセスポイントにエンジニアが取り付き、都市のシステムを攪乱《かくらん》する。

システムを乗っ取るまでには至らなかったが、それでも首都カエサリアの都市機能は半身不随の状態に陥った。

この事態にノバローマ政府が武装治安部隊を出動させたのは当然の対応と言える。ただその武装が非殺傷武器ではなく致死性が高い銃器だったのは、当然とは言い難《がた》い。

職業選択の自由が法的には認められていることを始めとして、ノバローマの政治は表面的には、民主的なようにも見える。しかしその本質はやはり専制国家だ。

政府の代表は首席執政官と言い、血統ではなく適性で選ばれる。ただ、選ぶのは前任の首席執政官で、任期は終身だ。生きている内に後任を選び、死後に地位を譲渡する。選ばれた後継者の地位も盤石とは言えず、途中で交代させられることが頻繁に行われている。

首席執政官に最優先で求められる資質は、効率的な社会の維持。つまりはノバローマの現体制を固守し、現体制の枠組みの範囲内でのみ発展させることだ。その為《ため》、政府高官の全員が体制への叛逆《はんぎゃく》を弾圧する姿勢になる。一切の批判を許さない、専制国家の出来上がりだ。

叛乱《はんらん》を煽動《せんどう》したのはジアース世界から送り込まれた神々陣営の工作員だった。叛乱《はんらん》を煽《あお》ったのは、マテルの人々を圧政から救う為《ため》ではない。煽動《せんどう》は侵攻作戦の一環だった。

テレポートジャマーの例でも分かるとおり、マテルの科学力は神鎧兵《じんがいへい》にとっても無視できない。神鎧《じんがい》の装着者にダメージは与えられなくても、行動を阻害することはできる。邪神の領域で敵の神鎧《じんがい》兵を前に行動阻害を喰《く》らえば致命傷につながりかねない。

次元装甲が展開されている限り神鎧《じんがい》の装着者が傷を負うことはないが、ダメージが蓄積すれば次元装甲は解除されるし、エネリアルの装甲は同じエネリアルの武器で貫かれる。神鎧《じんがい》兵は、絶対的に不死身ではないのだ。

大規模な暴動を引き起こし首都機能を麻痺《まひ》させることで、ノバローマ現地軍の反撃を遅延させ侵攻を円滑に行う。それがジアース工作員の目的だ。ジアース工作員による煽動《せんどう》がなければ暴動は起きなかった。

ただそれが叛乱《はんらん》に発展したのは、マテルの人々にも不満がたまっていたからだろう。しかしそれは、言い訳にはならない。工作員の暗躍がなければ叛乱《はんらん》は発生しなかった。だから叛乱《はんらん》で死傷者が出たら、工作を命じたジアース世界の代行局、そこに所属する従神戦士《じゅうしんせんし》にも責任の一端がある。

――それを名月《なつき》は、十分すぎるほど理解していた。

しかし今回の作戦で、マテルの一般人同士の衝突に介入することは許されていない。たとえ銃器で武装していようと、神鎧《じんがい》兵でなければ一般人だ。自分たちの都合で協力者に仕立て上げた市民が銃撃で一方的に傷付き命を落とす姿を見ても、手を出せない。

最初の攻撃に成功して次の作戦目標に向かっている途中の空中で、動力甲冑《パワードアーマー》で武装した治安維持隊に一方的に撃たれ血を流す市民を目撃して、名月《なつき》は心の中で何度も詫《わ》びた。謝罪の言葉で罪の意識を誤魔化して、彼女は悲惨な光景に目を瞑《つぶ》る。

実際に目を閉じていたわけではなかった。いや、たとえ瞼《まぶた》を閉じていようと神鎧《じんがい》のセンサーは次元装甲の外側の情報をダイレクトに、装着者の意識に伝える。

だが幾らセンサーが情報を伝えてきても、注意力が低下している状態では認識が遅れる。

名月《なつき》が敵を認識したのは、彼女に向かって攻撃が放たれた後だった。

◇◆◇◆◇◆◇

硫黄島《いおうとう》の作戦から待機を命じられていた鷲丞《しゅうすけ》がほぼ三ヶ月ぶりに与えられた任務は、マテル世界への援軍だった。ずっと任務を与えられずに燻《くすぶ》っていたところに、ジアースの使徒の中から派遣されるのは鷲丞《しゅうすけ》だけだと邪神アッシュに言われて、鷲丞《しゅうすけ》は張り切っていた。

勇んで転送ゲートをくぐった鷲丞《しゅうすけ》が出た先は、巨大な柱が立ち並ぶ広い建造物の中だった。柱にも床にも継ぎ目は見当たらない。

彼はまず柱に触れ、次に片膝を突いて床に触れた。どちらも木の感触がした。まるで、あり得ない程の巨木を材料にしてパルテノン神殿を再現したような建物だ。

あるいはミニチュアの神殿を巨大化しているのか、自分が小型化されているのか。……そこまで考えて、鷲丞《しゅうすけ》は自分の思考が無意味だったことに気が付いた。

ここはおそらく「神」が創った領域。彼が仕える善神が送り出した先だ。多分、善神ワイズマンの神殿なのだろうと、鷲丞《しゅうすけ》は考えた。

「善《よ》くぞ参った。ジアースのグリュプス」

鷲丞《しゅうすけ》が答えにたどり着くのを待っていたようなタイミングで声が掛かった。

鷲丞《しゅうすけ》が声のした方に振り向く。

そこには長い白髯《はくぜん》を蓄えた老人が立っていた。「老人」と言っても、弱々しい感じは全く無い。ゆったりした服に身を包み、背筋を伸ばして堂々と立っている。ラファエロの名画『アテナイの学堂』に描かれたプラトン（モデルはレオナルド・ダ・ビンチと言われている）を連想させる姿だった。「オールド・ワイズマン（老賢者）」のイメージどおりの姿だ。

「ワイズマン様でいらっしゃいますか？」

鷲丞《しゅうすけ》は拝跪《はいき》の姿勢を取りながら訊《たず》ねる。

「如何《いか》にも。余がワイズマンじゃ」

時代がかった喋《しゃべ》り方だな、と鷲丞《しゅうすけ》は思った。ただ、板に付いている。演じている不自然さは感じられなかった。

「我が神アッシュの仰《おお》せにより援軍に馳《は》せ参《さん》じました。何なりとお申し付け下さい」

「大儀である。既に戦は始まっておる故、早速ではあるが出陣してもらいたい」

「無論でございます。我が神より授かった力、存分に御覧ください」

鷲丞《しゅうすけ》のこの言葉は形式的なものではなかった。今更、神鎧《じんがい》のことを指したものでもなかった。彼が三ヶ月もの間、出撃を命じられなかったのは、新しくアッシュに与えられた切り札の習熟が優先されたからだった。

「期待しておるぞ。ジアースのグリュプス」

ワイズマンの言葉に、鷲丞《しゅうすけ》は下げていた頭を一層深く垂れた。

◇◆◇◆◇◆◇

衝撃波が名月《なつき》を襲う。ただ、その攻撃は彼女を狙ったものではなかった。

彼女は今、三人の従神戦士《じゅうしんせんし》と共に空を飛んでいる。いずれもジアース世界の従神戦士《じゅうしんせんし》だが、所属する代行局は異なる。G型が三人、F型が名月《なつき》一人のチームだ。

今日の戦術目標はテレポートジャマーを供給する地上施設の破壊。目標は施設のみで一般人の殺傷は避ける方針だ。名月《なつき》たちのチームに割り当てられた目標は中核部品の生産工場。

工場は遠隔操作され、現場には人がいないと分かっている。地上戦闘力と防御力に優れたG型従神戦士《じゅうしんせんし》で工場を破壊し、名月《なつき》はそれを空から掩護《えんご》するという役割分担だ。

テレポートジャマーが何時《いつ》何処《どこ》で起動するか分からないので、転移《テレポート》は使わず空を飛んで移動している。防御力に優れるG型が三人で横一列《アブレスト》になり、名月《なつき》がその後方に続いていた。

襲い掛かってきた衝撃波は、前を飛ぶG型を狙ったものだった。名月《なつき》が受けたのは余波だ。にも拘《かか》わらず、彼女は大きく体勢を崩されていったん止まらなければならなかった。

直撃を受けたG型の三人は地上にいた。撃墜ではない。次元装甲を破られるまでには至っていないが、ダメージの所為《せい》で飛行状態を維持できなかったのだ。

地上に降りた三人の従神戦士《じゅうしんせんし》に、邪神の神鎧兵《じんがいへい》が襲い掛かる。単騎で斬り掛かるその者は、衝撃波を放った戦士に違いなかった。

「あれはっ⁉」

思わず声を上げる名月《なつき》。邪神の戦士は見覚えのある姿をしていた。

（鷲丞《しゅうすけ》……）

今度は心の中で呟《つぶや》く。それは五ヶ月前に見た背神兵《はいしんへい》グリュプス、かつて友人だった古都鷲《こみやしゅう》丞《すけ》に間違いなかった。

鷲丞《しゅうすけ》の妹の真鶴《しづる》は、兄と名月《なつき》が付き合っていたと未《いま》だに誤解している。だが、二人の間に男女の関係は無かった。——しかし、だからと言って、ただの知り合い、ただの友人だったというわけでもない。

友達以上、恋人未満。

鷲丞《しゅうすけ》が姿を消した当時の、二人の関係を言い表す言葉はこれが一番適切だ。

ただ、鷲丞《しゅうすけ》が邪神に目を付けられず、また『黒』の地位を争っていた同期生に陥《おとし》れられず、順当に従神戦士《じゅうしんせんし》になっていれば、おそらく「恋人未満」は「恋人同士」に変わっていた。

しかしそれは、実を結ぶ前どころか花開く前に潰《つい》えた可能性だ。名月《なつき》は恋愛未満だった想《おも》いを引きずってはいないし、今更関係を結び直す気も彼女には無い。それはきっと、鷲丞《しゅうすけ》の方も同じだろう。

過去にさえなれなかった男と女。だが忘れたい過去にならなかったからこそ、その姿を見誤ることはない。

仲間の従神戦士《じゅうしんせんし》が追い詰められている。三対一だが、最初のダメージが尾を引いているのだろう。彼らの動きには精彩が無かった。三人でカバーし合うことにより、何とか決定打を喰《く》らわずに凌《しの》いでいる。

(こんな次元を越えた戦場で、敵同士として出会うなんて)

数奇な運命とは思わなかった。ただ、運命とやらの皮肉と悪意は感じずにはいられない。

名月《なつき》は遣《や》り場《ば》のない不満、いや、憤懣《ふんまん》を抱えながら弓を引き絞り、仲間を救うべく鷲丞《しゅうすけ》に光矢《こうし》を放った。

弓が引かれた気配に、グリュプスは空を仰いだ。

今の彼は鷲丞《しゅうすけ》ではなかった。邪神アッシュの為《ため》に戦うだけの、邪神の兵士グリュプス。それ以外の何者でもなかった。

意志力の全てを戦闘に向ける。そして、神鎧《じんがい》とエネリアルアームの力に変換する。

それが邪神アッシュに与えられた、鷲丞《しゅうすけ》の新たな力だった。


……硫黄島《いおうとう》の戦いに納得がいかなかった鷲丞《しゅうすけ》は、『白』であるにも拘《かか》わらず荒士《こうじ》が何故《なぜ》あれ程の戦闘力を発揮できるのかアッシュに訊《たず》ねた。

アッシュは少しの間考えて、「ある種の狂戦士だからだろう」と答えた。

戦うこと、敵を斃《たお》すことに関して、箍《たが》が外れている。人間ならば働くはずの、抑制が機能していない。何らかの理由で精神的に壊れている。その所為《せい》で、意志の力を本来使ってはならない部分まで闘争に注《つ》ぎ込んでいる。それが神鎧《じんがい》の性能に反映しているのではないか。——それがアッシュの推理だった。

鷲丞《しゅうすけ》は、自分も同じように神鎧《じんがい》の性能を引き出せないかと、アッシュに訊《たず》ねた。

アッシュの答えは「可能だが、止めた方が良《い》い」だった。

それは、自らバーサーカーとなる道だ。自分を捨ててまで、強さを求める必要はない——と、アッシュは続けた。

忠誠を誓っている神に諭されて、鷲丞《しゅうすけ》は納得した。

表面的には。

本心からは納得していないのは、アッシュでなくても分かったに違いない。

アッシュは「仕方がない」と諦めの口調で呟《つぶや》いて、「一時的のもので良ければ」という妥協案を出した。

——鷲丞《しゅうすけ》、注意するんだよ。

——狂戦士になれば、戦闘力は跳ね上がる。

——今まで使えなかった潜在能力も引き出せるだろう。

——でも勝利が常に、幸せな結果になるとは限らない。

——余分な感情があるから、手の中に残るものもある。

その上でアッシュは鷲丞《しゅうすけ》に、こんな忠告をした。

鷲丞《しゅうすけ》は「信じる神の為《ため》の、信じる正義の為《ため》の勝利を手にできれば、それ以上は望まない」と返した。

彼の固い決意に応えて、アッシュは鷲丞《しゅうすけ》の神鎧《じんがい》に手を加え、新たな力を授けた。

神妙に跪《ひざまず》き目を閉じていた鷲丞《しゅうすけ》は、その時のアッシュの笑顔を目にしなかった。

邪神は狂戦士の力を授けながら「計算どおり」とでも言いたげな、満足感を醸《かも》し出《だ》す笑みを浮かべていた……。

弓矢が射掛けられる気配を捉えたグリュプスは最も近くにいた従神戦士《じゅうしんせんし》に強烈な斬撃を叩《たた》

き込んで仰《の》け反《ぞ》らせ、その隙に飛び上がった。

光矢《こうし》が放たれるタイミングに合わせて左腕の円盾を前に翳《かざ》す。

読み違《たが》えはなかった。円盾は光矢《こうし》を受け止め、防ぎ切った。

二射目が降ってくる前に、グリュプスは射手の前にたどり着いた。

弓を引き絞った名月《なつき》の、すぐ目の前に。


まるで一瞬先を予知したように、この近距離で半光速の光矢《こうし》を的確に防御し、自分の間近に迫ったグリュプスに、名月《なつき》は驚きを禁じられなかった。しかし心の動揺とは別に、彼女の身体《からだ》は遅滞なく動いた。

弓を引いたまま狙いを変え、弦を解放する。至近距離から放たれた光矢《こうし》は、ほぼ同時にグリュプスが身体《からだ》の前に翳《かざ》す円盾の中心に命中し、エネルギーに還《かえ》って炸裂《さくれつ》した。

エネリアルは精神エネルギーを固定した半エネルギー・半物質。物質化が解かれれば精神エネルギーに換わる。一部が光子に変換される為《ため》、物理的な作用が皆無ではない。だがやはり、通常兵器や核兵器、神々の無人兵器に搭載されている反重力兵器と比較すれば、物理的な作用は無いに等しい。

しかし、作用する対象がエネリアルや次元装甲であれば話は別だ。

まずエネリアルだが、この半物質を構成する精神エネルギーは所属する陣営に応じて、神々または邪神から供給されている。神鎧《じんがい》兵が自前の精神エネルギーを絞り出して物質化しているのではない。神鎧《じんがい》はコネクターを通じて供給されるエネルギーを半物質に変換し、エネリアルアームは神鎧《じんがい》に蓄えられたエネルギーを再変換しているものだ。

しかし神々または邪神から供給されたエネルギーを物質として保ち続けるのは、神鎧《じんがい》兵の精神力だ。神鎧《じんがい》兵の精神エネルギーを代償に、神鎧《じんがい》とエネリアルアームは維持されている。

そこに精神エネルギーをぶつければ、エネリアルを物質に保つ力が揺らぐ。爆発力が維持力を上回れば、物質化が解除されて融《と》けてしまう。エネリアルアームの破壊、神鎧《じんがい》の破損はこうして起こる。

次元装甲も神鎧《じんがい》に蓄えられたエネルギーを神鎧《じんがい》兵の精神力で変換しているという点ではエネリアルアームと同じ。違いは、半物質をいったんエネルギーに戻して再度物質化するか、非物質の障壁として展開するか。次元装甲も神鎧《じんがい》兵の精神力で維持されている。

また次元装甲は、あらゆる物理的な干渉を遮断する性質を持っている。それはつまり、物理的な力では破れないということだ。精神エネルギーか、若《も》しくはそれを非物理的な力に変換した攻撃しかダメージを与えられない。

要するに精神エネルギーの爆発に遭えば、神鎧《じんがい》・エネリアルアーム・次元装甲は破損しないまでも、何らかの揺らぎを見せるはずだし、神鎧《じんがい》兵の挙動にもそれが影響するはずだった。

しかしグリュプスは全く何事も無かったかのように、爆発光の中を突っ切ってきた。

予想外の展開に、名月《なつき》の後退が遅れる。武器の換装も間に合わない。

心の中で呟《つぶや》く声は、何故《なぜ》か冷静だった。

(あっ、避《よ》けられない)

回避できないと冷静に判断しながら、名月《なつき》は弓で長剣を受け止めようとする。

「鷲丞《しゅうすけ》!」

彼女の叫びは、かつての情に訴えるものか。少しでも剣閃《けんせん》を鈍らせようと、咄嗟《とっさ》に企《たくら》んだものか。

しかし今のグリュプスは鷲丞《しゅうすけ》ではなかった。アッシュによって作り替えられた狂戦士だった。

容赦なく撃ち込まれる長剣。

弓が弾《はじ》き飛《と》ばされ、形を失う。

すかさず二の太刀が振り下ろされる。

袈裟《けさ》斬《ぎ》りの剣撃は名月《なつき》の次元装甲を斬り裂き、エネリアルの装甲を斬り裂き、彼女の身体《からだ》を斬り裂いた。

墜落する名月《なつき》。

グリュプスはそれに見向きもせず、他の従神戦士《じゅうしんせんし》を仕留めるべく、再び地上に戻った。

◇◆◇◆◇◆◇

名月《なつき》は見慣れた天井の下で目を覚ました。自分が寝かされているのは富士《ふじ》代行局の附属病院のベッドだとすぐに分かった。

「目が覚めたのね。良かった」

「……光《ひかり》先輩？」

しかしベッドサイドに付き添っていた女性が誰なのかを認識するのには、短いタイムラグが必要だった。

「何故《なぜ》先輩が……？」

「今回の遠征は負傷者が多くてね……。お手伝いに駆り出されたの」

悲しみを抑えた顔で鹿間《かまた》多光《ひかり》が答える。自動化が進んだ代行局では、医療スタッフの人数も少ない。そもそも神鎧《じんがい》兵の負傷は稀《まれ》な例外と想定されているから、他の部署に比べても最低限の人数に抑えられている。医療スタッフの人数はアカデミーの方がむしろ多いくらいだ。

アカデミーに勤務している光《ひかり》が代行局の医務室にいるのは、そういう理由で人手が不足しているからだった。

名月《なつき》が「先輩」と言っているのは文字どおりの意味で、光《ひかり》のアカデミー入学は名月《なつき》よりも一年早い。

人当たりが柔らかく面倒見が良《い》い光《ひかり》はアカデミーの後輩に慕われていた。名月《なつき》は早い段階で光《ひかり》と同じ位階に追い付き『紫』となった時点で追い越したが、入学初年度に色々と世話をしてくれた光《ひかり》のことは、他の同期生と同様に先輩と敬い慕っていた。

「名月《なつき》、じゃなくて、戦士平野《たいらの》」

ぎこちなく言い直す光《ひかり》に、名月《なつき》は軽く噴き出した。

「名月《なつき》で良《い》いですよ」

そして笑顔で応えを返す。――本人は笑顔を浮かべたつもりだったが、客観的に見て、上手《うま》く笑えていなかった。

「ありがと。じゃあ、名月《なつき》。気分はどう？　苦しいとか辛《つら》いとか無い？」

「あっ、はい。痛みはありません」

それは強がりではない。名月《なつき》は肉体的な異状を自覚できなかった。自分が何故《なぜ》医務室に運び込まれているのか、理由が思い当たらなかったくらいだ。

「そう、良かった。まあ、身体《からだ》の傷は神々が直接治してくださったから、痛みも後遺症も残らないはずなんだけど。でも心の方は神々にも迂闊《うかつ》に手出しできないそうだから、しばらく療養が必要よ」

「身体《からだ》の傷……？」

光《ひかり》の言葉で、名月《なつき》は「理由」を思い出した。

名月《なつき》が悲鳴を上げる。両手で頭を抱え、指を髪に突っ込みかき回す。身体《からだ》を深く折り曲げ、記憶の中から襲い掛かる恐慌《きょうこう》を吐き出す。パニックのフラッシュバックだ。

神鎧《じんがい》を装着していたにも拘《かか》わらず、直接身体《からだ》を斬られたこと。

その相手が、もしかしたら恋人になっていたかもしれない鷲丞《しゅうすけ》だったこと。

何よりも、自分に食い込んだ刃から伝わってきたグリュプスの心情。心の在り方。

そこにあったのは本人のものかどうかすら定《さだ》かでない、戦いを求める意志だけだった。他には、勝ちたいという欲すら無かった。

ただ、戦う。それ以外は空っぽ。

いや、逆かもしれない。空虚にされた心に、戦いだけを注ぎ込まれたのかもしれない。

名月《なつき》にテレパシーの能力は無い。神鎧《じんがい》のテレパシーシステムは送信と受信だけのもので、読み取る機能は無い。だから名月《なつき》はあの瞬間まで、鷲丞《しゅうすけ》の心の中をのぞいたことは無かった。

だが、断言できる。あれは鷲丞《しゅうすけ》の心ではない。別の「何か」だ。鷲丞《しゅうすけ》の身体《からだ》に何か別のものが入り込んで、躊躇《ためら》いも葛藤も使命感も、快感すらも無く名月《なつき》を斬った。

何がそんなに恐ろしいのか、今の名月《なつき》には上手《うま》く言葉にできない。ただ鷲丞《しゅうすけ》でなくなった鷲丞《しゅうすけ》に斬られたことが正気を手放す程にショックだった。

悲鳴の形で吐き出しても、吐き出しても、パニックは尽きなかった。

記憶の中から際限なく恐慌《きょうこう》が湧き上がってくる。

懸命に宥《なだ》め、励ます光《ひかり》の言葉は、名月《なつき》の意識に届いていない。

ストレスの波状攻撃に耐え切れなくなって、遂《つい》に名月《なつき》は意識を失った。彼女の身体《からだ》はグラリと揺れて、横倒しに崩れ落ちた。

◇◆◇◆◇◆◇

「じゃあ、ミッションは成功したのね？」

妹であり担当の管理官でもある翡翠《ひすい》の問い掛けに、翔一《しょういち》は「ああ」という最小限の返事と共に、一度だけ頷《うなず》いた。

「余りにも負傷者が多かったし犠牲者まで出ているから、ミッションは失敗したのかと思っていたわ」

従神戦士《じゅうしんせんし》は神々とリンクしている。戦士の側から神々の意識を読み取ることはできないが、その逆は容易だ。そして代行官《アルコーン》とディバイノイドは神々から必要な情報を直接受け取る。人間の代行局員はその情報を代行官《アルコーン》＝オラクルブレインの端末か、ディバイノイドから報《しら》せられる。

このような仕組みになっているから、代行局員は従神戦士《じゅうしんせんし》のミッション遂行の為《ため》に必要な準備をして、出撃中必要に応じて彼らのサポートをするだけで、その結果について従神戦士《じゅうしんせんし》から報告を受ける組織制度にはなっていない。

だから代行局員の翡翠《ひすい》が、自分たちのサポートが届かない異次元世界で行われた今回のミッションについて、ここで翔一《しよういち》を問い詰めるまでその結果を知らなかったのは別段おかしなことではなかった。彼女の声が少し不機嫌なのは「実の妹にくらい真っ先に教えてくれても良いじゃない」と少しばかり拗《す》ねていたのだ。その裏には、翔一《しよういち》の状態を気遣う家族の情があった。

「データの方も全て処理できたのね」

この翡翠《ひすい》のセリフは質問ではなく少し大きめの独り言だったが、翔一《しよういち》は妹に無言で小さく頷《うなず》いて見せた。

今回の出動目的は、テレポートジャマーの供給力を奪うことだった。ミッションには生産拠点の破壊だけでなく、設計データと中核技術のデータをウイルスで汚染して利用できなくすることも含まれていた。

有形の施設に比べて無形のデータは、その所在を特定するのが難しい。今回もデータをオリジナル、コピーを問わず全損させることの方がネックだと見られていた。しかしそれは、杞憂《きゆう》だったようだ。情報を――情報が記録された媒体ではなく情報そのものを追跡する技術は、マテルの科学技術よりも神々の技術の方が上回っていたということだろう。

「ところで、マテル世界は邪神から解放されたの？」

今回の出動目的にマテル世界の解放は含まれていない。だが邪神群に支配された気の毒な世界を、その支配から解放することは神々に従う者にとって成し遂げるべき正義だった。

「知らん」

にも拘《かか》わらず、翔一《しょういち》は無関心を一言で表し、露《あら》わにした。

「知らん、って……」

その薄情な態度に、翡翠《ひすい》は思わず呆《あき》れ声を漏らす。しかし若干の非難を込めて兄の顔を見詰めた彼女はハッと息を呑《の》んだ。

——薄い。

感情が、ではなく心が薄い。

無愛想とか無表情とかのレベルではない。そこに反映されるべき感情を生み出す、心の厚みが失われている。

心が摩耗しきっている。

翡翠《ひすい》に心の在り方を観測する特殊能力が備わっているというわけではないので、これはあくまでも彼女の印象、彼女の直感だ。

だが翡翠《ひすい》は、自分の直感が正しいという確信があった。

どんなに気の所為《せい》だと思い込もうとしても、自分の勘違いであって欲しいと願っても、兄の心が限界を迎えているのは動かし難《がた》い事実だと分かってしまった。

翡翠《ひすい》の目から涙が流れる。

周囲の同僚から、ギョッとした目が向けられる。

「翡翠《ひすい》、どうした」

しかし妹の涙を見ても、翔一《しょういち》は抑揚の無い口調で、関心が窺《うかが》われぬ声で、お座なりに一言、訊《たず》ねただけだった。

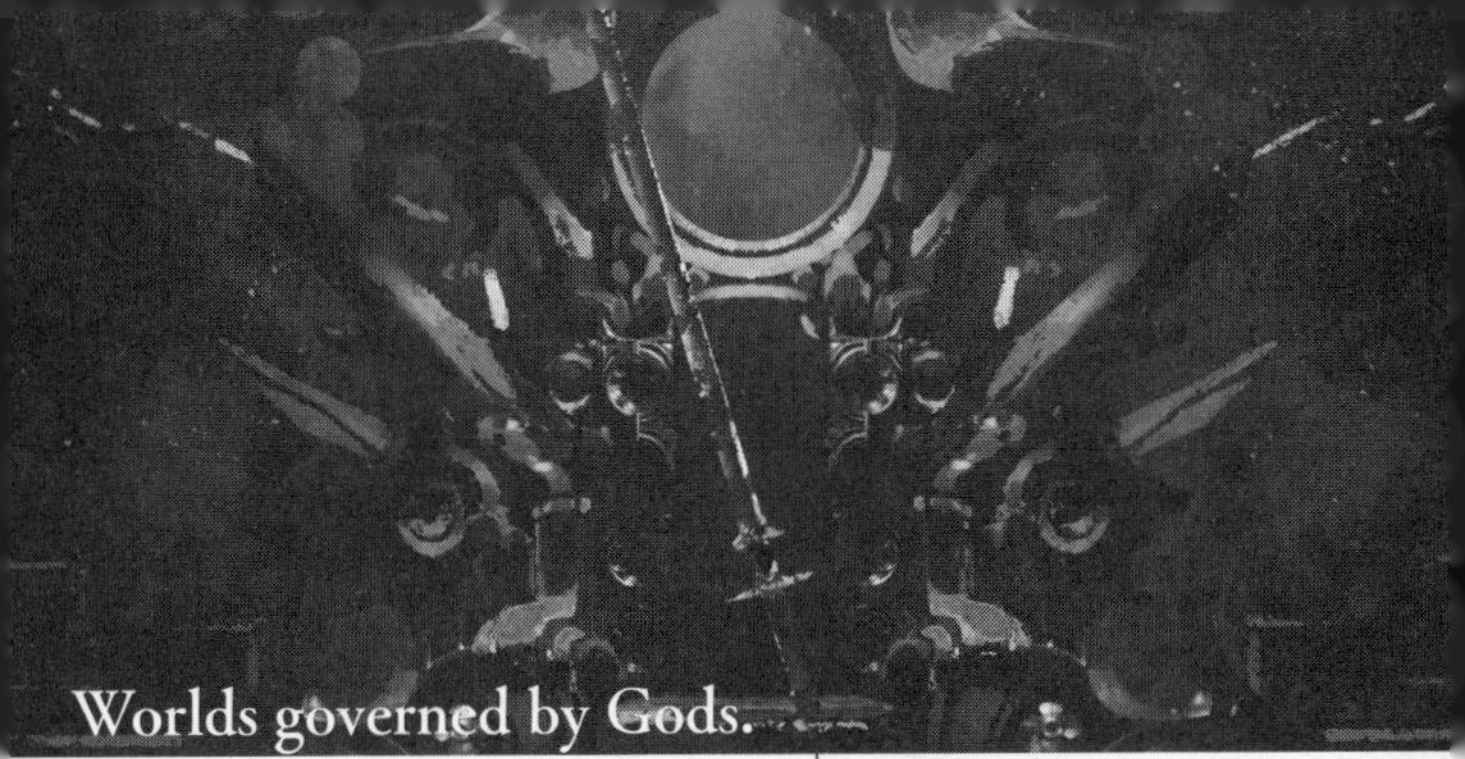

【11】因縁

「そう……
あくまでわたくしを
拒むのね……？」

陽湖《ようこ》が姉の入院を知ったのは、名月《なつき》が代行局の附属病院に収容された翌日だった。激しいショックを受けた陽湖《ようこ》は、荒士《こうじ》にお見舞いの同行を頼んだ。そしてその日の夕方、教練が終わった後すぐに病室を訪れた。

名月《なつき》には個室が与えられていた。そんなに状態が悪いのかと、陽湖《ようこ》も荒士《こうじ》も心配を募らせて病室を訪れた。

「あら、二人とも。態々《わざわざ》来てくれたの」

しかしベッドに座っているだけで他は何時《いつ》もと変わらぬ態度の名月《なつき》に、二人とも拍子抜けを覚えた。

個室にはお見舞いの先客がいた。名月《なつき》と同時期に富士《ふじ》アカデミーから従神戦士《じゅうしんせんし》に取り立てられたナタリア・ノヴァックだ。従神戦士《じゅうしんせんし》となった時期は同じだが年齢は名月《なつき》より一つ上で、アカデミーの入学年次で言えばナタリアは光《ひかり》と同期だった。

陽湖《ようこ》も荒士《こうじ》も、ナタリアとは面識がある。アカデミー入学の二日前、荒士《こうじ》が背神兵《はいしんへい》グリュプス＝鷲丞《しゅうすけ》に攫《さら》われかけた際に、名月《なつき》と共に助けに来てくれたのがナタリアだった。そのお礼をする為《ため》に、陽湖《ようこ》と一緒に一度面会の時間を取ってもらったことがある。言葉を交わしたのはその時の一度きりだが、荒士《こうじ》たちもナタリアもお互いの顔を忘れていなかった。

簡単な挨拶を交わした後、ナタリアは気を利《き》かせたのか、花瓶の水を替えてくると言って病室を出て行った。――陽湖《ようこ》は焦《あせ》りに焦《あせ》って、教練が終わるや否《いな》や荒士《こうじ》を捕まえて取る物も取《と》り敢《あ》えず病室に駆け付けたので、花束を買うことすら思い付かなかった。しかし病室には、他の見舞客が持参した花がちゃんと飾られていた。

拍子抜けした所為《せい》で容態を訊《たず》ねるタイミングを外してしまった二人は、どちらが口火を切るか無言で押し付け合った。そして秒未満で荒士《こうじ》が押し負けた。

「名月《なつき》さん、その……具合は、どうですか？」

その問い掛けを口にした後、荒士《こうじ》は自分の不器用さに激しい自己嫌悪《けんお》を覚えた。穴があったら埋まりたい、という心境だった。

「今は大丈夫よ。時々苦しくなるんだけどね」

名月《なつき》は荒士《こうじ》の質問を笑わなかった。顔を顰《しか》めたりもしなかった。「大丈夫」という言葉のとおり平気そうな顔で、だが少し陰のある表情で答えを返した。

「苦しくなるって……。それ、大丈夫なの？」

陽湖《ようこ》が表情を曇らせる。

「身体《からだ》の怪我《けが》は治っているし後遺症も無いのよ。神々が直々に治してくださったから」

「じゃあ、何で……？」

陽湖《ようこ》に問われて名月《なつき》は困り顔で微笑《ほほえ》んだ。これ以上は余り突っ込んで欲しくないという顔だ。

しかし、その遣《や》り取《と》りがトリガーになってしまったのか。名月《なつき》の顔から突如、血の気が引いた。額に冷や汗が滲《にじ》み、前屈《まえかが》みになって苦しそうに喘《あえ》ぎ始めた。

荒士《こうじ》は慌ててナースコールボタンを探した。しかし、見当たらない。気持ちばかり焦《あせ》って、荒士《こうじ》は立《た》ち竦《すく》んでしまう。

陽湖《ようこ》は名月《なつき》に抱き付いている。宥《なだ》めている、励ましているというより縋《すが》り付《つ》いているような抱き付き方だ。陽湖《ようこ》は名月《なつき》と一緒になってパニックを起こしそうな感じですらあった。

病室の扉が勢い良く開かれる。スライドドアが開き切って、クッションが鈍い音を立てた。白衣を着た若い女性が、ベッドサイドに小走りで駆け寄った。

「光《ひかり》さん！」

荒士《こうじ》が上げた声には反応を見せず、光《ひかり》は壁に掛かった吸入器のような器具を手に取り名月《なつき》の口元に当てた。

「名月《なつき》、ゆっくりと息を吸って」

過呼吸なら酸素吸入は逆効果じゃないかと荒士《こうじ》は思った。だが落ち着きを取り戻していく名《な》月《つき》を見て、それが素人《しろうと》考えであることはすぐに分かった。――事実としてあの器具は酸素吸入器ではなかったし、名月《なつき》の症状も過呼吸ではなかった。荒士《こうじ》が余計な手出しをしなかったのは、正解だったということだ。

「名月《なつき》！」

花瓶の水を替えて戻ってきたナタリアが叫ぶ。だが名月《なつき》を手当てしている光《ひかり》が「大丈夫」と目で宥《なだ》めたことで、ナタリアの狼狽《ろうばい》は収まった。

名月《なつき》の息遣いが落ち着きを取り戻し、光《ひかり》が手にした器具を壁に戻した。

「……光《ひかり》さん。名月《なつき》さんは大丈夫なんですか？」

発作（？）が収まったと見て、荒士《こうじ》が光《ひかり》に質問する。さっきからずっと訊《たず》ねたかったのだが、処置の邪魔にならないよう控えていたのだ。

「肉体的には何の異状も無いわ」

「それはさっき名月《なつき》さんに教えてもらいました。『肉体的に』を強調するのは、心に傷を負っているからですか」

「そうね。名月《なつき》は今回のミッションでとても強いショックを受けたの。このままだとトラウマになって、急性ストレス障害《ASD》や心的外傷後ストレス障害《PTSD》を発症してしまうかもしれない。そうならないよう治療する為《ため》に、入院してもらっています」

光《ひかり》の答えの最後のフレーズは、家族である陽湖《ようこ》に向けられたものだった。

「強いショック、ですか？　一体、お姉ちゃんに何が……」

陽湖《ようこ》のセリフは質問の形を取っているが、独り言だ。少なくとも陽湖《ようこ》に答えを求める意図は無かった。

「――すまない」

だがナタリアは形のとおり質問と捉えた。その上で、陽湖《ようこ》に向かって頭を下げる。

当然陽湖《ようこ》には、何故《なぜ》謝罪されているのか分からない。

「……説明してもらっても良いですか？」

戸惑う彼女に代わって、荒士《こうじ》がナタリアに理由を訊《たず》ねた。

「名月《なつき》はグリュプスに斬られた。次元装甲ごと、バッサリと。神々がすぐに治療してくださらなければ助からなかったかもしれない深手だった」

荒士《こうじ》も陽湖《ようこ》も、咄嗟《とっさ》に声を出せなかった。陽湖《ようこ》は「助からなかったかもしれない」という事実にショックを受け、荒士《こうじ》は正規の従神戦士《じゅうしんせんし》の次元装甲を斬り裂いて深手を与える程の攻撃を、因縁深いグリュプスが繰り出したということに、自分でも正体が分からない焦《あせ》りを感じていた。

「グリュプスは背神兵《はいしんへい》と言うより得体の知れない化け物のような、異様な気配を纏《まと》っていた。その気配に気付いて、隣のエリアを移動中だった私はすぐに駆け付けたのだが……間に合わなかった」

「ナタリアさん、自分を責めてはいけませんよ。貴女《あなた》の所為《せい》ではないのですから」

「……そうよ。むしろナタリアが飛んできてくれた御蔭《おかげ》で、私は手遅れにならなかったんだから」

唇を噛《か》み締《し》めて俯《うつむ》くナタリアを、光《ひかり》と名月《なつき》が慰める。

名月《なつき》は自責の念に苦しむ同僚を気遣える程度にまで、何時《いつ》もの自分を取り戻していた。

「──名月《なつき》さんが命に関わるような重傷ではなかったと分かって、ホッとしました。男の俺が長居をしてもお邪魔でしょうから、そろそろ失礼させていただきます」

「別に、気に……」「そうね。お見舞いありがとう」

気にしなくても良い、と言い掛けた名月《なつき》のセリフを光《ひかり》が遮る。医者ではなくても医療担当者として、患者に負担を掛けたくないと考えたのだった。

「陽湖《ようこ》はまだ名月《なつき》さんに付いていてやれ。――構いませんよね？」

荒士《こうじ》のセリフの後半は、光《ひかり》に問い掛けたものだ。

光《ひかり》は「ええ」と笑顔で頷《うなず》く。

荒士《こうじ》は名月《なつき》に会釈《えしゃく》して、病室から出て行った。


荒士《こうじ》はエレベーターホールに向かいながら、ナタリアのセリフを反芻《はんすう》していた。

（得体の知れない化け物、か……）

グリュプスが次元装甲を斬り裂いて名月《なつき》に重傷を負わせたという点も無論気になる。しかしそれ以上に、ナタリアが感じたという異様な気配が引っ掛かっていた。

去年の十月に硫黄島《いおうとう》で戦った時には、そんな気配を荒士《こうじ》は感じなかった。彼だけではない。真鶴《しづる》もそんなことは言っていなかった。もしかしたらそれは、『黒』の戦士でなければ感じ取れない感覚なのかもしれない。単に硫黄島《いおうとう》以前は、鷲丞《しゅうすけ》が本気でなかったという可能性もある。

しかし荒士《こうじ》には、そうは思えなかった。

（……もしかして、邪神から何か特殊な力を新たに与えられたのか？）

（その代償で本物の化け物になった？）

（背神兵《はいしんへい》の神鎧《じんがい》には、人を化け物に変える機能がある？）

（それは、背神兵《はいしんへい》だけのものなのか？　それとも……？）

そんな推測と疑念が今、荒士《こうじ》の心の中で渦巻いていた。

◇◆◇◆◇◆◇

鷲丞《しゅうすけ》が次元装甲を斬り裂いて名月《なつき》に重傷を負わせたことに荒士《こうじ》は脅威を覚えていたが、実は荒士《こうじ》自身が硫黄島《いおうとう》の戦いで同じことをしていた。ただ彼にはその自覚が無いだけだ。

あの時の戦いで荒士《こうじ》に撃墜された紬実《つぐみ》の肉体的な傷は、今回の名月《なつき》のように邪神の治療でその日の内に完治していた。しかし心に傷が残り、紬実《つぐみ》は長期の戦線離脱を余儀なくされた。邪神アッシュも無理に任務を与えたりはせず、花凜《かりん》を看護に付けて隠れ家で療養させていた。

アッシュは二週間に一度の頻度で花凜《かりん》を自分の神殿に呼び、紬実《つぐみ》の回復状況を報告させている。だがこの二ヶ月間、紬実《つぐみ》本人には全くコンタクトしていない。

アッシュは容態を確認する為《ため》に花凜《かりん》を呼び出しているから、忘れられたわけではない。

頭では紬実《つぐみ》にも分かっている。だが彼女の中では「アッシュに見捨てられたのではないか」という不信感が、少しずつ育っていた。

彼女が紬実《つぐみ》と花凜《かりん》の隠れ家を訪れたのは、そんな時だった。

「初めまして。私は善神シュエンヌの使徒、黄思楽《ファンスーラ》。今日はお二人に提案があって参りました」

警戒感を露《あら》わにした紬実《つぐみ》と花凜《かりん》に、黄思楽《ファンスーラ》はそう告げた。

◇◆◇◆◇◆◇

マテル世界に攻め込んだ従神戦士《じゅうしんせんし》の第一目的はテレポートジャマーの供給遮断だ。マテル世界を邪神から解放することも第二目的に設定されていたが、それはあくまでも戦況次第だった。平たく言えば、ついでだ。神々には、大きな犠牲を払ってまでマテル世界を支配下に置く意思は無かった。――今回のところは。

神々の軍勢が撤退したことで、邪神群の援軍も自分たちの世界に戻った。鷲丞《しゅうすけ》もジアース世界に帰還したが、隠れ家に戻るのではなくアッシュの神殿を訪れた。

「ただ今戻りました」

神鎧《じんがい》を纏《まと》ったまま、鷲丞《しゅうすけ》がアッシュに拝跪《はいき》する。

アッシュは頭《こうべ》を垂れた鷲丞《しゅうすけ》のすぐ前に歩み寄った。

「グリュプス。面《おもて》を上げなさい」

アッシュは鷲丞《しゅうすけ》を名前ではなくコードネームで呼び、顔を見せるように命じた。

鷲丞《しゅうすけ》は顔を上げた。それは従順と言うより考えることを放棄しているような、自我が感じられない動作だった。

グリュプスとアッシュは見詰め合う体勢になる。

アッシュが手を伸ばし、鷲丞《しゅうすけ》の額に触れる。

鷲丞《しゅうすけ》の身体《からだ》が一度、細かく震えた。その直後、彼が纏《まと》う雰囲気から硬さが取れる。戦場を離れても解けなかった狂戦士《バーサーカー》状態が、強制解除されたのだ。

神鎧《じんがい》が消えて、鷲丞《しゅうすけ》の素顔が露《あら》わになる。その瞬間の彼は、白日夢から醒《さ》めたような表情だった。しかしすぐにハッとした顔になり、鷲丞《しゅうすけ》は反射的に頭を下げた。今まで自分がアッシュの目を直視していたことに気付いていなかったかのようだ。

「鷲丞《しゅうすけ》、気分はどうだい？」

「上々です、我が神よ。意識も明瞭で、自覚できる異状はありません」

「それは良かった」

アッシュが満足げに頷《うなず》く。

「今回は目覚ましい活躍を見せてくれたようだね。君の奮戦の御蔭《おかげ》でマテル世界の支配を奪われずに済んだと、ワイズマン殿からも感謝と称賛が届いている。私も鼻が高いよ」

「恐縮です」

「しばらくゆっくり休むと良い《い》――と言いたいところだが、近々大きな作戦に参加してもらうことになると思う」

そのアッシュの言葉に、鷲丞《しゅうすけ》が顔を上げる。彼の目は、期待に輝いていた。

「それは、是非とも。何なりとご命令ください」

そして熱く、意気込みを語った。

「期待しているよ、鷲丞《しゅうすけ》」

アッシュは鷲丞《しゅうすけ》の意欲に水を差さなかった。同時に、焚《た》き付《つ》けもしなかった。

邪神の瞳には実験動物を前にした科学者の、冷静な好奇心が宿っている。しかし自分の中から湧き上がる熱で曇っていた鷲丞《しゅうすけ》の目には、それが見えていなかった。

◇◆◇◆◇◆◇

雪車待紬実《そりまちつぐみ》と右左見花凜《うさみかりん》は今、黄思楽《ファンスーラ》が仕える邪神シュエンヌの神殿にいた。思楽《スーラ》が連れてきたのだ。

思楽《スーラ》が先導し、三人は神殿の奥へ進む。

薄物の帳《とばり》を抜けた先には、三層の壇の上に絢爛豪華《けんらんごうか》な椅子が設《しつら》えられていた。

そしてその玉座ならぬ神座には、長い黒髪を床まで垂らした女神が座っている。

思楽《スーラ》の主、邪神シュエンヌだ。

「右左見花凜《うさみかりん》、雪車待紬実《そりまちつぐみ》、良く来ましたね。招待に応じてくれて嬉《うれ》しく思います」

いきなり呼び捨てにされても、花凜《かりん》も紬実《つぐみ》も反発を覚えなかった。シュエンヌから滲《にじ》み出《で》る超越者の気配。邪神であっても、これはやはり「神気」と呼ぶべきだろう。それが、呼び捨てされるくらい当然と、二人に思わせていた。

「ここに来てもらったのは他でもありません。わたくしの配下に加わりませんか？」

花凜《かりん》も紬実《つぐみ》も、シュエンヌから圧を掛けられてはいなかった。少なくとも自覚できるプレッシャーは無かった。にも拘《かか》わらず、二人ともシュエンヌの誘いに抗《あらが》い難《がた》い魅力を感じていた。

「……光栄に存じますが、私たちは善神アッシュの使徒ですので」

見るからに心が大きく揺れ動いている紬実《つぐみ》の隣で、花凜《かりん》が辛《かろ》うじて答えを絞り出した。

その答えは「否」。「辞退」。しかし、断りの回答にもシュエンヌは気を悪くした様子を見せなかった。

「貴女《あなた》たちから言いにくければ、アッシュ殿にはわたくしからお話ししますよ？」

「……いえ、やはり……」

辞退の言葉を口にするのに、花凜《かりん》は先程の倍以上の気力を振り絞らなければならなかった。

「そう……あくまでもわたくしを拒むのね……?」

花凜《かりん》の喉で、微《かす》かな掠《かす》れた音が鳴る。悲鳴ではなく、喉の奥にたまっていた空気が漏れ出たものだ。全身を締め付けるプレッシャーで、彼女は息を吸うことも吐くこともできなくなっていた。

「お願いですっ、お止めください!」

それまで沈黙していた紬実《つぐみ》が花凜《かりん》を背中にかばってシュエンヌの前に立った。

「私で良ければ貴女様《あなたさま》の下僕になります。ですからどうか、花凜《かりん》をお許しください!」

そして、必死に慈悲を請《こ》う。

その直後、シュエンヌが発していたプレッシャーが嘘《うそ》のように消えた。

そしてシュエンヌは、妖艶《ようえん》に一声笑って「冗談よ」と軽い口調で言った。

緊張感が霧散し、弛緩《しかん》した雰囲気が漂う。

「実はね。わたくし、アッシュ殿の御力になりたいの。貴女《あなた》たち、思楽《スーラ》をあの方の許《もと》へ連れて行ってくれないかしら」

その緩んだ空気の隙間に、シュエンヌの言葉がスルリと滑り込んだ。

「本当はわたくしが直接お話しできれば良いのだけど、実は昔、ちょっとした行き違いがあって……」

女を強調した悩ましげな態度で、アッシュとの間に特別な関係があったことを匂わせる。

花凜《かりん》たちはシュエンヌに同性としての共感を覚えた。――覚えるよう、誘導された。

「かしこまりました」

花凜《かりん》と紬実《つぐみ》は、同時にそう答えた。

◇◆◇◆◇◆◇

花凜《かりん》から謁見の申請があったのは、鷲丞《しゅうすけ》がアッシュの前から下がろうとしていた時だった。退出の言葉を口にしようとした鷲丞《しゅうすけ》を押し止《とど》めて、アッシュが耳を傾けるような仕草を見せる。

「シュエンヌの？」というアッシュの呟《つぶや》きが聞こえたが、無論それだけで念話の内容は分からない。鷲丞《しゅうすけ》は大人しく、アッシュと何者かの会話が終わるのを待った。

念話を終えたアッシュは椅子を二脚創り出して片方に腰を下ろし、もう片方を鷲丞《しゅうすけ》に勧めた。

「花凜《かりん》が客を連れてくるようだ。鷲丞《しゅうすけ》も話を聞いてやってくれ」

躊躇《ためら》っていた鷲丞《しゅうすけ》は、その言葉で退出を延期し、言われたとおりに高い背もたれを持つ椅子に座った。硬そうな見掛けに反して、その椅子はクッションが効いていた。

それから一分もしない内に花凜《かりん》が姿を見せる。何時《いつ》もならその隣には紬実《つぐみ》がいた。だが今日は、鷲丞《しゅうすけ》には見覚えの無い女性を伴っていた。身長は目測で花凜《かりん》よりも十センチほど高く、紬実《つぐみ》と同じくらいだろう。年齢はおそらく、花凜《かりん》よりも少し上。

花凜《かりん》は鷲丞《しゅうすけ》を見て目を見張った。同席しているとは思わなかったのだろう。しかしすぐに、何時《いつ》もどおりアッシュに向かって両膝を突いた。連れてきた女性も同じ体勢を取った。

決まり文句の挨拶を奏上した花凜《かりん》に頷《うなず》いて、アッシュは彼女の斜め後ろで跪《ひざまず》いている女性に「シュエンヌ殿の使徒サイレンか？」と声を掛けた。

「私のことをご存じでしたか……」

黄思楽《ファンスーラ》は震える声で、間接的な肯定の答えをアッシュに返した。彼女は今、神鎧《じんがい》を纏《まと》っていない。にも拘《かか》わらずコードネームまで言い当てられた。それは前々から、思楽《スーラ》のことを知っていたということを意味していた。

一つの次元世界には一柱の神。これが邪神群のルールだ。邪神が支配する世界には、援軍でも求められない限り他の邪神は手を出さない。神々が支配する次元世界を侵略する場合は、全ての邪神が参加する会議で誰が担当するかを事前に決める。

ルールと言っても、破った時の罰則はない。そもそも罰則を下せるような権力機構が邪神群には存在しない。しかし邪神同士はほとんど同格だ。力の差が全く無いわけではないが、それはわずかなものでしかない。邪神と邪神が争っても、泥沼の同士討ちになるだけだ。そのような事態を避ける為《ため》に、邪神たちはこのルールを表向き守っている。

だから思楽《スーラ》は暗躍していた。背神兵《はいしんへい》サイレンとして活動する時も、ジアース世界攻略の権利を持っているアッシュに見付からないように、密《ひそ》かに立ち回っていた——つもりだった。しかしそれは所詮、つもりでしかなかったようだ。

思楽《スーラ》はビクビクしながら、主であるシュエンヌの共闘提案を伝えた。

しかし怯《おび》える思楽《スーラ》の予想に反して、アッシュは思楽《スーラ》もシュエンヌも責めなかった。

「魔神を打ち倒してもジアース世界の支配権を要求するつもりはない、か……。鷲丞《しゅうすけ》、君はどう思う？」

アッシュはシュエンヌの提案について、鷲丞《しゅうすけ》に意見を求めた。

「……恐れながら、本当に協力だけが目的であれば、戦力は多いに越したことはないと愚考します」

鷲丞《しゅうすけ》の答えに、アッシュは「成程」と軽く呟《つぶや》いた。

「黄思楽《ファンスーラ》」

そしてアッシュは、思楽《スーラ》をコードネームではなく名前で呼ぶ。

「ご提案をお受けしたいので、詳しいことをご相談したいとシュエンヌ殿にお伝えしてくれ」

「かしこまりました。ありがとうございます」

思楽《スーラ》は表情に硬さを残しているものの、明らかに安堵《あんど》した様子だった。

本人にそのつもりは無かっただろうが、張り詰めていた心が少し緩んでいた。

「ところで、黄思楽《ファンスーラ》という名前は君の本名かい?」

アッシュが揶揄《やゆ》の笑いを浮かべながら問い掛けたその質問に答えられなかったのは、白を切ることすらできなかったのは、気の緩みの所為《せい》だったのだろうか。

それとも、彼女は答えを知らなかったのだろうか。

アッシュは絶句してしまった彼女を、問い詰めることはしなかった。

◇◆◇◆◇◆◇

「シュエンヌ殿。一体どういうおつもりかな」

花凜《かりん》と黄思楽《ファンスーラ》が神殿から去った直後、アッシュはシュエンヌと向かい合っていた。

「向かい合っていた」といってもアッシュがシュエンヌの神殿を訪れたわけではないし、シュエンヌをアッシュの神殿に呼び出したわけでもない。二柱の神はお互いの神殿にいながら、どちらの神殿にも在りどちらの神殿にも無いテーブルを挟んで向かい合っているのだった。

「まあ! こうしてお目に掛かるのは久し振りだというのに、怖いお顔」

「…………」

「……はぁ、ノリが悪い御方」

シュエンヌが態《わざ》とらしくため息を吐く。

「人間の真似《まね》など結構。質問に答えていただきたい」

それに構わず、アッシュは冷ややかな表情でシュエンヌに回答を迫った。

シュエンヌは「やれやれ……」と言いたげに頭《かぶり》を振った。

「その性急な態度、アッシュ殿こそ随分人間的でいらっしゃること」

アッシュは無言でシュエンヌを見詰める。

シュエンヌはもう一度、態《わざ》とらしいため息を吐いた。

「どういうもこういうも……思楽《スーラ》に伝えさせたとおりですわ。わたくしはただ、アッシュ殿の御力になりたいだけなのです」

「私たちはそれほど親しかったかな?」

皮肉な口調でアッシュが問う。

「前々から親しくしたいとは思っておりましたのよ。アッシュ殿とわたくしは嗜好《しこう》が異なりますので」

「嗜好《しこう》が合うから」ではなく「嗜好《しこう》が異なるから」。これは言い間違いでも韜晦《とうかい》でもなかった。

「アッシュ殿が召し上がるのは勝ち戦の高揚と負け戦の無念。血に酔う殺意と死を前にした絶望。闘争に染まり散っていく魂」

シュエンヌが妖艶《ようえん》な笑みと共に秋波を送る。

彼女のセリフを否定する言葉は、アッシュの口から出なかった。

「わたくしが求めるのは身を焦がす熱情、命と引き換えにすることすら厭《いと》わぬ情欲。報われずに散っていく命と愛に捧《ささ》げられる悲嘆」

大袈裟《おおげさ》に抑揚を付けて謳《うた》い上げ、シュエンヌはアッシュに得意げな笑みを見せた。

「戦《いくさ》と悲劇。わたくしたちの嗜好《しこう》はとても相性が良《い》いと思いませんか？」

邪神も生命である以上、食事を必要とする。

単に存在し続けるだけならば恒星のエネルギーだけで事足りる。しかし、食べるという行為が人間にとって栄養補給の為《ため》だけのものではないのと同じで、邪神も楽しむ為《ため》の食事を必要とする。

そして邪神は精神生命体。彼らの食事は精神エネルギーだ。邪神群の中には純粋な精神エネルギーを好む者もいるが、そういう邪神は例外的な存在だ。邪神の大多数は感情で味付けされた精神エネルギーを好む。

そしてここにいる二柱が好む味付けは、今シュエンヌが述べたとおりのものだった。

「シュエンヌ殿はジアースの支配権を求めないと、先程の使者は言っていましたが？」

「わたくしは小食ですので、今持っている領地だけで十分なのです。ただ、偶《たま》には、ね」

「別の世界が生み出す新鮮な食材も味見したくなる、ということですか」

シュエンヌは言葉には出さず、嫣然《えんぜん》と微笑《ほほえ》みながら頷《うなず》いた。

アッシュは「良《い》いでしょう」と熱の無い口調で、シュエンヌの介入を許容した。

神々と邪神群は多元世界《マルチバース》で各世界《ユニバース》の支配権を争い戦っている。だが神々と邪神群が直接戦うことは極めて稀《まれ》だ。いや、現在ではもう直接対決は無くなっていると言うべきか。

遥《はる》かな昔、最初に邪神となり邪神群の王とも言うべき、邪神たちの中で指導的地位にあった一柱を滅ぼした戦い以来、神々と邪神群が本気で世界《ユニバース》の支配権を懸けて戦ったことは無い。

そもそも神々は邪神を滅ぼす手段を持っているが、邪神群には神々を滅ぼす術《すべ》が無い。邪神群の王が滅ぼされた時、邪神たちはそれを思い知った。最終戦争になれば敗北するのは自分たちだと、彼らは理解した。

だから邪神群は、神々に直接挑まない。同盟を結び徒党を組んで、神々を奇襲しようとすら考えない。

邪神群は使徒を——力を与えた人間を代理に使って支配領域の拡大を図るだけだ。神々の方にも理由があって、代理戦争に付き合っているだけに過ぎない。

本物の神や神々ならば、信者の獲得、信仰の維持拡大は神として在り続ける為《ため》に必要不可欠なのかもしれない。だが人間から進化した精神生命体である神々や邪神群にとって、信仰の維持拡大は必須ではない。神として崇《あが》められることすら、本質的に必要なものではない。

ただ生き続けるだけならば、単一宇宙《ユニバース》に引きこもっていても可能。神々はともかく邪神群の場合は自我が拡散して虚空《こくう》に漂うだけのエネルギーとなってしまう可能性もあるが、それも数億年の時を経た後の話だ。それだけの時間独りでいれば、存続も消滅もどうでも良くなっているだろう。

邪神群が自分の世界を離れて別次元を侵略する理由は、自分以外の知的精神を喰《く》らう為《ため》だ。邪神群が発生した宇宙に知的生命体は、邪神自身しか存在しない。そういうルールになっている。邪神に進化するシステムが、そのルールを必然とする。

前述のとおり孤立状態を続けていると、邪神は自我を保てなくなっていく。同じく永遠の命を持つ他の邪神と交流すれば良さそうなものだが、邪神にとって真の意味で他者と交わる手段は、その精神エネルギーを自分の中に取り込むことだ。分《わ》かり易《やす》く言えば他者の魂魄《こんぱく》を喰《く》らうこと、少なくとも魂魄《こんぱく》の一部を咀嚼《そしゃく》して呑《の》み込むことが邪神にとっての交流だった。

その精神は、魂魄《こんぱく》は、生者のものである必要は無い。死者の魂魄《こんぱく》でも、その一部でしかない残留思念でも邪神の糧《かて》となる。だが言葉を交わすだけ、意志を交わすだけでは足りない。信仰は、邪神の糧《かて》にならない。

これも邪神に進化する際のシステムによって定められたルールだが、邪神ごとに糧《かて》となる精神エネルギーの種類が違う。異なる種類の精神エネルギーも無意味ではないが、本当に好む種類の精神エネルギーとは自我を維持する効率が段違いだった。

シュエンヌが指摘したとおり、アッシュの場合は闘争に染まり散っていく魂。シュエンヌ自身については、愛に捧《ささ》げられる悲嘆を好んで喰《く》らう。

現代のジアース人類の常識的な感覚からすれば、神と言うより悪魔の性《さが》だ。だがこの二柱は、邪神群の中ではむしろ善良な方だと言える。

ある邪神は、意味も無く殺し合う殺戮《さつりく》衝動を。

ある邪神は、情も無く貪り合う獣欲を。

無力を嘆き絶望しながら生きていく魂の欠片《かけら》を好む邪神もいれば、飽食の内に怠惰を貪り突然の死に驚愕《きょうがく》する魂魄《こんぱく》を好む邪神もいる。

邪神群は自分を維持する為《ため》の、自我を刺激する新鮮な魂を求めて異なる次元世界を求める。

——これは背神兵《はいしんへい》が知らない、邪神の真実だった。

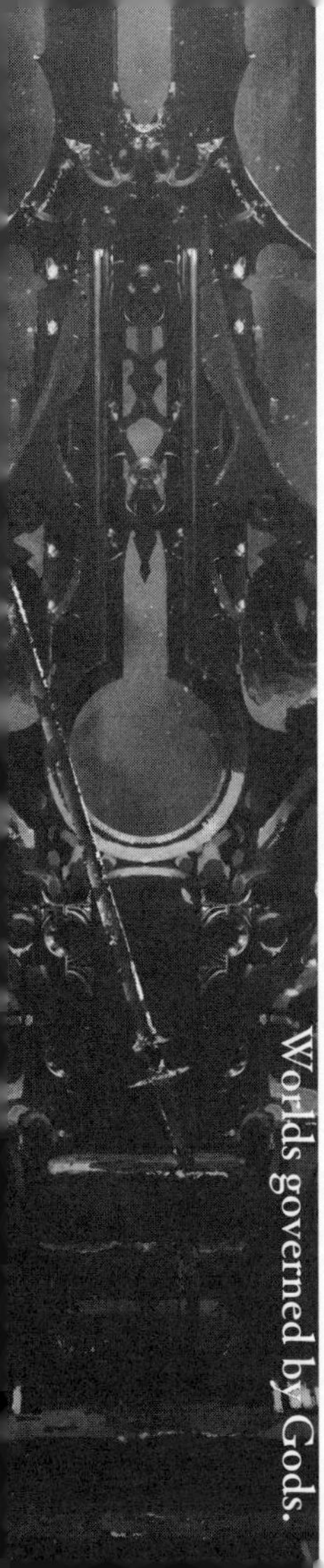

【12】合同訓練

「ライバルか……」

テレポートジャマーの供給遮断を目的としたマテル世界遠征は、一先《ひとま》ず成功を収めた。マテル世界を邪神ワイズマンの支配から解放するには至らなかったが、テレポートジャマーの製造施設は全て破壊し製造に必要なデータも破棄した。科学者・技術者の記憶を処理する時間は無かったので時間を掛ければ再発明できるかもしれないが、年単位で新規の供給は止められたはずだ。

ただ、どの程度の数量のテレポートジャマーが供給済みなのかは分かっていない。既に大量のテレポートジャマーがこの世界に持ち込まれているのだとしたら、今後もあの機械には悩まされることになりそうだ。

作戦の成功を無邪気に喜べない理由は他にもあった。今回の遠征では多数の負傷者が出て、重傷者も少なくなかったのだ。従神戦士《じゅうしんせんし》は次元装甲が破られない限り負傷することはないはずだった。ところが今回の戦いで、この思い込みが覆《くつがえ》された。

たった一人の背神兵《はいしんへい》によって。

このジアース世界出身の背神兵《はいしんへい》グリュプス。この男が遠征に選ばれた精鋭の次元装甲をその下の肉体ごと次々と斬り裂いていった。幸いグリュプスの剣は触れれば斬れる魔剣というわけではなくディフェンスは可能だったので、彼一人の所為《せい》で遠征が失敗することはなかった。

負傷者も肉体的な傷はすぐに塞がった。神々が直接治療しなければならない、特に深い傷を負った重傷者は名月《なつき》を含めて四人だけだった。

しかしそれ以外の、通常の処置で治療できた重傷者や軽傷だった者も、安全だったはずの次元装甲に守られた状態で負傷したことに大きなショックを受けて療養が必要となった。

神鎧《じんがい》は装着者の精神力で維持される。弱った精神では神鎧《じんがい》を呼び出すことはできても、身に纏《まと》い続けることはできない。従神戦士《じゅうしんせんし》としての活動はできない。

今回の遠征は目的こそ達成したがその結果、作戦の主体となったジアース世界では従神戦《じゅうしんせん》士《し》の不足を招いた。幸い、活動不能となった者のほとんどは従神戦士《じゅうしんせんし》として復帰可能と見込まれている。だが一時的なものではあっても、地球防衛体制に穴が空いたことは否《いな》めない。

この事態に対処する為《ため》に各代行局のディバイノイドが再び、南極のオラクルブレイン内に設けられたサイバースペースに集まって会議を開いた。

グリュプスがマテル世界で見せたイレギュラーな能力の正体は既に、代行官《アルコーン》を通じて神々より回答が示されていた。その対処方法も含めて。

故にこの会議でグリュプス対策は議題に上らず、防衛戦力の補強が集中的に議論された。そして出された結論はアカデミー候補生の活用。昔の言葉を使えば「学徒出陣」だった。

◇◆◇◆◇◆◇

神暦《しんれき》十八年一月末。荒士《こうじ》はハワイを訪れていた。

残念ながらレジャーではない。ハワイ島にあるマウナ・ケアアカデミーとの、二週間の合同訓練の為《ため》だ。

マウナ・ケアアカデミーにはG型の候補生のみが集められており、逆にF型のみの富士《ふじ》アカデミーとはF型とG型の連携を学ぶ目的で、毎年合同訓練を行っている。だが今回の訓練は、定例的なものとは性格が大きく異なる。候補生の防衛出動、つまり実戦への即時投入を想定した訓練だった。

定例訓練ならば富士《ふじ》アカデミーから参加するメンバーは全員が『青』の候補生だ。マウナ・ケアアカデミー側も『青』を訓練に出していた。だが今回の合同訓練は、位階に関係無く即戦力に近いと評価された候補生が選ばれている。真鶴《しづる》たち『紫』と共に『白』の荒士《こうじ》が選ばれたのはこのような理由からだった。

なおマウナ・ケアアカデミーからこの合同訓練のメンバーに選ばれた『白』の候補生はいないが、富士《ふじ》アカデミーからは荒士《こうじ》以外にもう一人いた。

「あーあ……」

もう一人の『白』である陽湖《ようこ》は、荒士《こうじ》の隣で大きなため息を吐いた。

「どうした。大きなため息だな」

「ハワイでお仕事とか萎《な》える……。ここはバカンスに来る所だよ」

荒士《こうじ》に掛けられた言葉に応える形で陽湖《ようこ》がぼやく。正直すぎるセリフだが、周りにいる富士《ふじ》アカデミーの先輩たちは、誰もそれを咎《とが》めなかった。彼女たちは転送機でハワイ島に着いたばかりだ。マウナ・ケアアカデミーからの迎えも、まだ着いていない。だから陽湖《ようこ》の放言を大目に見ているのかもしれない。

「ハワイには良く来るのか？」

「ううん、ハ、ハワイ島はまだ二回目」

荒士《こうじ》の問い掛けに陽湖《ようこ》は首を横に振る。しかしこの答えは誤解を招く表現だ。彼女の答えを補足すると、ハワイ島とは別にオアフ島を三回、マウイ島も一回訪れている。十六歳でハ、ハワイ諸島に来るのは今回で六回目だから、ハ、ハワイには良く来ていると言えるだろう。なお言うまでもないかもしれないが、過去の五回は家族同伴のレジャーだ。

「そうなのか。正直、意外だ」

陽湖《ようこ》にそのつもりはなかったかもしれないが、荒士《こうじ》は見事に「ハワイ諸島が二回目」と誤解していた。

「俺は初めてだから、訓練でも来られただけで楽しいけどな」

荒士《こうじ》は物珍しそうに辺りを見回している。陽湖《ようこ》はそれを馬鹿にしたりはしなかった。

自分たちの年齢で何回も海外に旅行した経験があるのは一般的ではないということくらい、彼女は自覚していた。それに荒士《こうじ》の家は決して裕福とは言えないということも、陽湖《ようこ》は忘れていない。彼女は気遣いを知らない我儘《わがまま》お嬢様ではなかった。

「あっ、お迎えが来たみたいだよ」

陽湖《ようこ》は送迎バスの到着を告げて、荒士《こうじ》のお上りさんムーブを止《や》めさせるに留《とど》めた。

その意図が分かったというわけではなかったが、荒士《こうじ》は景色を堪能《たんのう》するのを中断してバスに乗る列に並んだ。

「そういえば何故《なぜ》マウナ・ケアアカデミーに直接転移《テレポート》しなかったんですか？」

走り出したバスの中で、荒士《こうじ》は通路を挟んだ隣の席に座る真鶴《しづる》に訊《たず》ねた。なお反対側の隣に座っているのは陽湖《ようこ》だ。彼女は「何故《なぜ》自分に聞かないのか」という顔をしていたが、それは単に同じ一年目の陽湖《ようこ》が自分以上の知識を持っていると荒士《こうじ》が考えなかったからだった。

「合同訓練は明日からだからです」

「それは覚えていますが……」

言われるまでもなく、スケジュールはしっかり覚えている。予定とか約束とかに関しては、荒士《こうじ》は神経質なくらい几帳面《きちょうめん》だ。

「だから今日は、マウナ・ケアアカデミーには行かないんですよ。このバスは宿泊施設への送迎に手配していただいた物なのです」

「アカデミーの外に宿泊するんですか？」

この合同訓練が泊まりがけだということは彼も把握していた。転送機を使えば宿泊の必要は無いのではないかと疑問を覚えつつ、日数分の着替えも持ってきている。しかし泊まる場所がアカデミーの敷地《しきち》外だとは思っていなかった。

「秘密保持や警備に問題は無いのですか？」

「宿泊するのは米軍キャンプの中ですから秘密保持も警備も問題ありませんよ。私たちが持っている程度の情報なら、アメリカ政府は入手済みのはずですから」

代行局には各国政府に明かしていない運営上の秘密情報が大量に存在する。だがアカデミーには知られても模倣できない技術があるだけだ。それに、真に秘密にしなければならないような重要情報を候補生は知らされていない。

「第一、マウナ・ケアアカデミーは事実上男子校ですよ。警備を問題にするなら、その中に私たちが泊まることの方が不用心だと思いませんか？」

悪戯《いたずら》っぽい笑顔で真鶴《しづる》が問う。

確かにそのとおりだ、と荒士《こうじ》は納得した。

◇◆◇◆◇◆◇

神々の技術を運用している代行局やアカデミーでも、どうにもならない自然現象がある。その一つが時差だ。

神々は、時間移動の技術自体なら持っている。だがその技術が使用されることはない。何故《なぜ》ならば時間移動は次元移動に等しいからだ。いや、時間移動は次元移動の一手段というべきだろうか。

例えば過去に移動した場合。そこは、本来は存在しなかった未来の人間が存在する世界となる。つまりマルチバースの分岐が起こってしまう。

逆に、未来に移動する場合はどうなるか。到着する未来は、過去の人間が突如出現した未来世界の一つでしかない。その世界はタイムトラベラーが元の世界に戻った後で、過去からの来訪者がいなかった世界に合流し統合されるかもしれない。しかし訪れた時点では、マルチバース内で元の世界から分岐した次元世界の一つでしかない。

つまり、どう転んでも時間移動は次元移動にしかならないのだ。異なる次元世界へ自由に渡る技術を持つ神々にとって、時間移動は必要が無い技術だった。そんなわけで、代行局は時差を都合良く操る技術を現実に有していなかった。

荒士《こうじ》たちが富士《ふじ》アカデミーを出発したのは日本時間のお昼前。移動時間ゼロの転移《テレポート》で到着したハワイは、夕方だった。それからいきなり夜間訓練に突入する程、アカデミーの状況は逼《ひっ》迫《ぱく》していない。

送迎バスを降りた彼女たち（荒士《こうじ》を含む）を待っていたのは、米軍キャンプ内のホテルで開催される歓迎と懇親のパーティだった。

「お前さんが新島荒士《あらしまこうじ》か？」

お決まりのセレモニーが終わって「ご歓談」の時間になった直後、荒士《こうじ》は日本語で話し掛けられた。セレモニーの英語を、荒士《こうじ》は人工テレパシーシステムを利用した翻訳機で日本語として理解していた。その所為《せい》で耳にした瞬間は勘違いしそうになったが、振り返った時には肉声だと認識し直していた。

聞き覚えの無い声からそうだと分かっていたが、初対面の相手だった。随分と体格が良《い》い男だ。荒士《こうじ》より十センチは背が高いだろう。体重はそれ以上の開きがありそうだ。まだ少年の体形を脱していない荒士《こうじ》と違って、しっかりと筋肉が付いた体付きをしている。その時点では相手のことを、日本人ではなく日系アメリカ人かと荒士《こうじ》は考えていた。

「そうですが。マウナ・ケアアカデミーの方ですよね？」

両校の候補生とも、一応制服を着ているが、きっちりジャケットを着ている富士《ふじ》アカデミーの候補生に対してマウナ・ケアアカデミーの候補生はジャケットを脱いだシャツ姿だ。バンドカラーシャツにスラックスだけでは候補生なのかホテルのスタッフなのか見分けが付かない。

「加藤賢人《かとうけんと》だ。念の為《ため》に言っとくが、日本人だぜ」

荒士《こうじ》の問いに頷《うなず》きながら、加藤賢人《かとうけんと》は自己紹介を行った。

「ご存じのようですが、新島荒士《あらしまこうじ》です。よろしくお願いします」

勘違いを謝罪しそうになった荒士《こうじ》だが、それが言葉になる前に思《おも》い止《とど》まった。黙っていればとぼけられることだからだ。相手も態々《わざわざ》突《つ》いてこないだろうとも思った。

「何故《なぜ》名前を知られているのかって顔だな」

案の定、賢人《けんと》が荒士《こうじ》の表情から読み取って話題に選んだのは、全く別のことだった。

「お前さんは、俺たち日本人候補生の間では有名なんだよ。この世界で初の、F型に適合した男子」

それはある意味予想どおりの答えで、別の意味では荒士《こうじ》の想定を超えていた。

アカデミーの教官や代行局の職員から注目されるのは分かる。特にディバイノイドから注目を受けるのは、その理由を説明されているから改めて言及を受ける必要も無い。

だが候補生にその理由は明かされていないはずだ。荒士《こうじ》が自分から喋《しゃべ》ってしまっている陽湖《ようこ》は例外として他の、例えば普段接点がないマウナ・ケアアカデミーの候補生に注目される理由が、彼には良く分からなかった。

「羨ましいよなぁ。ホント、羨ましい」

だから、と言うか。賢人《けんと》のそのセリフを聞いて、荒士《こうじ》はギクリとした。

まさか、子作り推奨の件が広まってしまっているのではないだろうか……。

「俺たちは休みの日以外、むさ苦しい男子校みたいな環境に閉じ込められているのに、お前さんは同じくらいの年頃の女子に囲まれているんだからな！」

しかし続きを聞いて、荒士《こうじ》は膝の力が抜けそうになった。

（しょーもな……）

趣味に合わないので普段は使わない若者言葉《スラング》が脳裏を過《よぎ》る。

何とも情けないセリフだ――というのが荒士《こうじ》の正直な感想だった。

大体、ハ、ハ、ハ、ハーレムでもないのに常に女子にばかり囲まれている生活が、楽しいものだと思っているのだろうか？

とんでもない勘違いだ。あの居心地が悪い生活よりも、むさ苦しい野郎ばかりの環境の方が少なくとも気分的に楽なはず。

代われるものなら何時《いつ》でも代わってやるぞ、と荒士《こうじ》は思った。

「……気楽に付き合える同性の友人ができないのも、少し寂しいものですよ」

荒士《こうじ》はその本音をオブラートに包んで返した。

「まあ、それもそうか。俺たちに所属先は選べないしな」

どうやら反感を買わずに言いたいことは伝わったようだ。

荒士《こうじ》は胸の中でホッと息を吐《つ》いた。

「ケント、そいつが例の彼か？」

そこに横から声が掛かる。そのセリフは荒士《こうじ》の意識内で自動的に日本語へと翻訳された。

「ジム。それにクマールも来たのか」

賢人《けんと》の言葉も、日本語ではなかった。彼はハワイで暮らすにあたり、翻訳機に頼らずしっかり英語を身に付けているようだ、と荒士《こうじ》は思った。

「荒士《こうじ》、紹介しよう」

賢人《けんと》が日本語に切り替えて荒士《こうじ》に話し掛ける。苗字《みょうじ》ではなく名前呼びなのは、こちらの文化に染まっているのだろう。

「こっちのデカ物がジェイムズ・マクドゥガル」

「よろしくな。ジムと呼んでくれ」

ジェイムズが荒士《こうじ》の手を取って握り締める。並みの男なら悲鳴を上げそうな握力だが、十年近く片賀順充《ひらがよりみつ》に扱《しご》かれた御蔭《おかげ》で荒士《こうじ》も握力にだけは自信があった。事実、彼は某関取の逸話の如《ごと》くリンゴを握りつぶすことができる。

だから彼がわずかに顔を顰《しか》めたのは、手が痛かったからではなかった。もう少し身長が欲しいと常々思っている荒士《こうじ》は、相手の体格に嫉妬を覚えたのだった。

賢人《けんと》も日本人にしてはかなりの長身だが、ジェイムズはそれよりもさらに十センチは高い。筋肉の量にはさらに差があり、賢人《けんと》が細身に見える程だ。ジェイムズは神鎧《じんがい》のSフェーズを使わなくても巨人だった。

スラックスは賢人《けんと》の青に対してジェイムズは暗い紫《ディープパープル》。どうやら第一位階らしい。

ジェイムズが握手を解いて、賢人《けんと》が次の紹介に移る。

「そしてこっちがインド出身のクマール・カトリだ。聞いたことがあるような苗字《みょうじ》だが、日系人じゃなくて由緒《ゆいしょ》正しいインド人だ」

「よろしく、荒士《こうじ》」

「よろしくお願いします」

差し出された手を荒士《こうじ》は軽く握り返した。

「もっとざっくばらんで良《い》いよ。僕と荒士《こうじ》は一歳しか違わないはずだから」

握手したままクマールが言う。日本人とは顔付きが違うので分《わ》かり難《にく》かったが、確かに荒士《こうじ》にも、彼は自分と同年代に見えた。

スラックスの色は和名で深緋《こきあけ》と呼ばれる黒っぽい赤だ。一歳違いでこの時期に第三位階ということは、第四位階を事実上スキップしたのだろう。合同演習のメンバーに選ばれるだけの優秀さが窺《うかが》われる。

「……分かった。よろしく」

改めて荒士《こうじ》がそう言うと、クマールは頷《うなず》きながら握手の力を強めた。

◇◆◇◆◇◆◇

翌日は朝から早速、合同訓練だった。

合同訓練はハードだった。どの位ハードかというと、普段の教練の二倍はきつかった。

特に疲れたのは午後から行われた模擬戦だった。二チームに分かれての旗取りゲーム。ビデオゲーム（ファーストパーソン・シューティングゲーム）やコンピュータセキュリティのCTFではなく、リアルで相手陣地の旗を取り合う模擬戦だ。

制限は武器の威力のみ。代行官《アルコーン》がダメージ判定を行い、撃墜された候補生を戦闘区域から転送機で退去させる仕組みだ。巨大光量子コンピュータである代行官《アルコーン》にとっては片手間にもならない負担で、業務に支障を来《きた》す懸《け》念《ねん》は無い。

空中を飛び回り地上を走り回り光弾と光矢《こうし》が飛び交い白兵武器で刃を交える。目の前の敵だけでなく味方との連携を常に意識しなければならない為《ため》、単に戦うよりも遥《はる》かに疲れる。肉体的な疲労よりも精神的な疲労で目が回りそうになった。

陽湖《ようこ》は荒士《こうじ》と同じチーム、真鶴《しづる》は敵チームだった。荒士《こうじ》は地上攻撃班に配置されたので、空中から攻撃する真鶴《しづる》と直接戦うことはなかったが、空中迎撃班だった陽湖《ようこ》はそういうわけにもいかなかった。真鶴《しづる》を相手に陽湖《ようこ》は中々粘ったのだが、結局撃墜された。

荒士《こうじ》も途中で退場させられ、彼が所属したチームは真鶴《しづる》のチームに敗北を喫した。

「やっぱり私にこの訓練は早すぎだよ。これ、絶対に荒士《こうじ》君の巻き添えだよ……」

「陽湖《ようこ》が選ばれたのは硫黄島《いおうとう》での戦闘が評価されたからだろ」

「だったら何で私だけなのよ。イーダもリージュンも活躍したじゃない」

「二人は近接タイプで俺とスタイルが重なっているからだと、教官から説明があっただろ」

「じゃあ、やっぱり荒士《こうじ》君の所為《せい》だ」

夕食の席で、陽湖《ようこ》は隣の荒士《こうじ》に同じ内容で言い回しだけを変えた愚痴と恨み言を延々と繰り返していた。しかし生憎《あいにく》と荒士《こうじ》の方にも今夜は、それ以上彼女の相手をする余裕が無かった。

疲労しているのは荒士《こうじ》も同じだったし、精神的なダメージ——落ち込み具合はもしかしたら荒《こう》士《じ》の方が酷《ひど》かった。

今日の彼は、まるで良《い》いところが無かった。理由は自分でも分かっている。集団戦の、圧倒的な経験不足だ。連携に加われない荒士《こうじ》は敵の本陣に立つ旗《フラッグ》に全く近付けなかった。対人戦闘では二人を退場させたが、三人目と交戦中に空からの奇襲を喰《く》らってリタイアさせられた。

己の未熟を痛感する。食事の味は、全く分からなかった。


四日目が終わっても、荒士《こうじ》の顔付きは冴《さ》えなかった。

陽湖《ようこ》は富士《ふじ》アカデミーの先輩と笑顔で談笑している。彼女は早くも集団戦のコツを掴《つか》んで、CTFでも連携が取れるようになっていた。

しかし相変わらず味方と上手《うま》く合わせられない荒士《こうじ》は、陽湖《ようこ》のようには笑えない。ため息を吐かないだけで精一杯だった。

「どうした、荒士《こうじ》。随分と時化《しけ》た面《つら》してんな」

しかしポーカーフェイスができているわけではないから、気付く者は気付く。早々に食べ終わって食堂を後にしようとしていたマウナ・ケアアカデミーの候補生、加藤賢人《かとうけんと》が荒士《こうじ》に声を掛けた。

「あっ、いえ。大したことじゃ……」

「大したことないって顔じゃないだろ」

そう言って賢人《けんと》は、席が空いていた荒士《こうじ》の向かい側に腰を下ろした。

「女子の先輩には言いにくいこともあるんじゃないか？　相談に乗るぜ」

興味本位なのか本物の親切心なのか、簡単に引き下がる様子は無い。

一方で荒士《こうじ》の方も、愚痴を零《こぼ》したい気持ちがゼロではなかった。

「……何《なん》か、上手《うま》く行かないんですよね」

そう前置きして、荒士《こうじ》は集団戦のコツが摑《つか》めないと悩みを打ち明けた。

「そうか？　活躍できているように見えてたけどな」

賢人《けんと》が不思議そうに問い返す。そこに「何《なに》を話しているんだ？」と言いながらジェイムズ・マクドゥガルが寄ってきた。その後ろにはクマール・カトリもいた。

「荒士《こうじ》はCTFでの自分のバトルに不満があるんだと」

賢人《けんと》の答えに「えっ？」と驚きの声を上げるジェイムズ。

クマールは「おいおい……」と言いたげに顔を顰《しか》めている。

「……荒士《こうじ》、目標が高すぎるのも時には嫌みだぜ」

ジェイムズが隣に座り、荒士《こうじ》の肩に手を回す。正直暑苦しいと荒士《こうじ》は思ったが、不思議と嫌な感じはしなかった。

「今日なんて五人も倒してるじゃないか。日間撃墜数は二位タイだぞ」

「そうだぞ、荒士《こうじ》。第一、君に活躍していないなんて言われたら、荒士《こうじ》に墜とされた俺の立場はどうなるんだ」

ジェイムズがたしなめたのに続いて、クマールが文句を付ける。

「今日は、だろ。昨日はクマールが俺を墜としたじゃないか」

「だからだよ！　荒士《こうじ》は俺と互角の強さなんだ。ライバルがそんな顔をしてたら、俺まで気分がダウンしてしまう」

荒士《こうじ》の反論に、クマールはさらに強い口調で言い返した。

「ライバルか……」

このフレーズが荒士《こうじ》の心に響いた。道場では事実上、師の片賀順充《ひらがよりみつ》とマンツーマンだった。富士《ふじ》アカデミーの候補生は、女子の中に男子がただ一人の疎外感から、ライバルと意識できるだけの共感が持てなかった。

疎外感を覚えない候補生も、もちろんいる。だが例えば真鶴《しづる》はライバルではなく先輩だし、陽湖《ようこ》はあくまでも昔馴染《むかしなじ》みの友人だ。チームメイトには友情を感じているが、「逆紅一点」の壁を取り払える程の親近感は、まだ育っていない。

ライバルという響きはそれだけで荒士《こうじ》に高揚感をもたらした。その御蔭《おかげ》で、彼の気分は水面下から浮上した。

◇◆◇◆◇◆◇

ハワイ遠征から一週間目。現地の暦で日曜日。候補生たちには休みが与えられた。

ようやく集団戦に慣れてきた荒士《こうじ》はその感覚を忘れない為《ため》に休みたくなかったのだが、この休養日は当初から決まっていたものだ。

アカデミーの教練に曜日は関係無いことになっている。しかしマウナ・ケアアカデミーではキリスト教徒が多いからかそれとも単なる校風なのか、日曜日は基本的に休みとなっている。集団戦の練習をしたくても相手にその気が無いのだから、荒士《こうじ》も周りに合わせるしか無かった。

富士《ふじ》アカデミーから来ている女子の候補生たちは、宿泊している米軍キャンプの女性職員の案内でショッピングに繰り出した。その一方で荒士《こうじ》は、賢人《けんと》たちに誘われてビーチに来ていた。

ビーチに誘われたのは昨晩のことで、同行者は賢人《けんと》の他にジェイムズとクマール。男ばかりでむさ苦しくないかと荒士《こうじ》は思ったのだが、それは余計な心配だった。

ビーチについてすぐ、露出を競う水着姿の女性が次々と寄ってきたからだ。

理由が分からず戸惑う荒士《こうじ》に、クマールは自分の首元を指差して見せた。

外せないチョーカーにはまっている神鎧《じんがい》コネクターを。

さすがにそれで、荒士《こうじ》は察した。

(追っかけ《グルーピー》か……)

従神戦士《じゅうしんせんし》は神々が統治する世界のエリート軍人だ。神々直轄の立場は在来政府の高官よりも地位が高い。見方によっては、政府の首長よりも上と言えるかもしれない。将来の従神戦《じゅうしんせん》士《し》候補であるアカデミー生と親しくなって「あわよくば」と考える者は男女を問わず少なくないし、「遊びだけでも」と近付く者はさらに多い。

ただ賢人《けんと》やジェイムズはアカデミーの候補生でなくても、ビーチではモテたに違いない。二人とも、顔はともかく身体《からだ》が凄《すご》かった。水着にTシャツを着ていても分厚い筋肉が直接目に飛び込んでくる。特にジェイムズの男性的肉体美は暴力的ですらあった。彼らを見ていると、まだまだ少年的な印象が残る自分の身体《からだ》が、荒士《こうじ》には貧弱に思われた。

だからといって、二人が荒士《こうじ》を置いて姿を消すということは無かった。クマールも賢人《けんと》たちとは別の意味で熱い視線を集めていたが——彼は美少年だった——自分だけ美味しい思いをするような不義理はしなかった。

四人はボードを借りてサーフィンを楽しんだ。と言っても荒士《こうじ》は未経験者だ。賢人《けんと》とジェイムズに教わりながら何とか立てるところまでは漕《こ》ぎ着《つ》けたものの、色々と余分な筋力を使った所為《せい》か四人の中で最初にバテてしまった。

そんなわけで荒士《こうじ》は今、一人でビーチにいた。賢人《けんと》もクマールも付き合うと言ったのだが、申し訳なくて逆に気疲れしそうだったので遠慮して海で遊んでもらっている。荒士《こうじ》はというと、借り物のビーチチェアでだらけていた。

「一人？」

そうやって十分程を過ごしていた荒士《こうじ》に、若い女性が声を掛けた。既に述べたとおり、荒士《こうじ》は年上趣味でありながら肉食系の女子が余り好きではない。高校生レベルと言うより中学生レベルの趣味嗜好《しこう》かもしれないが、清楚《せいそ》系で隙があるタイプが彼の好みだった。だから、追っかけ《グルーピー》をやっていて、しかも自分から声を掛けてくるような女性は、荒士《こうじ》としては関わりたくない。

「いや、連れがいる」

それでも彼が顔を上げたのは女性にすげなくすると後が面倒だから、ではなく、その言葉が日本語だったからだ。

しかし顔を向けた途端、彼は大きな後悔に襲われた。

その女性の顔は、彼が忘れたいと思っているあの女にそっくりだった。

「そうなの？　お連れの方はどちらに？」

「サーフィンをしている。俺は疲れたから一休み中だ」

だがここで逃げるのも負けのような気がしたので、荒士《こうじ》は女性の問いに答えた。口調が素っ気ないのは勘弁して欲しかった。本当は、同じ空気を吸うのも嫌だったのだから。

相手が不愉快な見た目をしていたというわけではない。むしろ一般的な評価では美女だろう。着ている物は大胆なビキニ。バストやヒップは控えめだが、すらりとしたバランスが良《い》いプロポーションをしている。顔は、見れば見る程あの女性教師に似ていた。

「シーラ・ファーンよ。お名前をうかがっても？」

明らかに日本人のものではない名前に意外感を覚えたが、驚きは無い。日系人が多い土地柄だし、『シーラ・ファーン』が本名かどうかも分からない。そこに興味は無い。それよりもあの女と名前まで良く似ているのが気に障《さわ》った。

「新島荒士《あらしまこうじ》」

だからといって、名乗り返さず黙殺するような礼儀を失する真似《まね》はしない。日本人でなくても日本語を使っているので、「コウジ・アラシマ」ではなく普通に名乗った。

しかし、サービスはここまでだ。

「コウジね。よろしく」

あからさまな媚《こ》びを含んだそのセリフには応えなかった。

「ねぇ、お連れの方たちが戻ってくるまで一緒にいても良いかしら」

「悪いな。さっきも言ったように、疲れているんだ」

素っ気ない回答にシーラと名乗った女性は傷付いた表情を浮かべる。

だが荒士《こうじ》にはもう、愛想《あいそ》良くする余裕は残っていなかった。ポーズではなく彼の顔はストレスで青ざめ、額には脂汗が滲《にじ》んでいる。

荒士《こうじ》は寝返りを打ち、シーラに背を向けた。

シーラはムッとした気配を立ち上らせたが、何も言わずそこから去った。

しかし荒士《こうじ》にはそれを気に掛けるキャパシティが残っていない。自分の腹の底から湧き上がる不快感とそれに対する叫び出したくなるような怒りで、彼は一杯一杯だった。

荒士《こうじ》にもう少し余裕があれば、シーラの声が本牧《ほんもく》の半壊した倉庫で遭遇したあの背神兵《はいしんへい》のものに良く似ていると気が付いたかもしれない。しかしこの時の彼は、不愉快な過去をねじ伏せ、再び記憶の奥底に押し込めるだけで限界だった。

荒士《こうじ》が童貞を卒業したのは中学校卒業の直後だ。もし単なる初体験なら、それが彼を苦しめる忌《い》まわしい記憶として残りはしなかっただろう。むしろ快い記憶になっていただろう。

アカデミー入学を命じられて、彼は高校進学を中止した。それ自体は「仕方が無い」で済ませられることだった。進学を考えていたのは地元の公立高校だ。消去法的に選んだ進学先で、その高校に執着は無かった。

ただ高校と違ってアカデミーは、中学校卒業から入学までに約半年、正確には五ヶ月間ある。中学校時代の同級生が新生活に胸躍らせたり失望したり、とにかく次の一歩を踏み出している中、荒士《こうじ》はある意味で宙ぶらりんの状態だった。疎外感が荒士《こうじ》の心に隙間を作る。そこに付け込んだのが、中三の時の副担任だったあの女教師だ。

名前は椎名《しいな》杏《あん》。大卒三年目、地方の公立中学校には場違いな若い美女教師で男子生徒には絶大な人気があった。容姿だけで人気だったのならば女子生徒の嫉妬反感を買いもしただろうが、親しみやすく面倒見が良《い》い人柄は男女を問わず愛されていた。

そんな教師だったから夕暮れ時に川をぼんやり眺めているところに声を掛けられた荒士《こうじ》は、元恩師を邪険にしなかった。問われるままに悩みを相談し、誘われるまま彼女のアパートに付いて行った。

そこで荒士《こうじ》は、椎名《しいな》杏《あん》が隠していた彼女の本性を見た。最初は教師らしいことを言っていたが、途中から彼女の学生時代の思い出話になり、何故《なぜ》か酒盛りが始まった。二十歳未満の者に飲酒を勧めるなどそれだけで教師にあるまじき行為だが、勧められた杯を手に取ったのは荒士《こうじ》自身の意志だ。それについて椎名《しいな》杏《あん》に責任を転嫁《てんか》するつもりは無い。

しかし誘惑されるままに肌を重ねたのは断じて荒士《こうじ》の意志ではなかった。あの時の自分は、自分ではなかった。表面的には合意の上の行為。だが本当は、そうではなかった。

彼女に飲まされた酒にはドラッグが混ざっていたと、荒士《こうじ》は確信している。彼が覚えているのは暴力的な衝動と、自制心の麻痺《まひ》。自分の身体《からだ》が自分の思いどおりにならない感覚。

あれは、強姦《ごうかん》だった。強制された側が男であっても、あれは強姦《ごうかん》に他ならなかった。役得だと喜ぶ気には決してなれない。自分の意思が無視され自分の身体《からだ》が好きなように使われた。変態的な行為を強制されたわけではない。あくまでも普通の行為で、どちらかと言えば荒士《こうじ》がいじめる側だった。

それでもあれは忘れることのできない屈辱であり、決して許せない尊厳の侵害だった。

面子《メンツ》の問題で男の自分が女の椎名杏《しいなあん》を訴えられないという点も、彼には腹立たしかった。日本社会は残念ながら、男性が女性を加害者として訴えることに不寛容だ。男性自身にそういう価値観が刷り込まれている。だから椎名杏《しいなあん》は今も荒士《こうじ》の母校で教鞭《きょうべん》を執っていて、荒士《こうじ》には何もできない。

彼の心の奥底では、あの日の過ちに対する遣《や》り場《ば》の無い怒りが憎悪《ぞうお》に成長してとぐろを巻いていた。

【13】悲劇

「蘇らせることは、
できない……と？」

代行官《アルコーン》の無人サテライトオフィス、祭壇《オルター》。代行局はこの施設のことを従神戦士《じゆうしんせんし》の候補者を見付ける為《ため》の物だと説明している。ただしこれは、完全な事実では無い。神鎧《じんがい》に適性がある人間を見つけ出す機能も祭壇《オルター》には備わっている。しかし祭壇《オルター》の機能はそれだけではないし、それが主要な目的でもなかった。

祭壇《さいだん》は祈りを捧《ささ》げる場所であり、供物《くもつ》を捧《ささ》げる台座でもある。

祭壇《オルター》の主目的もそれと同じ。代行官《アルコーン》や代行局が神々の出力装置なら、祭壇《オルター》は入力装置。代行局を攻撃しても神々自身には何のダメージもないが、祭壇《オルター》を一つ潰せば、神々の力をそれだけ殺《そ》ぐことができる。——鷲丞《しゆうすけ》は邪神アッシュから、そう教えられている。

その祭壇《オルター》が大阪城公園に隠されているということは以前から分かっていた。だが先日、従《じゆう》神戦士《しんせんし》が大量に入院した余波で警備体制に穴が空いた。その御蔭《おかげ》で——邪神の陣営にとっては「御蔭《おかげ》」である——祭壇《オルター》が大阪城公園の何処《どこ》に設置されているのか、ようやく特定できた。

神暦《しんれき》十八年二月最初の月曜日。鷲丞《しゆうすけ》は夕方の大阪城公園を訪れた。着ている物は安物のスーツ、手には大きめのビジネスバッグ。大阪出張の若手サラリーマンといった雰囲気で景色に溶け込んでいる。物珍しげに左右を見回しているのも、出張サラリーマンぽかった。

腕時計に目を落とし、西の空を見上げる。午後五時半、日没の時刻。

作戦決行の時間だ。

鷲丞《しゆうすけ》はスーツの内ポケットからスマホ——のような物——を取り出し、画面をタップした。

マテル世界で作られジアース世界のスマホに偽装されたリモコンが指令を飛ばす。その信号を受けて、東西南北の外堀に沈められたテレポートジャマーが一斉に起動した。

　このテレポートジャマーはマテル世界侵攻作戦の前に供給された貴重なストックの一部だ。無駄にすることは許されない。

「我に善神の祝福あれ」

　転送機阻害フィールドが形成されたのを確認した直後、鷲丞《しゅうすけ》は神鎧《じんがい》を装着してグリュプスになった。

◇◆◇◆◇◆◇

　シーラ・ファーンこと黄思楽《ファンスーラ》は苛々《いらいら》していた。原因は荒士《こうじ》の素っ気なさすぎる態度だ。彼女は邪神シュエンヌに身も心も捧げていて、大抵のことには心を動かさなくなっている。それでも荒士《こうじ》の野良犬《のらいぬ》を追い払うような対応には、女性としてのプライドを傷付けられていた。

　何故《なぜ》あのような扱いを受けたのか理由が分からなかった。それが彼女の苛立《いらだ》ちに拍車を掛けていた。

　黄思楽《ファンスーラ》の今の外見はシュエンヌが、今後の戦いを左右するかもしれない特殊な存在である新島荒士《あらしまこうじ》を自分の手許《てもと》に引き込む為《ため》に、彼が情を交わした相手を参考にして作ったものだ。

顔を作ったという点では他の背神兵《はいしんへい》も同じ。鷲丞《しゅうすけ》も彼の仲間の明日香《あすか》も花凜《かりん》も紬実《つぐみ》も、普段の生活で身許《みもと》がばれないように主の邪神が顔を作り変えている。だが黄 思楽《ファンスーラ》の場合は任務の都度、成功の確率を上げる為《ため》にシュエンヌが別人の顔を与えていた。

思楽《スーラ》はもう、自分の本当の顔を覚えていない。そのことに不満も覚えられない。彼女にとっては、シュエンヌに与えられた顔が自分の顔だ。それにシュエンヌが作る顔は彼女の美意識を反映しているのか、毎回タイプこそ違うが例外なく美女だ。それを思楽《スーラ》は誇ってさえいた。

その任務が上手《うま》く行くように作られたはずの自分の美貌を蛇蝎《だかつ》の如《ごと》く嫌われては、邪神の使徒としても女としても平気でいられるはずはなかった。

しかしどんな感情に支配されていても、思楽《スーラ》がシュエンヌに与えられた任務を忘れることはない。

(――時間ね)

アラームが予定時刻の到来を振動で伝える。

(ちょうど良《い》いから、鬱憤を晴らさせてもらいましょう)

彼女は暗い愉悦の笑みを浮かべながらリモコンを操ってテレポートジャマーのスイッチを入れた。

富士《ふじ》アカデミーの候補生が宿泊している米軍キャンプを覆う形で、半径十キロ、高さ五キロの転送機阻害フィールドが形成された。

テレポートジャマーは転送機の機能を阻害するだけではなく、逆の機能も持っている。物質転送用の誘導信号を発していて、それを目印に転送機を作動させられる。マテルの技術者がこの機械を開発したのは違法な物質転送を阻止することが目的だったから、暗号化された誘導信号の復号キーを持っている合法的な転送は妨害しない設計だ。

今、その信号を目印にして、大阪城公園にぞくぞくと背神兵《はいしんへい》が集まっていた。

祭壇《オルター》防衛に配備された部隊と背神兵《はいしんへい》の集団がぶつかり合う。

防衛隊は神鎧《じんがい》の装着を許されてはいるものの正規の従神戦士《じゅうしんせんし》ではなく、大半が『青』の能力しか持たない。数人が『紫』の実力を有するだけだ。

ただ背神兵《はいしんへい》の方もそれは同じで、『黒』の実力を持っているのは一人のみ。背神兵《はいしんへい》グリュプスとなった鷲丞《しゅうすけ》だけだ。

しかしその一人が両軍の、優劣の天秤《てんびん》を大きく傾けていた。

人数は防衛隊が背神兵《はいしんへい》の倍以上。だが鷲丞《しゅうすけ》はたちまち、隠されていた祭壇《オルター》に迫った。

◇◆◇◆◇◆◇

◇◆◇◆◇◆◇

無論富士《ふじ》代行局も大阪の状況を、手を拱《こまね》いて見ていたわけではない。だが援軍を出そうにも、戦力が払底《ふってい》していたのだ。

祭壇《オルター》の襲撃は、大阪だけではなかった。先立つこと数十分、ほぼ同時に樺太《からふと》の祭壇《オルター》が別の背《はい》神兵《しんぺい》集団によって襲撃を受けていた。樺太《からふと》に最も近い代行局は富士《ふじ》だ。その襲撃に対処する為《ため》、富士《ふじ》代行局は防衛隊の一部をナタリアと共に樺太《からふと》へ送り出していた。

これ以上防衛隊から人員を割《さ》くと、代行局の守りが危うくなる。また翔一《しょういち》を始めとした富《ふ》士《じ》代行局所属の従神戦士《じゅうしんせんし》は他の任務に当たっていて、富士《ふじ》に残っている『黒』は療養中の名《な》月《つき》だけだった。

「マウナ・ケアに遠征中の『紫』を呼び戻せ」

富士《ふじ》代行局防衛部の部長が部下の職員に命令を下す。

「……駄目です！　候補生が宿泊している一帯がテレポートジャマーのフィールドに覆われています！」

しかしハワイ島にも、敵の手は回っていた。

「通信は通じるのだろう。即刻フィールドの外に出るよう指示しろ！」

部長はすぐさま部下に怒鳴り返す。

「はい。……えっ、まさか⁉」

「今度は何事だ！」

「候補生たちはアメリカ軍の妨害を受けて、宿泊施設に閉じ込められているとのことです！」

しかし更なる凶報が、富士《ふじ》代行局防衛部に舞い込んだ。

「外務省と防衛省を呼び出せ！」

部長の声は、裏返り掛けていた。

◇◆◇◆◇◆◇

マウナ・ケア代行局は富士《ふじ》代行局以上の混乱に陥っていた。

極東における祭壇《オルター》連続襲撃の報はマウナ・ケア代行局にも入っている。座視していられる状況ではないのだが、マテル世界遠征がもたらした負の影響はマウナ・ケア代行局にも戦力不足という形で及んでいる。

援軍を出す余裕は無い。このハワイ島でも背神兵《はいしんへい》が暗躍している。米軍キャンプを覆う転送機阻害フィールドがその証拠だ。

ならばせめて、富士《ふじ》アカデミーの候補生だけでも日本に帰すべきだ。

しかし島内で勃発中の何者かによる破壊活動を理由に、米軍は富士《ふじ》アカデミーの候補生に対してホテルに留まるよう命じ、威嚇するかのようにホテルを包囲した。

これは、普通ではない。明文化されているわけではないが、神々直属の代行局とアカデミーは治外法権の特権を有している。

現地政府との友好的な関係が壊れることを恐れて、その特権が行使されることはほとんど無い。その代わり現地当局の方でも代行局とアカデミーに強権は使わない。公権力の行使は、あくまでも一般的な範囲に留《とど》めている。

しかし今回の米軍による軟禁は、この暗黙の了解を逸脱するものだった。

マウナ・ケア代行局は国防総省《ペンタゴン》に抗議すると共に、マウナ・ケアアカデミーの候補生に出動を命じた。代行局の防衛隊を動員しなかったのは、手薄になった隙を背神兵《はいしんへい》に突かれることを警戒したからだ。それと、通常戦力相手なら候補生で十分だと判断したからだった。

米軍キャンプ内のホテルに宿泊している富士《ふじ》アカデミーの候補生を軟禁するという暴挙に慌てているのは、マウナ・ケア代行局の職員だけではなかった。オアフ島の司令部とペンタゴンでも騒動になっていた。

軟禁は現地の部隊の独断だった。アカデミーの大規模演習に住民や観光客が過剰反応しないよう、警備に派遣されていた部隊が勝手に行ったことだったのだ。

オアフ島の司令部は即刻、包囲を解くよう現地の指揮官に命じた。しかし、部隊を指揮する士官はその命令に従わなかった。司令部はペンタゴンに叛乱《はんらん》の勃発を報告し、対応についての指示を求めた。しかし友軍同士の市街戦に発展することを恐れたペンタゴンは、すぐに指示を返せなかった。

米軍がもたもたしている間に、マウナ・ケアアカデミーの候補生部隊が出撃した。

それを知って、背神兵《はいしんへい》サイレンとなった黄思楽《ファンスーラ》はほくそ笑んだ。彼女は今、荒士《こうじ》たちが宿泊するホテルを包囲している現地部隊の指揮官の隣にいる。ハワイ島の米軍の暴挙は、サイレンの特殊能力『心理干渉』によるものだった。

この特殊能力は、ビデオゲーム世代には『魅惑《チャーム》』と言い換えた方が分かりやすいかもしれない。三大欲求の一つ、性欲を糸口に好意の感情を限界まで増幅し、サイレンのどんなお願いでも喜んで従うようになるレベルまで相手の心を変化させる能力。それがシュエンヌに与えられた、背神兵《はいしんへい》サイレンの力だった。

性欲が糸口ならば異性にしか効かないのではないか、と疑うかもしれない。しかし取っ掛かりとして利用するのは「異性に対する性欲」ではなく「性欲」だ。サイレンの心理干渉は同性にも効果がある。ただ、女性よりも男性に効くのは間違いではない。

マウナ・ケアアカデミーはG型従神戦士《じゅうしんせんし》の訓練施設。

そこに所属する従神戦士《じゅうしんせんし》候補生は今のところ全員男性だ。

サイレンにとって、彼らの出撃は援軍の派遣に等しかった。

◇◆◇◆◇◆◇

マウナ・ケア代行局が事態収拾に動き出したと聞いて、富士《ふじ》代行局の防衛部は少し落ち着きを取り戻した。

「部長、戦士平野《たいらの》がいらっしゃっています」

そこに、防衛部部長を訪ねて名月《なつき》がやって来た。

部長の「通せ」という指図に従いドアが開く。

振り返った部長の下へ、名月《なつき》が真《ま》っ直《す》ぐに歩み寄った。

「私が行きます」

そして名月《なつき》は、部長に向かってそう告げた。

「まだ無理よ」

口を挿《はさ》んだのは偶々《たまたま》防衛部にいた今能翡翠《こんのひすい》だ。彼女は防衛部の部員ではないが、従神戦士《じゅうしんせんし》のローテーションを調整する管理官の地位にある。ここで口を出す資格はあった。

「貴女《あなた》はまだ休養が必要だわ」

「自分のコンディションが万全でないことは自覚しています」

翡翠《ひすい》の指摘を名月《なつき》は逆らわずに認めた。

「ですが大阪祭壇《オルター》の防衛戦力は明らかに不足しています。このままでは香港《ホンコン》の二の舞です。多少無理をしてでも出撃すべき状況だと考えます」

その上で翡翠《ひすい》に反論する。

「祭壇《オルター》も重要だけど、こんなことで『黒』を失うリスクは冒せないわ」

「私はジアース防衛隊の一員です。この状況だからこそ、リスクを負ってでも出撃すべきだと思います」

どちらも、一歩も引く様子は無い。

「戦士平野《たいらの》。出撃は本当に可能なのだな？」

そこに割り込んだのは防衛部部長。いや、元々名月《なつき》は彼と話をしていたのだから、「割り込んだ」ではなく「（会話を）取り戻した」と言うべきかもしれない。

「可能です」

名月《なつき》は声を張り上げこそしなかったが、きっぱりと、疑いを差し挟ませない口調で答えた。

「では頼む」

「部長！」

翡翠《ひすい》が非難の声を上げる。

「今能《こんの》君。君の言うことも分かる。だがこのままでは戦士平野《たいらの》が指摘したとおり、大阪が香《ホン》港《コン》の二の舞になる」

部長はそう言って、それ以上の反論を封じた。

「戦士平野《たいらの》、出撃を許可する。大阪の転送機阻害フィールドの無力化まで、あと一時間ほど掛かる見込みだ。それまで持ちこたえてくれ」

マテル世界遠征軍は彼《か》の世界を邪神から解放できなかった。ではテレポートジャマーの新たな供給を断つという第一目的以外に成果は無いのかと言えば、そうではなかった。

あの機械の技術データを破壊する際、一人の戦士がその一部を持ち帰っている。残念ながらテレポートジャマーを再現するには不十分だったが、そのデータを分析することで、テレポートジャマーを破壊することなく転送機阻害フィールドを解除する方法が見付かった。

正確に言えば解除方法ではなく、転送機の機能を阻害する空間波《エーテル》をさらに妨害する力場を形成する方法だ。

力場の形成に、新しく専用の装置を開発する必要は無かった。代行局が持つ空間制御技術で対応可能だった。ただ手持ちの技術では、テレポートジャマー無効化フィールドの形成に一時間から三時間の時間が必要だ。専用装置が開発できればその時間は十分以内に短縮できると予想されている。しかし今は、既存のシステムに頼るしかない。今回は実戦で試すのが初めてということもあり、まだ一時間近く掛かると技術者は報告していた。

テレポートジャマーが無効化できれば、こちらの戦力を戦場に直接送り込めるだけではない。あの機械が発している空間波《エーテル》は代行局の転送機を妨害するだけでなく、邪神の転送機を補助する働きもしている。無力化できれば、背神兵《はいしんへい》に第一次神域《しんいき》の制約を改めて課すことができる。

邪神の軍勢は、簡単に援軍を呼ぶことも自由に撤退することもできなくなる。

それにあと一時間もすれば、樺太祭壇《からふとオルター》の背神兵《はいしんへい》は撃退できる見込みが立っている。樺太《からふと》に派遣している『黒』のナタリアと彼女に付けた防衛隊の戦力を呼び戻して大阪祭壇《オルター》の戦場に直接送り込むことができる。

「了解しました。一時間、持ちこたえて見せます」

「頼んだぞ。勇敢な戦士に神々のご加護があらんことを」

「神々に栄光あれ」

名月《なつき》が出撃用のゲートに向かう。翡翠《ひすい》はまだ納得している顔ではなかったが、戦いに赴く名《な》月《つき》の決意に水を差すようなことは言わなかった。

◇◆◇◆◇◆◇

富士《ふじ》アカデミーからハワイ島に遠征してきた候補生は、ホテルのホールに集まって焦燥感に耐えていた。

アカデミーからの帰還指令が届いてから、もう三十分以上になる。だがこのホテルは現在、テレポートジャマーの影響下にあり、帰還する為《ため》には地上か空中を通ってジャマーの効果範囲外に出なければならない。

しかしホテルは帰還指令が届く前から米軍の地上部隊に包囲されていた。神鎧《じんがい》の力を使えば突破は容易だったが、それでは米軍と一戦交えることになる。

現地当局との共存が代行局の基本方針だ。アカデミーもその方針に従わなければならない。強行突破には代行局の許可が必要だ。少なくとも自分たちの方から動くことはできない。

「……真鶴《しづる》、マウナ・ケアアカデミーの候補生が来てくれました。私たちも行きましょう」

そこに、マウナ・ケアアカデミーの候補生が駆け付けた。未《いま》だに富士《ふじ》代行局から実力行使の許可は下りていないが、マウナ・ケア代行局は軍の指図に従わなくても良いという判断を下したのだろう。

そう考えたのは、真鶴《しづる》を促したクロエ・トーマだけではなかった。

「そうですね……」

真鶴《しづる》がホールを見回す。誰からも、反対の意思表明は無かった。

「皆、行きましょう」

真鶴《しづる》の言葉に、ホールにいる女子候補生たちは「はい」と応えた。

富士《ふじ》アカデミーの候補生は全員が神鎧《じんがい》を装着し、Eフェーズ——次元装甲を展開せずエネリアルの鎧《よろい》のみを身に着ける形態——で、ホテルを出た。陽湖《ようこ》と並んで最後尾にいた荒士《こうじ》だが、マウナ・ケアアカデミー候補生の中に賢人《けんと》を見付けて、彼の許《もと》へと歩み寄った。

賢人《けんと》も荒士《こうじ》に気付いて、彼に向かって手を挙げる。荒士《こうじ》に何か声を掛けようとしていたのだろう。しかし賢人《けんと》が声を出すより早く、荒士《こうじ》が叫んだ。

「賢人《けんと》さん、後ろ！」

荒士《こうじ》が警告のセリフを言い終える前に、賢人《けんと》は身体《からだ》を前に投げ出して背後からの一撃を避けた。前転して振り向きながら起き上がる賢人《けんと》に、片手斧を振り上げた背神兵《はいしんへい》が迫る。

「貫くものよ！」

警告に続いて、荒士《こうじ》はエネリアルアームの槍《やり》を呼び出す。その時には既に次元装甲を展開しNフェーズにシフトしていた。

舗装された地面を蹴る荒士《こうじ》。単なるダッシュではない。空中歩兵戦術の機動技術を使った突進だ。地面と靴の摩擦で推力を得るのではなく、前に進むという意志が身体《からだ》を動かす。筋力の限界にも摩擦力の限界にも縛られない。強い意志さえあれば、幾らでも思うがままの速さを出せる。

荒士《こうじ》の槍《やり》が、背神兵《はいしんへい》を突き飛ばした。

宙に舞い上がり、米軍の戦列に落下する背神兵《はいしんへい》。

乱戦が始まった。米軍の中から次々と背神兵《はいしんへい》が出現する。転移《テレポート》してきたのではなく、地上部隊に紛れ込んでいたのだ。背神兵《はいしんへい》ではない通常の兵士も両アカデミーの候補生に銃口を向けた。

地上部隊は指揮官だけでなく、全員が背神兵《はいしんへい》サイレンの術中に落ちていた。

◇◆◇◆◇◆◇

祭壇《オルター》が設置されている大阪城公園はテレポートジャマーの効果範囲に呑《の》み込まれている為《ため》、直接転移《テレポート》することはできない。転送を阻害しているフィールドの高さは五千メートルと判明している。安全マージンを取って、名月《なつき》は高度六千メートルの空中に転移《テレポート》した。

空中には背神兵《はいしんへい》の小集団が待ち構えていた。硫黄島《いおうとう》の戦闘データから学んでいるのは神々の陣営だけではない。従神戦士《じゅうしんせんし》が目標の直上に転移《テレポート》すると、邪神の陣営も予測していたのだろう。

ただ人数は少なかった。また背神兵《はいしんへい》のレベルも『黒』どころか『紫』にも届いていない。邪神の軍勢のジアース世界における陣容は、まだそれほど厚くないと推測される。

「振り薙《な》ぐものよ！」

時間を掛けてはいられない、名月《なつき》はそう考えて、弓ではなく薙刀《なぎなた》を手に取った。迎え撃つのではなく自分から接敵して、湾曲した幅広の刃を背神兵《はいしんへい》に次々と叩《たた》き込んでいく。

次元装甲は全身を隈無《くまな》く覆っているが、神鎧《じんがい》兵の精神で維持されている為《ため》にその意識・無意識が反映される。頭や胸、腹部に攻撃が命中した場合のダメージは、手足が攻撃された場合よりも大きくなる。例えば首に刃を打ち込まれると、その一撃で次元装甲を維持できなくなってしまうこともある。

名月《なつき》に薙刀《なぎなた》を叩《たた》き込まれた背神兵《はいしんへい》は次元装甲を失い、次々と墜落していく。その姿が空中で消《き》え失《う》せるのは、邪神が転移《テレポート》で回収しているのだろう。

背神兵《はいしんへい》を全員、三合以内で撃墜して、名月《なつき》は改めて地上に向かった。

◇◆◇◆◇◆◇

富士《ふじ》アカデミー&マウナ・ケアアカデミー候補生の混成集団対米軍&背神兵《はいしんへい》の混成集団。

ハワイ島の米軍キャンプでは両集団による乱戦が続いていた。

戦力は神鎧《じんがい》兵の数で勝っている候補生側が優位だ。しかし候補生たちには米軍の兵士を殺さずに無力化するという縛りがある。

神鎧《じんがい》兵と通常装備の兵士の間には圧倒的な能力差がある。特に防御力は比べものにならない。

その差は、手加減して当たり前のレベルだ。

それを誰もが分かっているから、万が一候補生が米軍将兵を死亡させたら遺族に同情した世論が沸騰するのは目に見えている。それは代行局としてもアカデミーとしても避けなければならないし、日本の富士《ふじ》アカデミーが関係している今夜の場合は反日感情に誘導されてしまう展開も無視できない。

この世界は神々に支配されている。だが、神々によって統一されてはいないのだ。

背神兵《はいしんへい》は米軍兵士に紛れて、その陰から襲いかかってくる。神鎧《じんがい》を装着していれば探知できるし、転移《テレポート》で襲ってきてもその前兆がキャッチできる。厄介なのは直前まで米軍兵士のふりをしていて、いきなり神鎧《じんがい》を身に着け襲いかかってくるケースだ。

米軍の装備を付けて銃を撃っていた兵士が突然エネリアルアームで攻撃してくる。これは本当に、直前まで分からない。米軍相手に全力戦闘できない候補生は、ぎこちない戦いを強いられていた。

「真鶴《しづる》、ここはマウナ・ケアの皆さんに任せよう！　私たちは帰還を急がなければ」

両手剣《ツヴァイヘンダー》で背神兵《はいしんへい》を弾《はじ》き飛《と》ばした富士《ふじ》アカデミーの『紫』、ソフィア・ウェーバーが焦《あせ》った口調で真鶴《しづる》に提案する。

太刀で背神兵《はいしんへい》と切り結んでいた真鶴《しづる》が相手の盾を蹴りつけて飛び上がり、敵から距離を取る。

「そうしたいのは山々ですが、この状況ではマウナ・ケアの方々と相談も……」

真鶴《しづる》がソフィアに答えを返している最中、それまで彼女が戦っていた背神兵《はいしんへい》をマウナ・ケアアカデミーの候補生が巨大な太刀――中巻《なかまき》（中巻野太刀）で撃墜した。

「ソフィアさんの言うとおりだ。ここは俺たちが引き受ける」

振り向いて真鶴《しづる》にそう告げた神鎧兵《じんがいへい》は加藤賢人《かとうけんと》だった。

賢人《けんと》の斜め後ろから巨体のG型神鎧兵《じんがいへい》が急速に近付いてきた。神鎧《じんがい》が発する信号からマウナ・ケアアカデミーの候補生だと分かる。

「ジェイムズ、彼女たちの――」

近寄ってきたのがジェイムズ・マクドゥガルだと識別信号で見分けた賢人《けんと》が話し掛ける。しかし賢人《けんと》は「撤退を一緒に支援してくれ」というセリフを言い終えられなかった。

ジェイムズの体当たりで賢人《けんと》は大きく姿勢を崩す。

しかし賢人《けんと》は空中で体勢を立て直し、ジェイムズの戦斧《せんぷ》を中巻《なかまき》で受け止めた。

「ジェイムズ！　何の真似《まね》だ！」

賢人《けんと》が怒鳴る。

ジェイムズは答えない。彼は無言で戦斧《せんぷ》を引き、再び賢人《けんと》に叩《たた》き付《つ》けた。

地上で戦っていた荒士《こうじ》は、三人目の背神兵《はいしんへい》を撤退に追い込んで一息吐《ひといきつ》いた。見た限り地上にはもう普通の兵士しかいない。荒士《こうじ》は真鶴《しづる》から指示をもらおうと、散発的に飛んでくる銃弾を無視して顔を上げた。

そこに彼は、候補生と候補生の同士討ちを見た。

(何故《なぜ》マウナ・ケアの候補生同士が戦っている？)

(あれは……)

「……賢人《けんと》さん⁉　それにジェイムズ⁉」

空中で刃を交えているのが、このハワイで親しくしてもらった二人だと気付いて、彼は夢中で地面を蹴った。

荒士《こうじ》は空へと翔《か》け上《あ》がり、賢人《けんと》とジェイムズの間に割り込んだ。

「荒士《こうじ》⁉」

咄嗟《とっさ》に中巻を止める賢人《けんと》。

構わず戦斧《せんぷ》を振り下ろすジェイムズ。

荒士《こうじ》は一瞬で足場を創造し、足を踏み締め槍《やり》を操り、戦斧《せんぷ》をジェイムズの手から巻き取った。

「――？」

ジェイムズから動揺が伝わる。

人間的な反応がようやく返った。

「ジェイムズ！　しっかりして下さい！」

荒士《こうじ》は槍《やり》を消してジェイムズに詰め寄った。実際にはそこに彼の身体《からだ》は無い、だから意味は無いと知りつつも両肩に手を置いてジェイムズを揺さ振りながら呼び掛ける。

ジェイムズが悪夢から目覚めようと足掻《あが》いているような呻《うめ》き声を漏らす。

その時、ジェイムズの背後に人形《ひとがた》の陽炎《かげろう》が出現する。揺らめく色を持たない影が彼の耳に口を寄せる。その不確かなシルエットは、何となく女性のもののように見えた。

その途端ジェイムズから、戻り掛けていた人間性が消えた。

機械のように躊躇《ちゅうちょ》が無い動きで、ジェイムズが荒士《こうじ》の首を両手で絞める。

首に対する直接攻撃で、荒士《こうじ》の次元装甲が揺らぐ。

しかしそのことよりも「首を絞められている」という事実が、荒士《こうじ》の生存本能を刺激した。

このままでは殺されるという危機感。

生存本能が火種になって、闘争本能に火を点《つ》ける。

闘争本能が、炎を上げて燃え上がる。

荒士《こうじ》は武器を呼び出すのではなく、握った拳に武器の力を込めた。

今、荒士《こうじ》の身体《からだ》は、首を絞めるジェイムズの両手で吊《つ》り上《あ》げられている。

しかしここは素《もと》より空中だ。最初から与えられている、自然の足場は無い。

荒士《こうじ》は靴の裏に足場を創り出し、力を宿した右拳を引いた。

自前の足場を踏み締め、全身のバネをその一瞬に束ねて、荒士《こうじ》は右手を突き出した。

荒士《こうじ》の拳が、ジェイムズの胸を打つ。

拳を包む荒士《こうじ》の次元装甲と、胸を守るジェイムズの次元装甲が衝突する。

拮抗《きっこう》は、生じなかった。

荒士《こうじ》の拳がジェイムズの次元装甲を打ち抜き、エネリアルの全身鎧《よろい》の、胸の上で止まった。

墜落を始めるジェイムズの身体《からだ》。

「ジェイムズ！」

声を上げた賢人《けんと》がそれを追う。

荒士《こうじ》がホッと息を吐いたのは一瞬だった。彼はすぐに、ジェイムズに囁《ささや》き掛けた陽炎《かげろう》の本体を探した。

荒士《こうじ》は直感していた。根拠は無いが、確信があった。

――ジェイムズは、あの女に操られていた、と。

本牧《ほんもく》の半壊した倉庫で会った背神兵《はいしんへい》・サイレン。荒士《こうじ》の自由意志を踏みにじった後に「気持ち良かった？」と得意げに訊《たず》ねた淫乱教師と同じ声を持つ背神兵《はいしんへい》。連鎖的に今日ビーチで会った、あの女教師と同じ顔を持つ女のことを思い出して、荒士《こうじ》の苛立《いらだ》ちは相乗的に増幅された。

再招喚した槍《やり》を手にして、荒士《こうじ》は視線を巡らせる。

(――見付けた！)

不愉快なことに、サイレンは隠れていなかった。米軍を指揮する中尉の隣で、荒士《こうじ》を見上げていた。その顔はヘルメットのシールドに遮られて半分以上が見えない。だが、挑発的な笑みを浮かべていると荒士《こうじ》には分かった。

荒士《こうじ》は殺意に駆り立てられて、サイレンへと突進する。その前にG型神鎧《じんがい》を身に着けた候補生が割り込んだ。特徴的な曲刀《タルワール》を見ただけでそれが誰だか分かった。

（ジェイムズだけでなくクマールまで！）

荒士《こうじ》の怒りがさらに激しく燃え上がる。火に油を注ぐとはこのことだった。

「クマール、どけっ！」

横殴りに、石突きを叩《たた》き付《つ》ける荒士《こうじ》。クマールは曲刀《タルワール》で受けようとしたが、勢いに耐えきれずその手から得物がこぼれる。

荒士《こうじ》はクマールの横をすり抜けようとする。

しかしクマールは素手で荒士《こうじ》の前に立ち塞がった。

思わず荒士《こうじ》は攻撃を躊躇《ためら》う。

その隙を突いて、クマールが荒士《こうじ》に組み付いた。

サイレンがふわりと舞い上がり、クマールを振りほどこうと藻掻《もが》く荒士《こうじ》に顔を寄せる。

「狂戦士と聞いていたけど、ちゃんと正気を残しているのね。堕《お》とし甲斐《がい》があるわ」

サイレンの口角がニィ、と上がる。

何かが心を撫《な》で回《まわ》している、と荒士《こうじ》は感じた。

悍《おぞ》ましさが吐き気をもたらす。

生理的な嫌悪《けんお》感が背骨の末端から脳髄へと駆け上がる。

荒士《こうじ》は幼い頃に父親の死という不幸を経験しているが、それ以外では特に不自由なく暮らしてきた。

決して裕福では無かったが、衣食住に不自由したことは無い。学校の内でも外でも、特に挫折を味わったことは無い。有名進学校A判定がでる程ではなくても勉強はそこそこできたし、スポーツは校外にも名が知られるレベルで得意だった。喧嘩《けんか》は負け知らずだった。

まだ一生を総括する年齢ではないが、普通ならルサンチマンとは無縁でいられるはずの人生の歩みだ。

だが荒士《こうじ》の中には、鋭い牙を持つ野獣が棲んでいた。

心の中で密《ひそ》かに、獰猛《どうもう》な獣を育てていた。

理不尽の不受容。必要悪、「大人の知恵」への非寛容。諦観と妥協に対する拒絶。

若者らしい純粋さと言うには凶暴すぎる情念。

いや、この飼い慣らされぬ凶暴こそが若さか。

その獣が、牙を剝《む》く。

つい先程まで荒士《こうじ》は、他人の為《ため》に怒《おこ》っていた。心を奪われた友人の為《ため》に怒《いか》っていた。

それが、自分の為《ため》の怒りに変わる。自分の意志を侵そうとするものに対する、心の生存本能から迸《ほとばし》る憤怒《ふんぬ》。そこには敵に対する共感も同情も無い。操られて立ち塞がる犠牲者であろうと、単なる敵でしかない。

「斬り裂くものよ」

槍《やり》を右手に保持したまま、荒士《こうじ》は小声で武器招喚のキーワードを唱えた。

肘から上をホールドされている荒士《こうじ》の左手に短刀が出現する。刃の幅が狭く、手元が肉厚で先端が鋭い、鎧通《よろいどお》しと呼ばれる組み討ち用のサブウェポンだ。

逆手のポジションで出現した鎧通《よろいどお》しを、荒士《こうじ》は躊躇《ちゅうちょ》無くクマールの脇腹に突き立てた。

腕の力しか使えない状態だ。これが生身の戦いであっても深手を与えることは難しい。当然と言うべきか、鎧通《よろいどお》しは次元装甲を貫けなかった。

だが刃に込められた殺意は、自由意志を奪われ操り人形になったはずのクマールを怯《ひる》ませた。

荒士《こうじ》を拘束していたクマールの腕が緩む。

荒士《こうじ》は鎧通《よろいどお》しを捨ててホールドを振《ふ》り解《ほど》いた。

槍《やり》の柄でクマールを強《したた》かに打ち付け、切り返した穂先をサイレンに突き込む。

だが今回はサイレンも警戒していた。クマールが殴り飛ばされたと見るや、全力で後退を始めていた。

槍《やり》の切っ先をサイレンはガントレットで受ける。

貫かれるのではなく突き飛ばされて、サイレンは荒士《こうじ》から距離を取り転移《テレポート》して消えた。

サイレンが去ったことにより、荒士《こうじ》を突き動かしていた凶暴な熱が急速に収まっていく。

正常な思考を取り戻した荒士《こうじ》はハッと目を見開き、慌ててクマールの姿を探した。倒した手応えは無かったが、自分が普通でなかった自覚はある。もしかしたら思いも寄らない怪我《けが》をさせてしまったかもしれない。

「荒士《こうじ》」

クマールを殴り飛ばしてしまった方へ目を向けた荒士《こうじ》に、その先から賢人《けんと》が話し掛けた。賢《けん》人《と》はG型の神鎧《じんがい》を装着した候補生を一人、担《かつ》いでいる。

「賢人《けんと》さん。その、クマールは……」

「大丈夫だ。意識はある。まだ、真面《まとも》とは言えないようだが」

やはり賢人《けんと》が担《かつ》いでいる候補生はクマールだったようだ。

「そうですか……」

取《と》り敢《あ》えず、荒士《こうじ》は胸を撫《な》で下《お》ろした。「真面《まとも》とは言えない」というのは、洗脳がまだ解けていないという意味だろう。それについては考えないことにした。彼に洗脳を解除する能力は無いし、解除方法も知らないからだ。

「他の連中も動きが鈍くなっている。その内、元に戻るだろう」

地上を見ると、米軍の部隊はほとんど動きを止めていた。まだ動き回っている兵士も夢遊病者のような感じで、引鉄《ひきがね》を引くなどの戦闘につながる行為はしていない。

「荒士《こうじ》君」

そこへ、上空から下りてきた陽湖《ようこ》が声を掛ける。

「もう行かないと」

陽湖《ようこ》へと振り返っていた荒士《こうじ》が視線を賢人《けんと》に戻す。

賢人《けんと》は頷《うなず》きながら「ああ、行け」と荒士《こうじ》を促した。

荒士《こうじ》は一礼して、既に上昇を始めていた真鶴《しづる》たちを追い掛けようとした。

「そんなに慌てなくても、わたくしが直接送ってあげるわ」

背後から囁《ささや》かれた声に陽湖《ようこ》がビクッと身体《からだ》を震わせ、荒士《こうじ》は慌てて振り向く。

そこにいたのは消えたはずの背神兵《はいしんへい》サイレン。

先程まで荒士《こうじ》を満たしていた、身を焦がす怒りは蘇《よみがえ》らなかった。

その代わり、二重の違和感が荒士《こうじ》を捕らえる。

まず、手を伸ばせば簡単に届く間合いまで接近されているとはいえ、囁《ささや》き声《ごえ》が届く距離ではない。囁《ささや》かれたと感じたのは、神鎧《じんがい》のセンサーが狂わされていたとしか思えない。

もう一つは、その声だ。確かに同じ声音なのに、あの嫌悪《けんお》感を催さない。トラウマが刺激されない。口調ではなく、声そのものが持つ力の次元が違うと感じられた。

「邪神――」

荒士《こうじ》は本能で覚《さと》った。目の前の女は、背神兵《はいしんへい》ではなく邪神だと。邪神に支配された背神兵《はいしんへい》ではなく、邪神が背神兵《はいしんへい》の身体《からだ》に宿っていると。

邪神か⁉　と問《と》い質《ただ》す言葉を荒士《こうじ》は最後まで言えなかった。

その途中で邪神を宿した背神兵《はいしんへい》に触れられて、まず陽湖《ようこ》が強制的に転移《テレポート》させられる。

「陽湖《ようこ》！」

荒士《こうじ》は咄嗟《とっさ》に槍《やり》を捨てて手を伸ばしたが、その手は空を切るだけだった。

「貴様、陽湖《ようこ》を何処《どこ》にやった⁉」

荒士《こうじ》が邪神に殴り掛かる。

邪神は避けずに、サイレンの身体《からだ》でその拳を受け止めた。

そして自分の顔、それを守る次元装甲に突き立っている荒士《こうじ》の腕に触れた。

荒士《こうじ》の身体《からだ》が、その場から消える。彼も陽湖《ようこ》に続いて強制的に転移《テレポート》させられたのだ。

「フフッ。極上の悲劇を見せてちょうだいね」

舌舐《したな》めずりする音が聞こえてきそうな口調で、自分の使徒の身体《からだ》に降臨した邪神シュエンヌは呟《つぶや》いた。そして呆然《ぼうぜん》とそれを見ていた賢人《けんと》の前で、今度こそ本当にハワイから去った。

◇◆◇◆◇◆◇

「クッ！」

鷲丞《しゅうすけ》の斬撃を受けきれず、名月《なつき》が大きく後退する。

「撤退しろ。もう分かっているはずだ。お前では、俺には勝てない」

「何故《なぜ》……」

名月《なつき》の口から口惜《くや》しげな呟《つぶや》きが漏れる。こうも圧倒される理由が彼女には理解できなかった。荒士《こうじ》の拉致を阻止した半年前は白兵戦でも、対等に打ち合えていた。それなのに今は、まるで歯が立たない。名月《なつき》には納得できない現実だった。

「何故《なぜ》？　説明するまでも無い。我々の力は仕える『神』から与えられたもの。俺がお前よりも強いのは、俺の方が強い加護を授かっているからに他ならない」

「鷲丞《しゅうすけ》。あんた、邪神に改造でもされたの……？」

忌《い》まわしさに震える声で名月《なつき》が問い掛ける。

「改造とは失礼な言い草だが、新たな力を授かったという意味では正解だ」

鷲丞《しゅうすけ》の声には、悲壮感が欠片《かけら》も無い。自分が変えられること、変えられたことに恐れも不安も感じている様子が無かった。

「何故《なぜ》そこまで……」

対照的に名月《なつき》の顔は、ヘルメットの下で青ざめていた。

「知りたければ教えてやる。お前たちが神々と呼ぶものの、支配の真実を」

「真実……？　何を、言っているの……」

困惑が極に達した名月《なつき》は鷲丞《しゅうすけ》に対する質問とも自問自答ともつかない言葉を呟《つぶや》いた。

それは答えを求めていない、ただ混乱でおかしくなりそうな心が溢《あふ》れ出《で》た、問い掛けの形を取った独り言だった。

「そこをどけ。答えは、その後だ」

鷲丞《しゅうすけ》は名月《なつき》の独り言に応えた。だがそれは答えではなく要求だった。

「……いいえ。祭壇《オルター》は破壊させない」

「あくまでも真実を知ろうとせず、偽りにしがみつくか。仕方が無い」

エネリアルアームの薙刀《なぎなた》を構え直した名月《なつき》を見て、鷲丞《しゅうすけ》は失望の呟《つぶや》きを漏らした。

次の瞬間、鷲丞《しゅうすけ》の雰囲気が変わった。いや、雰囲気だけでなく、存在が変わった。

鷲丞《しゅうすけ》が消え、彼の身体《からだ》と心の全てをグリュプスが満たした。

グリュプスが長剣を振るう。

名月《なつき》は一合で吹き飛ばされた。

そのまま倒れていれば、グリュプスは名月《なつき》を見逃していただろう。彼に与えられた今日の使命は祭壇《オルター》の破壊。その邪魔をしなければ、無駄な戦闘はしない。

この状態のグリュプスをアッシュは狂戦士と呼んだが、血に飢えて無差別な殺戮《さつりく》を繰り広げるわけではないという点では「狂戦士」の一般的なイメージとはかなり違う。異常を来しているのは精神の安全機構だ。心が自壊しないように精神力の過剰燃焼にストップを掛けるブレーカーが働いていない。

ブレーカーがオフになっているから、本当の意味での全力を絞り出して戦う。狂戦士の意識にあるのは与えられた使命だけだ。

使命を果たす為《ため》に戦う。

そこに自分は存在しない。愛情も友情も存在しない。

ただ使命の為《ため》に戦い続ける。使命を妨げる敵を倒し続ける。

グリュプスは今、そんな「狂戦士」になっていた。

だから名月《なつき》は、立ち上がるべきではなかったのだ。

たとえ神々の重要施設を失うことになるのだとしても。

モニュメントに偽装した祭壇《オルター》を背に、名月《なつき》は得物を構える。

その手も、足も震えている。明らかに名月《なつき》は戦える状態ではなかった。肉体的な疲労からくる震えではない。次元装甲の展開中に肉体的な疲労を感じることは無いのだ。

彼女の意識はまだ、戦おうとしている。だが意識の底では、マテル世界で重傷を負わされた敗北の記憶が蘇《よみがえ》っていた。トラウマが、傷口を広げていた。

鷲丞《しゅうすけ》が普通の状態であれば、名月《なつき》は戦闘が続けられる状態ではないと分かっただろう。彼女を避けて祭壇《オルター》に向かっていたに違いない。

だが狂戦士に、そんな区別は付かない。

グリュプスが長剣を振るう。

「お姉ちゃん⁉」

陽湖《ようこ》がその現場に転移《テレポート》してきたのは、まさにその瞬間だった。邪神シュエンヌが陽湖《ようこ》を転移《テレポート》させたのは、自分の神域《しんいき》ではなく姉が打ちのめされているこの戦場だった。

名月《なつき》の身体《からだ》が偽装された祭壇《オルター》に衝突し、もたれ掛かる。

グリュプスは名月《なつき》ごと祭壇《オルター》を破壊しようと剣を振りかぶる。

「お姉ちゃん！」

陽湖《ようこ》が名月《なつき》の前に飛び込んだ。

鷲丞《しゅうすけ》の剣から、名月《なつき》をかばう格好で。

剣が横薙《な》ぎに振るわれる。

陽湖《ようこ》の次元装甲は、その一撃に耐えられなかった。

グリュプスの剣は陽湖《ようこ》の次元装甲を斬り裂き、エネリアルの装甲を斬り裂き、彼女の背中を深々と斬り裂いた。

血が飛び散る。

「陽湖《ようこ》っ！」

背中を血塗《ちまみ》れにして俯《うつぶ》せに倒れた陽湖《ようこ》に、名月《なつき》が両膝を突いて縋《すが》り付《つ》く。

グリュプスは名月《なつき》に最早《もはや》戦闘の意志は無いと判断して、ようやくと言うべきか、彼女を無視した。

グリュプスが祭壇《オルター》に長剣を突き込む。

しかし香港祭壇《ホンコンオルター》の一件で防御を固めていたのか、透明な壁に跳ね返される。

再度長剣を構えるグリュプス。

陽湖《ようこ》に縋《すが》り付《つ》き泣き叫ぶ名月《なつき》。

「陽《よう》、湖《こ》……？」

そこに一足遅れで荒士《こうじ》が現れた。このタイミングは邪神の計らいか、それとも偶然なのか。

間違いなく言えるのは、邪神シュエンヌにとってこの上なく好ましい展開だということだ。

新たな敵の出現に、グリュプスが祭壇《オルター》への攻撃を中断して荒士《こうじ》に向き直る。

荒士《こうじ》に向かって構えた長剣から、刀身に残った陽湖《ようこ》の血が滴《したた》り落《お》ちる。

「お前か……？」

地底から伝わってくる不気味な響きに似た声を荒士《こうじ》は発した。

「お前が、陽湖《ようこ》を……？」

地の底で鳴動するマグマを思わせる、灼熱《しゃくねつ》の、ドロドロとした声で問い掛ける。

グリュプスは答えない。

「お前が陽湖《ようこ》を斬ったのかぁっ！」

荒士《こうじ》の怒りが噴火する。

膨れ上がる殺意にグリュプスが反応する。

荒士《こうじ》とグリュプスは、同時に得物を繰り出した。

◇◆◇◆◇◆◇

「助けに行かせてください！」

富士《ふじ》アカデミーの転送室では、ハワイから帰還した真鶴《しづる》が教官の菖蒲《あやめ》に激しく出動を訴えていた。真鶴《しづる》の背後には彼女と同じ第一位階『紫』の候補生が揃《そろ》っている。彼女たちも真鶴《しづる》と同じ気持ちなのが表情で分かった。

「間もなく大阪祭壇《オルター》の周りに張り巡らされた転送機阻害フィールドを無力化できます。それまで待ちなさい」

菖蒲《あやめ》の回答は素っ気ないまでに冷静だった。真鶴たちにとってはそれが正解だ。それは彼女を始めとする『紫』の全員が理解していた。

「……しかし第五位階の候補生が巻き込まれ、一人は重傷を負っています。せめて彼女の救助だけでも許可してください！」

理解した上で、真鶴《しづる》は食い下がった。そうせずにはいられなかった。

「転移《テレポート》が妨害されている状況では負傷者を回収することもできません」

「私たちがテレポートジャマーの効果範囲外まで運び出せば！」

「背神兵《はいしんへい》がそれを黙って見ていると思うのですか？　大阪祭壇《オルター》を攻撃しているのはコードネーム・グリュプスだけではありませんよ」

「それは……」

真鶴《しづる》が唇を噛《か》む。菖蒲《あやめ》に言われたことは、指摘される前から真鶴《しづる》にも分かっていた。

反論の言葉を失い黙り込んだ真鶴《しづる》の前で、菖蒲《あやめ》も口を閉ざした。

顔を真鶴《しづる》に向けたまま、菖蒲《あやめ》の瞳が虚空《こくう》を見詰める。

菖蒲《あやめ》はすぐに戻ってきた。

「――五分以内に阻害フィールドが無力化されます」

菖蒲《あやめ》は無力化作業の進捗をテレパシーで問い合わせていたのだった。

「全員、出撃態勢で待機してください」

菖蒲《あやめ》の命令に、既に神鎧《じんがい》を身に着けていた七人から力強い応えが返った。

◇◆◇◆◇◆◇

大阪祭壇《オルター》の前では剣と槍《やり》が火花を散らしていた。

グリュプスの戦闘力は正規の従神戦士《じゅうしんせんし》『黒』である名月《なつき》のSフェーズをNフェーズで圧倒するものだ。

そのグリュプスと、今の荒士《こうじ》は対等に打ち合っていた。

荒士《こうじ》の心はグリュプスに対する殺意で占められ、彼の身体《からだ》は呼吸も鼓動も闘争の為《ため》だけに活動していた。

戦う為《ため》だけに生きる。命の全てを戦いに燃やす。今の荒士《こうじ》は単なるバーサーカーではない。

彼は戦鬼と化していた。荒士《こうじ》は修羅に変じていた。

グリュプスの心には、邪神に対する忠誠が残っている。

荒士《こうじ》の心には闘争以外、何も無い。悲しみの涙すらも干上がり消えていた。

その差が、『黒』を凌駕《りようが》したグリュプスと『白』にすぎない荒士《こうじ》の実力差を埋めていた。

また。

グリュプスは邪神アッシュの力を借りてバーサーカーとなった。

荒士《こうじ》は自分から修羅道に落ちた。

その違いが、残された実力差をゼロにしていた。

完全に互角。

荒士《こうじ》とグリュプスは、対等に殺し合っていた。

陽湖《ようこ》を抱きかかえて泣いている名月《なつき》は、その戦いに介入できない。余力も無いし、それ以上に気力が無くなっている。

名月《なつき》はSフェーズだけでなくNフェーズも維持できず、辛《かろ》うじてEフェーズを保っている状態だ。

しかし二人の戦いに介入しようとする者は、皆無でもなかった。

鷲丞《しゅうすけ》の仲間、明日香《あすか》と花凜《かりん》はこの作戦に最初から参加している。花凜《かりん》は名月《なつき》を上空で足止めしようとして早々に退場しているが、明日香《あすか》は元々大阪祭壇《オルター》を守っていた防衛隊と矢弾を撃ち合っていた。

彼女は鷲丞《しゅうすけ》が手こずっているのを上空から見て驚きに捕らわれ、防衛隊に光矢《こうし》を射ながら加勢しなければと焦《あせ》りを覚えていた。

グリュプスがアッシュに与えられた使命は祭壇《オルター》の破壊だ。荒士《こうじ》を倒すことではない。ましてや、生け捕りにして攫《さら》っていく必要は無い。こうして打ち合っている時間が長い程、代行局に反撃を許すリスクが高まる。早期に決着を図るべきだとグリュプスは判断した。

ところでグリュプスがNフェーズで戦っていたのは、相手を舐《な》めていたからではなく必要が無かったからだ。

Sフェーズになれば出力は飛躍的に増大する。だがSフェーズは消耗が激しく、長時間の戦闘には向かない。G型はF型に比べてその傾向がさらに強い。グリュプスの神鎧《じんがい》は特別製だが、基本的にG型だ。Sフェーズによる消耗増大は無視できない。

しかし今は、決着が長引くことこそが問題だ。グリュプスはSフェーズの使用を決断した。

グリュプスが盾を突き出して体当たりを仕掛ける。荒士《こうじ》は槍《やり》を身体《からだ》の前に翳《かざ》して盾を受け、自ら跳び退《しさ》った。

両者の間合いが空いた。

グリュプスの外見が変化する。猛禽《もうきん》の頭部を模した兜《かぶと》の口元まで完全に黒銀の装甲に覆われ、両眼をのぞかせていた穴もミラーシェードのようなシールドで塞がれた。身体《からだ》の大きさに変化は無いが、装甲の輪郭が鋭利になり、肩や前腕の厚みが増した。

Sフェーズへの変化は一瞬だった。だがグリュプスが戦闘を再開したのは一瞬よりも長い一秒余りの時間が経過した後だった。

姿が変わったのはグリュプスだけではなかった。荒士《こうじ》の外見もまた、変化していた。

細かな違いがあるとはいえ、荒士《こうじ》の神鎧《じんがい》はほぼ標準的なF型だ。F型はSフェーズになっても、外見に大きな変化は無い。自由に変えられるサイズ以外は、色合いが鮮やかになる程度だ。しかし荒士《こうじ》の神鎧《じんがい》に現れた変化は、もっと分かりやすいものだった。

最大の変化は顔面部分。顔の上半分を隠す半透明のシールドが仮面に変わった。日本甲冑《かっちゅう》の総面《そうめん》（顔全体を覆う面頬《めんぼう》）に近い。ただし厳《いか》つい武者の仮面ではなく、端整な青年神を模《かたど》った仮面だ。口は薄く閉じられ目の部分には濃い色のシールドがはまっている。その仮面が喉を守る装甲につながっていた。

装甲の厚みが増し、身体《からだ》全体のシルエットが一回り大きく見える。グリュプスに呼応するように、荒士《こうじ》もSフェーズを解き放っていた。

Sフェーズ同士となって、先に仕掛けたのは荒士《こうじ》。両者の戦闘は、ますます激しさを増した。

荒士《こうじ》とグリュプスの白兵戦は、一見したところ互角の印象だった。しかし荒士《こうじ》本人は、そうは思っていなかった。

彼は、自分が勝っているとは感じていなかった。自分の方が不利だ、と荒士《こうじ》は考えていた。

彼の心は戦い一色に染まっていたが、戦況を認識する目は曇っていなかった。

自分が戦えているのは、ある種のドーピングの効果だ。――と、荒士《こうじ》は理解していた。

余り長続きはしない。今の力で戦えるのは、わずかな時間だ。――それを、自覚していた。

それ故にこそ、出し惜しみは無い。己が内に宿したエネルギーの、最後の一滴までも惜しまずに、荒士《こうじ》はグリュプスを殺しに掛かった。

◇◆◇◆◇◆◇

テレポートジャマーは転送機の機能を阻害する。だが、それ以外の機器は邪魔しない。監視装置を遮断する機能は無い。

出撃命令をジリジリしながら待っていた真鶴《しづる》は、大阪祭壇《オルター》の現況を映しているモニターに、その焦《あせ》りを忘れる程に心を奪われていた。

(新島《あらしま》君、凄《すご》い……)

状況は極めて悪い。祭壇《オルター》は陥落一歩手前まで追い詰められている。アカデミーの仲間は命に関わる怪我《けが》をしている。そして荒士《こうじ》が戦っている相手は、真鶴《しづる》の兄の鷲丞《しゅうすけ》だ。

余計なことを考えずに一騎打ちを観戦できる状況ではない。にも拘《かか》わらず、真鶴《しづる》は荒士《こうじ》の戦い振りに見とれていた。

芸術的な戦い方、ではない。華麗と言うより荒っぽい印象だ。

だが、力強い。そしてとにかく、直向《ひたむ》きだった。

荒士《こうじ》は従神戦士《じゅうしんせんし》の務めを果たすべく戦っているのではない。代行局が統治する世界秩序を守る為《ため》でもない。神々に対する忠誠からでもない。

一人の少女を傷つけられた怒りを原動力として、彼は戦っていた。

私情に任せた戦いだ。私怨《しえん》を晴らす為《ため》の戦いだ。一般論で言えば、褒められた理由ではない。神々に与えられた力を自分の為《ため》に、それも誰かを救う為《ため》ではなくただ己の感情の捌《は》け口《ぐち》に使うなど不謹慎だと、良識ある大人には眉を顰《ひそ》められる行為かもしれない。

だが真鶴《しづる》の目には、眩《まぶ》しく映った。

背中を深々と斬り裂かれ、既に事切れているかもしれない陽湖《ようこ》が羨ましくすらあった。

あれほど純粋に、自分の為《ため》に心を燃やしてくれるなら、この身が裂かれても……。

そんな乙女チックな想《おも》い——最近は女性に限らないかもしれない——まで、真鶴《しづる》は心の片隅に懐《いだ》いていた。

「第一位階候補生の皆さん、阻害フィールド無力化が完了しました」

ディバイノイド・菖蒲《あやめ》の声に、真鶴《しづる》は我に返った。

後輩のあの少女は、まだ間に合うのかもしれないのだ。

真鶴《しづる》は自分が為《な》すべきことを思い出した。

「直ちに出撃してください。勇敢な戦士に神々のご加護があらんことを」

「神々に栄光あれ！」

真鶴《しづる》は仲間たちと声を合わせて、出撃命令に応えた。

◇◆◇◆◇◆◇

次元装甲に守られた神鎧《じんがい》兵に、肉体的なダメージを与えることはできない。それが従神戦《じゅうしんせん》士《し》と背神兵《はいしんへい》に共通する常識だ。だが荒士《こうじ》とグリュプスは、この常識に反する力を手に入れていた。

それは二人だけに特別な力なのではなく、神鎧《じんがい》に設定されているリミッターを解除すれば使えるものだ。しかしその域にたどり着いているのは今のところ、この世界では二人だけだった。

このリミッターは神々にも邪神群にも、自由にならないものだった。自分を絶対的に守るはずの次元装甲。それを斬り裂き貫く力があるということは、自分自身もその危険に曝《さら》されるということでもある。

生存本能がそのリスクを認めるのを拒否する。精神が拒否するものを、精神の力で支えられている神鎧《じんがい》は顕在化できない。これは、思考や感情とは無関係に引鉄《ひきがね》を引けば弾が出る物質兵器とは違う、心の在り方が性能に直接反映する精神兵器の欠点と言えるかもしれない。

今の荒士《こうじ》とグリュプスは自分の命を度外視して、敵を倒すことだけを念じている。その所為《せい》で生存本能により常にロックされているはずのリミッターが解除されている。邪神アッシュが二人を指して狂戦士《バーサーカー》と呼んだのは、それ故だった。

次元装甲と共に相手の身体《からだ》を斬り裂くことができるグリュプスと、次元装甲と共に相手の身体《からだ》を貫くことができる荒士《こうじ》。我が身を省みず戦う二人がこのまま刃を交え続ければ、待っているのはどちらか一方、あるいは両方の死だ。

その結末は今の二人にとって、本望だったかもしれない。しかし事態は別の道をたどった。

上空から悲鳴が聞こえた。その声にグリュプスは聞き覚えがあったが、荒士《こうじ》と斬り結ぶ手は止めなかった。戦いから意識を逸《そ》らすこともなかった。

しかし目の前に友軍の兵士が落ちてきては、剣を止めざるを得なかった。

「明日香《あすか》！」

眼前に墜落したのが単なる友軍の兵士ならば、グリュプスはすぐに戦闘に復帰しただろう。

だが落ちてきたのは一年以上一つ屋根の下で暮らした明日香《あすか》だった。鷲丞《しゅうすけ》は健全な男性で、明日香《あすか》は絶世の美女ではなくても魅力的な若い女性だ。情が移らないはずはない。たとえ情を交わしてはいなくても。

鷲丞《しゅうすけ》は邪神によって狂戦士になる力を手に入れた。今はまだ、バーサーカーに変われるだけで、変えられているわけではなかった。

憎からず想《おも》う女が地面に叩《たた》き付《つ》けられて苦しんでいる姿を前にして。

グリュプスは鷲丞《しゅうすけ》に戻った。

ただ、荒士《こうじ》がそれに付き合う義理は無かった。

修羅は騎士道に縛られない。戦鬼に武士の情けは無い。

鷲丞《しゅうすけ》が見せた隙を、荒士《こうじ》は見逃さなかった。

荒士《こうじ》の刺突に、鷲丞《しゅうすけ》が盾を翳《かざ》す。だが、完全には防ぎきれなかった。

槍《やり》の穂先が兜《かぶと》を掠《かす》め鷲丞《しゅうすけ》が体勢を崩す。

そこに光矢《こうし》と光弾が降り注いだ。

上空に転移《テレポート》した真鶴《しづる》たち富士《ふじ》アカデミーの第一位階候補生『紫』による攻撃だ。明日香《あすか》を墜としたのは彼女たちの一斉攻撃だった。

そして、代行局の援軍は、候補生だけでは無かった。

名月《なつき》の隣に出現した『黒』の従神戦士《じゅうしんせんし》ナタリアが、鷲丞《しゅうすけ》に銃口を向ける。

鷲丞《しゅうすけ》は頭上から降り注ぐ矢弾を無視して一歩前に出た。明日香《あすか》を背中にかばい、ナタリアの光弾を盾で受け止める。

「グリュプス、私に構わず撤退してください！」

「お前から先に撤退しろ。魔神の転移《テレポート》を妨害する機能は無効化されているようだが、我々の転移《テレポート》を補助する機能は生きている」

「は、はい」

明日香《あすか》が身体《からだ》を起こす。

鷲丞《しゅうすけ》は彼女を無事に逃がす為《ため》、左腕だけでなく剣を握った右腕にも盾を出現させた。

前からの銃撃を受け止める盾を右腕の物に切り替え、左腕の盾を頭上に翳《かざ》す。

しかし、鷲丞《しゅうすけ》は大事なことを失念していた。

敵はナタリアと、『紫』だけではないということを。

攻撃が止まっていた所為《せい》で、意識から外れてしまっていた。

野獣のように息を潜め隙を窺《うかが》っている荒士《こうじ》の存在を。

鷲丞《しゅうすけ》が左腕の盾を頭上に翳《かざ》した瞬間。

無防備になった鷲丞《しゅうすけ》の左胸に槍《やり》を突き立てるべく、荒士《こうじ》が突進してくる。

「危ない！」

意識が正面から盾を圧迫するナタリアの銃撃に向いていた鷲丞《しゅうすけ》が荒士《こうじ》の肉薄に気付いたのは、明日香《あすか》の叫びが耳に届いた後だった。

「……っ！」

鷲丞《しゅうすけ》が目を向けた時には、明日香《あすか》が言葉にならない苦悶《くもん》を漏らしていた。

明日香《あすか》は胸の中央を貫かれていた。

荒士《こうじ》が槍《やり》を引く。

今の一撃に残された力の全てを注《つ》ぎ込んでいたのか、荒士《こうじ》のSフェーズが解ける。

鷲丞《しゅうすけ》はその機に乗じなかった。彼は右手の剣と盾を消し、明日香《あすか》を抱きかかえた。

背中に光弾を受けながら、鷲丞《しゅうすけ》は明日香《あすか》と共に姿を消す。

大阪祭壇《オルター》の前には陽湖《ようこ》の亡骸に抱き付いて止《と》め処《ど》無く涙を流し続ける名月《なつき》と、
彼女に寄り添うナタリアと、
両膝を突いて、呆然《ぼうぜん》と空を仰ぐ荒士《こうじ》と。

声を掛けられずにおどおどと、彼の隣に徒《ただ》たたずむだけの真鶴《しづる》の姿が残されていた。

◇◆◇◆◇◆◇

明日香《あすか》の身体《からだ》を抱えて、鷲丞《しゅうすけ》は邪神アッシュの神殿に転移《テレポート》した。

神殿には、何の気配も無かった。

「――我が神アッシュ！　神よ！　いらっしゃらないのですか⁉」

アッシュは人では無い。当然ながら人の気配は発していない。だが人とは違う存在感がある。

神殿はアッシュの力で形作られているから、あらゆる所からアッシュの力が漂っている。その所為《せい》で、この神殿内ではアッシュ本人の気配が曖昧になってしまう。だが直接向かい合えば、神と呼ばれるに相応《ふさわ》しい存在感を持っていることが分かる。そして一度でもその存在感に直接触れたことがあれば、同じ気配の中に紛れても気付かないということはない。

しかし今、神殿にアッシュの存在は感じられなかった。

「我が神アッシュよ！　お応えください！」

「鷲丞《しゅうすけ》、何があったんだい？」

必死の呼び掛けに、二度目で応えがあった。

鷲丞《しゅうすけ》が明日香《あすか》を抱えたまま跪《ひざまず》く。

アッシュがその前に、虚空《こくう》から出現した。

「神よ！」

叫ぶ鷲丞《しゅうすけ》を見下ろして、アッシュが眉を顰《ひそ》める。ただしその表情は、鷲丞《しゅうすけ》の大声に不快感を覚えたわけではなかった。

「その傷は、あの者にやられたのか……」

アッシュの声には、憐《あわ》れみと哀悼がこもっているように感じられた。

「すまない、鷲丞《しゅうすけ》。君に任せきりにして他の世界に出向いていたのは私のミスだ。君たちのことをしっかり見ておくべきだった……」

「いいえ、我が神よ！」

謝罪するアッシュに、鷲丞《しゅうすけ》は狼狽《ろうばい》を露《あら》わにする。

「神聖な使命を果たせず、私こそ申し訳ございません！　しかし！」

床に打ち付ける勢いで頭を下げた後、鷲丞《しゅうすけ》は顔を上げて縋《すが》り付《つ》く目をアッシュに向けた。

「どのように罰していただいても構いません。何でもいたします。どのような責めも受けます。ですから！　どうか、明日香《あすか》をお助けください！」

「鷲丞《しゅうすけ》……」

「どうか、どうか！」

「鷲丞《しゅうすけ》。明日香《あすか》の身体《からだ》を元に戻すことはできる。命を吹き込むことも可能だ」

「おおっ、では！」

喜色を露《あら》わにする鷲丞《しゅうすけ》。

だがアッシュは、哀《かな》しそうに頭《かぶり》を振った。

「私たちは無から生命を創造することもできる。死体を蘇《よみがえ》らせるのは簡単だ。しかしね、鷲《しゅう》丞《すけ》」

「……アッシュ？」

「精神は唯一無二だ。だからこそ精神は、神を滅ぼす刃にもなり得るんだよ。死者に新たな命を与えることはできる。だけど肉体に新しく宿る心は、以前のものとは違う。蘇《よみがえ》った死者は、死ぬ前とは別人なんだ」

「本人を蘇《よみがえ》らせることは、できない……と？」

「蘇《よみがえ》った死体に生前の記憶を与えることはできるよ。でも君は、明日香《あすか》のコピーを望んでいるわけではないのだろう？」

「…………」

「それでも良《い》いなら、蘇《よみがえ》らせてあげるよ。鷲丞《しゅうすけ》、どうする？」

「……いえ。このまま眠らせてやることにします」

「そうか。何処《どこ》に埋葬したい？」

鷲丞《しゅうすけ》が絞り出した苦しげな声に、アッシュは深い同情を込めた声で訊《たず》ねた。

「私たちの住まいに」

鷲丞《しゅうすけ》は共に暮らした隠れ家の近くで、明日香《あすか》を弔いたいと望んだ。

「分かった。近くに墓を作らせておくよ。火葬はしなくて大丈夫だ。辻褄《つじつま》は合わせておくから」

「ありがとうございます」

鷲丞《しゅうすけ》はそのまましばらく、奥歯を嚙《か》み締《し》めた。

アッシュはその場から消えず、鷲丞《しゅうすけ》の言葉を待った。

「……アッシュ。私は何を間違えたのでしょうか」

「確かに君は判断を誤った。だがそれは罪じゃない。人間は間違えるものだ。使徒も人間だ。失敗することも、敗北することもある。私が人間ならば、失敗や敗北に罰を与えることもあるだろう。だが私は神だ。神は人の失敗を罰しはしない」

アッシュは思い詰めた表情の鷲丞《しゅうすけ》を諭《さと》し、宥《なだ》める。

だが鷲丞《しゅうすけ》は厳しい表情のまま、明日香《あすか》を抱いていない左手をギュッと握り締めた。

「俺があの時、人間に戻らなければ……過《あやま》ちは、避けられましたか？」

鷲丞《しゅうすけ》のセリフは問い掛けの形を取っていたが、本心はバーサーカーに変わってしまうことを望むものだった。

「鷲丞《しゅうすけ》。その話は明日香《あすか》の弔いが終わってからにしよう」

そしてアッシュは、鷲丞《しゅうすけ》の望みを否定しなかった。

その直前まで、過《あやま》ちを犯す人間の不完全さを肯定するかのように、語っていたにも拘《かか》わらず。

こうなることが、全て最初から分かっていたかのように。

◇◆◇◆◇◆◇

だが陽湖《ようこ》は大阪祭壇《オルター》の前で、名月《なつき》の腕の中で息を引き取った。

それでも斬られた直後に神々の施設へ運び込めば、助かる可能性はあった。

陽湖《ようこ》はほとんど即死に近かった。


今日は彼女の葬儀の日だ。

荒士《こうじ》は陽湖《ようこ》の身内ではないが、通夜《つや》の段階からずっと遺族を手伝っていた。後悔に押し潰されて自分の殻に閉じこもっている名月《なつき》の代わりを務めるかのように。

陽湖《ようこ》の親族の中には、それを奇異の目で見る者もいた。しかし陽湖《ようこ》の両親は娘と荒士《こうじ》の関係を知っていたし、何より陽湖《ようこ》の祖父の片賀順充《ひらがよりみつ》が荒士《こうじ》のことを身内として扱っていた。

葬儀が終わり、今は火葬場に来ている。火葬炉に収められる棺《ひつぎ》を、荒士《こうじ》は家族親戚友人の列の一番後ろで見ていた。

陽湖《ようこ》の父親が声を殺して泣いている。

陽湖《ようこ》の母親は表情を失い為《な》されるがままの名月《なつき》を抱き締めてすすり泣いている。見様《みよう》によっては、名月《なつき》に縋《すが》り付《つ》いて頽《くずお》れそうになる身体《からだ》を支えているようでもあった。

祖父の順充《よりみつ》は棺《ひつぎ》を焼いている炉を真《ま》っ直《す》ぐに見詰めて、ただ涙だけを流している。

皆が陽湖《ようこ》を惜しみ、悲嘆に暮れている。

しかし、荒士《こうじ》は泣いていなかった。幼馴染《おさななじ》みの少女の死を目の当《まあ》たりにしてから、ずっと涙を流していない。彼は気丈に、冷静に、あるいは冷淡に見えた。何のショックも受けていないのでは、と誤解する者もいた。冷血漢と声に出さず罵っている者もいた。

この時、荒士《こうじ》は火葬の光景を見ながら、アカデミーでディバイノイドに言われたことを思い出していた。

——貴男《あなた》は神々に死者の復活を願わないのですね。

その質問とも決め付けとも単なる感想とも取れるセリフに、荒士《こうじ》は次のように返した。

——願えば生き返るんですか？

その質問に対する答えは「否《いいえ》」だった。

——技術的には可能ですが、神々はその願いを叶《かな》えません。

荒士《こうじ》はその理由を問わなかった。彼の反応は「何故《なぜ》ですか？」ではなく「そうですか」だった。

——しかし普通の人間は、親しき者の死を前にして復活を望みます。

——この世界の人間だけでなく、多くの世界の人間が。

何故《なぜ》？　と訊《たず》ねたのはディバイノイドの方だった。

——何故貴男《なぜあなた》はそれを望まないのですか？

神々の生体端末である彼女は荒士《こうじ》にそう訊《たず》ねた。

荒士《こうじ》はその問いに答えなかった。

答えが分からなかったのではない。彼は自分が陽湖《ようこ》の蘇生《そせい》を望まない理由を知っていた。だがそれをディバイノイドの前で口にするのは憚《はばか》られた。

彼の本心。それは「そこまで弄《もてあそ》ばれてたまるか」だった。

陽湖《ようこ》は死んだ。あの男に斬り殺された。

あの時、自分は怒り、哀《かな》しみ、絶望し、憎悪《ぞうお》を懐《いだ》いた。

それは全て彼自身が体験した事実、彼の真実だ。

それを無かったことにできるなら、最初からあんな悲劇を起こすな——というのが、彼の本音だったのだ。

荒士《こうじ》はグリュプスにも、邪神にも、神々にも、激しい憤《いきどお》りを覚えていた。

その憤怒《ふんぬ》の炎は、今も彼の中で燃え続けている。

死体を焼き骨に変えてしまう火葬の炉内よりも遥《はる》かに激しく。魂までも焼き尽くす程の灼熱《しやくねつ》の火炎が荒士《こうじ》の中では渦巻いていた。

涙はその熱で、流れ出る前に蒸発していた。

【14】破局

――何故、お前なのか。

――何故、こんなことになっているのか。

――何故、お前があの男をかばっているのか。

――何故。何故！

神暦《しんれき》二十年四月。

荒士《こうじ》は今日、十九歳になった。現在の彼は富士《ふじ》アカデミー第一位階候補生。『紫』になったのは去年の夏だ。二年で第一位階に進級したのは真鶴《しづる》と並ぶ最速のペースだった。

もっとも荒士《こうじ》は、そのことを鼻に掛けてはいない。昔とは――と言ってもせいぜい三、四年前だが――状況が違うと彼は認識している。

ジアース世界における神々の統治は揺らいでいた。まだ、代行局が陥落するには至っていない。世界に十二箇所建設された代行官《アルコーン》――巨大光量子コンピュータ・オラクルブレインは現在も稼働《かどう》を続け、それを支える代行局も業務を続けている。

だがジアース世界は地球上も衛星軌道上も邪神群の軍勢による攻撃に絶え間なく曝《さら》され、既に多くの社会インフラと代行局の施設を破壊されていた。

今日は彼の誕生日だが、特にパーティなどの予定は無い。内輪で祝う予定すらも。

それは彼に友人がいないからではない。

『戦士新島《あらしま》。作戦指令室に出頭してください』

手首に付けている汎用通信機《インフォリスト》ではなく耳に付けているイヤーカフ型の思念波通信機を通して、代行局防衛部から伝えられた指令に、荒士《こうじ》は「了解」と頭の中で《テレパシーで》答えた。

彼はまだアカデミー在籍中の候補生でありながら「戦士」の称号で呼ばれている。彼は『紫』に進級する前から邪神軍相手の戦場に立っていた。

まだ候補生の内から恒常的に、戦士として戦場に立たなければならない。情勢はそこまで悪化していた。

誕生日パーティなどを開いている余裕は、戦士である荒士《こうじ》には無いのだった。

「ご苦労」

「戦士新島《あらしま》、参りました」

沈着冷静と言うより機械的な口調で荒士《こうじ》に応えたのは、去年から防衛部の部長に就任した今《こん》能《の》翔一《しょういち》だ。彼は精神の消耗が限界に達して、戦士を引退した。

普通、従神戦士《じゅうしんせんし》に引退は無い。精神が限界まで消耗した従神戦士《じゅうしんせんし》はそのまま精神を使い切らせて、意志を無くし命令されたままに働く兵士として再利用される。神々がこの地球を制圧する際の主兵力となった無貌の人形兵士《ひとがた》は、実を言えば精神の消耗が限界に達して自我を失った元・神鎧兵《じんがい》だった。G型神鎧《じんがい》兵の甲冑《かっちゅう》に手を加えて肉体を完全に外界から遮断することにより精神力の流出を抑えて、体内に蓄えられた精神エネルギーで活動する生体ゴーレム。それが人形《ひとがた》の兵士の正体だ。

実は翔一《しょういち》も、そうなる予定だった。しかし代行局に対する翔一《しょういち》の貢献に加えて、妹の翡翠《ひすい》を始めとする富士《ふじ》代行局の人間の職員から、翔一《しょういち》の引退許可を求める強い請願が相次いだことを代行官《アルコーン》も無視できなかったのだ。その結果、翔一《しょういち》は人形《ひとがた》兵士という名の傀儡《くぐつ》として心と命を両方とも使い潰される運命《さだめ》を免《まぬが》れたのだった。

「ジョグジャカルタ祭壇《オルター》の防衛隊から救援要請が入った」

ただ磨《す》り減《へ》った人間性は回復していない。翔一《しょういち》は「早速だが」という短い前置きすら口にせず、本題に入った。

「ジョグジャカルタというと、ジャワ島ですか？」

「ジャワ島中部南岸です。インフォリストに地図を送りました」

荒士《こうじ》の質問に答えたのは翔一《しょういち》の補佐官に就任した彼の妹の翡翠《ひすい》だ。

この二年でテレポートジャマーの対策は、ほとんど完成している。転送機阻害フィールドが形成されても、それを三十分以内に無力化できるようになった。

転移《テレポート》できなくなるケースを考えなくて済むようになったので地図は本来必要無いのだが、邪神群が転送機に関する未知の技術を開発している万が一の場合に備えて、従神戦士《じゅうしんせんし》は出動先の地図データを携行するようになっていた。これは地球上に出動する場合に限らない。衛星軌道に出動する場合は星図から現在位置を割り出す機能をインフォリストに組み込む。

「――確認しました。直ちに出動します」

データを確認した荒士《こうじ》が作戦指令室を後にする。

翔一《しょういち》も荒士《こうじ》も、従神戦士《じゅうしんせんし》が出動する際の決まり文句を唱えなかった。

二人とも、神々を称《たた》える言葉を口にしなかった。

◇◆◇◆◇◆◇

荒士《こうじ》が出動を命じられた祭壇《オルター》が置かれているのはジョグジャカルタ市の東部、ジャワ島ではボロブドゥール遺跡と並んで有名なプランバナン寺院群の近くにあった。もっとも遺跡の中に祭壇《オルター》が設けられているのではない。転移《テレポート》した荒士《こうじ》に寺院群を見る機会は無かった。

「新島《あらしま》君、来てくれたのですね！」

彼の参戦を嬉《うれ》しそうな声で迎えたのは、正式に『黒』の従神戦士《じゅうしんせんし》となった真鶴《しづる》だった。同じ戦場には富士《ふじ》アカデミーで同時期に『紫』だった代行局員がいる。マウナ・ケアから派遣されたG型の戦士も一人、戦っている。光弾を撃ちまくっている富士《ふじ》代行局の防衛隊員はメイ・マニーラット、マウナ・ケア代行局所属の戦士は『黒』に昇格したばかりの加藤賢人《かとうけんと》だ。荒士《こうじ》と賢人《けんと》は二年前の合同訓練以来の友人だった。

F型二人、G型一人の味方に対し、敵はG型が十人以上。地面にはほぼ同数のG型神鎧兵《じんがいへい》が横たわっている。荒士《こうじ》は倒れている神鎧兵《じんがいへい》をスキャンした。全員、生きてはいる。だが死んだふりからの奇襲をしてくる余力は観測されなかった。

スキャンの結果明らかになった事実はもう一つある。倒れている神鎧兵《じんがい》の半数以上が代行局に属する祭壇《オルター》守備兵だった。つまり裏切りが発生したということだ。

「サイレンが現れたのか？」

代行局の従神戦士《じゅうしんせんし》が苦戦を強いられている原因は、二人の背神兵《はいしんへい》の跳梁《ちょうりょう》にあった。その二人の名は背神兵《はいしんへい》グリュプスと背神兵《はいしんへい》サイレン。

サイレンは邪神シュエンヌに支配された異次元世界から来た神鎧兵《じんがいへい》だと判明しているので、厳密に言えば背神兵《はいしんへい》ではない。邪神の使徒、邪神戦士と呼ぶべきだろう。ただその厳密性は代行局にとって不要なもの。代行局はサイレンをグリュプス同様「背神兵《はいしんへい》」と呼んでいる。

グリュプスは『黒』の従神戦士《じゅうしんせんし》を圧倒する戦闘力で、サイレンは従神戦士《じゅうしんせんし》の心を操り裏切らせる特殊能力で、神々の統治を揺さ振っていた。

荒士《こうじ》は真鶴《しづる》を取り囲んでいる神鎧兵《じんがいへい》に襲い掛かり、包囲態勢を一撃で崩した。その一瞬の接触で、相手が代行局所属のG型だと分かった。どうやら防衛隊は全員、サイレンの術中に落ちてしまっているようだ。

「真鶴《しづる》、サイレンは？」

真鶴《しづる》と背中合わせになって、荒士《こうじ》はサイレンの行方を訊《たず》ねる。「真鶴《しづる》さん」ではなく「真鶴《しづる》」と呼び捨てにして。

「新島《あらしま》君が到着する直前に逃亡しました。貴男《あなた》が出てくると予測したのでしょう」

真鶴《しづる》は荒士《こうじ》を名前ではなく苗字《みょうじ》で呼んで、以前と変わらぬ丁寧な言葉遣いで答えた。

「逃げ足が速い女狐《めぎつね》め」

「新島《あらしま》君には自分の力が通用しないと思い知っているからでしょうね」

真鶴《しづる》が言ったとおり、荒士《こうじ》にはサイレンの特殊能力『心理干渉』が通用しない。サイレン＝黄思楽《ファンスーラ》は既に、荒士《こうじ》のトラウマとなった不良教師の姿と声を捨てて別人に成り代わっているにも拘《かか》わらず。

おそらく最初の接触の時点で、サイレンの精神波に対する抗体のようなものができているのだろう。幾ら姿を変えても、神鎧《じんがい》兵の力の源である精神の在り方は変わらない。それにサイレンは荒士《こうじ》が自分を激しく憎悪《ぞうお》し、殺したがっていることを知っている。その憎悪《ぞうお》はグリュプスに対するものに、勝るとも劣らない。

陽湖《ようこ》を殺したのはグリュプス＝古都鷲丞《こみやしゅうすけ》だが、その状況を作ったのはサイレン、より厳密に言うならサイレンに宿っていた邪神シュエンヌだ。荒士《こうじ》は、そう認識している。彼にとってサイレンはグリュプス同様、陽湖《ようこ》の仇《かたき》だった。――なお荒士《こうじ》は戦士の称号を授けられた時に、現在敵対中の邪神の名を代行官《アルコーン》から直接聞いていた。

「――仕方が無い」

荒士《こうじ》はそう呟《つぶや》くや否《いな》や、敵の神鎧《じんがい》兵とサイレンに操られている代行局所属の神鎧《じんがい》兵に、等しく襲い掛かった。彼は操られているだけの味方に対しても、一切容赦しなかった。

荒士《こうじ》は十人以上の神鎧《じんがい》兵を一人で無力化し、後始末を真鶴《しづる》に任せて富士《ふじ》に帰還した。

◇◆◇◆◇◆◇

「相変わらず仕事が早いわね」

任務完了を報告して防衛部を後にする荒士《こうじ》に、須河《すが》彩香《あやか》が声を掛けた。彼女は代行局附属病院勤務の鹿間多《かまた》光《ひかり》のごく親しい友人で、アカデミーの候補生でありながら戦士の役目を負わされている荒士《こうじ》とは同僚の関係だ。——残念ながら今はまだ、戦友と呼べる間柄にはなっていない。

「俺は皆さんより継戦能力で劣っていますから。短時間で、けりを付ける必要があるんですよ」

真鶴《しづる》に対する話し方とは違い彩香《あやか》に対しては、荒士《こうじ》は丁寧な言葉遣いを崩さなかった。口調も、皮肉でもなく卑屈でもなく、ただ本音を告げるものだった。

荒士《こうじ》が通常のF型に比べて短い時間しか全力を出せないのは、客観的な事実だ。ただその全力が、大抵の『黒』を上回っていた。その爆発的な戦闘力は継戦能力の低さを補って余りあるものだった。

「例えば、長時間敵を撃退し続けなければならない拠点防衛を命じられても、俺は使いものにならないでしょう。俺に向いている任務だから早く終わっているだけです」

そのセリフにも、自虐のニュアンスはなかった。

「適材適所は組織運営の基本よ。貴男《あなた》のパフォーマンスを低く評価する理由にはならないわ」

彩香《あやか》の方は、少し皮肉な口調だった。功績を誇らない荒士《こうじ》のことを「可愛《かわい》げが無い」と感じている様子だ。

「どうも」

荒士《こうじ》はそれを気にした様子も無く、かと言って愛想《あいそ》良くもせず、軽く一礼して彼女の横を通り過ぎた。

◇◆◇◆◇◆◇

従神戦士《じゅうしんせんし》と同じ務めを果たしている荒士《こうじ》だが、彼の身分はまだアカデミーの候補生だ。本来ならば『紫』として『黒』の採用試験に備える必要があるし、教官《チューター》の補佐役として後輩の世話をする義務がある。

だがインドネシアのジョグジャカルタから戻った荒士《こうじ》は、代行局に隣接するアカデミーに戻らなかった。彼が足を向けたのは代行局の附属病院だ。

荒士《こうじ》はそのナースステーションで――現代では「ナース《nurse》」という単語に男女の区別は無くなっている――知り合いの職員に声を掛けた。

「光《ひかり》さん」

彼が声を掛けた女性職員、鹿間多光《かまたひかり》は荒士《こうじ》が戦士の任務を与えられ始めたのと同時期にアカデミーの医務室から代行局の附属病院に配置換えになった。

同時に彼女は、条件付きで看護師の資格を与えられている。代行局の医療機器があれば、局外でも一部の医療行為が可能になっていた。

「新島《あらしま》君、ご苦労様。名月《なつき》のお見舞い？」

光《ひかり》が荒士《こうじ》に笑顔を向ける。荒士《こうじ》はその表情で、名月《なつき》の病状は好転していると察した。

「面会できますか？」

「ええ。大丈夫」

光《ひかり》の答えを確認して、荒士《こうじ》は左手をカウンターに置いた。光《ひかり》が荒士《こうじ》の左手首にハンドスキャナーのような機械を近付ける。正確にいえば、左手首のインフォリストに。

これは要するに、面会の登録だ。この特別入院棟は全室個室。細心のケアが必要な患者だけが入院している。面会客は登録された病室のみ訪問できる仕組みになっていた。

それは、現在第一線で邪神の軍勢と戦っている荒士《こうじ》も例外ではない。もっとも荒士《こうじ》の方も、自分とは無関係の病人には興味が無かった。

インターホンで入室許可を請《こ》う。

名月《なつき》本人の声で「入って良いよ」と返事があった。同時に個室の自動扉が開いた。

「名月《なつき》さん、お加減は如何《いかが》ですか？」

荒士《こうじ》はソファから立ち上がろうとする名月《なつき》を左手で制して、彼女の前にお見舞いの御菓子《おかし》を置いた。これは今回の出撃前に注文して代行局の宅配ロッカーに届けさせていた物で、中身は特区の専門店で売られている名月《なつき》が最近お気に入りのスイーツだ。荒士《こうじ》は元々、今日は名月《なつき》のお見舞いに来る予定にしていた。出撃命令は後から舞い込んだものだった。

「いつもありがとう。明後日《あさって》には退院できる見込みよ」

「それは良かった。でも、無理はしないでくださいね」

そう言いながら荒士《こうじ》は自分で自分の分のお茶を淹《い》れて、彼女の前に腰を下ろした。横になった方が良《い》いとは言わない。寝てばかりではかえって気が滅入《めい》ると、荒士《こうじ》にも理解できた。

「――分かってる。これ以上、他の局員に迷惑は掛けたくないし」

「いっそのこと、ご実家に戻られては？　無理をして代行局の仕事を続ける必要は無いでしょう。代行官閣下《アルコーン》も退任を認めていると聞いていますよ」

二年前のあの事件の後、名月《なつき》は心を病んで入退院を繰り返している。今は従神戦士《じゅうしんせんし》としてではなく、代行局の補給部門に勤務していた。

事件の直後に比べれば随分と精神状態も落ち着いていて、事務仕事なら過不足無く処理できるようになった。だが何の予兆も無く襲ってくるフラッシュバックに苦しめられて、その都度入院が必要になる状態が続いている。

自宅療養を勧める荒士《こうじ》に、名月《なつき》は力なく頭《かぶり》を振った。

「父からも同じことを言われているんだけど……実家に帰ったら、余計にあの子のことを思い出してしまうような気が、して……」

「名月《なつき》さん」

いきなり血の気が引いた名月《なつき》の隣に、荒士《こうじ》は素早く席を移した。そして、痩せてしまった彼女の身体《からだ》を横から優しく抱き締める。

この二年で荒士《こうじ》の身長は五センチも伸びなかったが、それでも小柄な名月《なつき》より二十センチ以上背が高い。身長以上に逞《たくま》しさを増した腕で、厚みを増した胸で、震え出した名月《なつき》を包み込み落ち着かせた。

「――まあ、俺は名月《なつき》さんが近くにいてくれる方が嬉《うれ》しいですけど」

こんな軽いセリフも、荒士《こうじ》は平然と口にできるようになった。

荒士《こうじ》の腕の中で名月《なつき》が吐息に似た笑い声を漏らす。

「……いつもありがとう。気遣ってくれて」

名月《なつき》は押し退けるようにして荒士《こうじ》の抱擁から身を離した。

「でも、そういう思わせぶりなセリフは感心しないな。本気で好きになっちゃったらどうするの？　さては他の女の子にも似たようなことを言っているんでしょ。駄目よ、そういう罪作りな真似《まね》は」

名月《なつき》は戯《おど》けた仕草で「めっ」と荒士《こうじ》をたしなめる。ただ彼女の表情は妹の幼馴染《おさななじ》みに向けるものではなく、ましてや弟に向けるものでもなく、「女」が「男」に向けるものだった。

◇◆◇◆◇◆◇

附属病院での用事は、名月《なつき》のお見舞いだけではなかった。病室を出た荒士《こうじ》は検査室の一つに向かった。血液検査やＭＲＩ検査などの、物質的な検査を行う部屋ではない。投映法や作業検査法などを使う心理検査の部屋でもない。従神戦士《じゅうしんせんし》としての活動に関わる、精神の消耗度を測定する検査室だ。

　この地球上には代行局にしかない検査機器で精神力の状態を測定する。コンピュータゲーム世代に分《わ》かり易《やす》い言い方をすればマジックポイント《ＭＰ》の総量と残量の計測。ただその検査結果は、荒士《こうじ》本人には伝えられない。これは代行局が荒士を運用する為《ため》のデータだ。要するに、あとどれくらいで従神戦士《じゅうしんせんし》としての活動限界が訪れるかの目安である。

　このことを荒士《こうじ》は知らされていないし、自分から訊《たず》ねようともしない。代行局のことを信頼しているというより、関心が無いのだろう。

　荒士《こうじ》にしてみれば機械の前に座って十秒間じっとしているだけ。ＣＴやＭＲＩよりも遥《はる》かに簡単でレントゲン撮影よりも手間が掛からない。

何をされているのか分からないが、気にする程のことではない。従神戦士《じゅうしんせんし》に義務付けられたコンディションチェックの一つだろう、というのが荒士《こうじ》の認識だった。……従神戦士《じゅうしんせんし》の為《ため》ではなく代行局の為《ため》のものという点を除けば、その認識で間違いはない。

既に述べたとおり検査に掛かる時間は無いに等しい短さだが、予定外の出動の所為《せい》で――迎撃出動はほぼ毎回「予定外」だ――時刻は夕方を過ぎて夜になっていた。荒士《こうじ》は第一位階候補生としてアカデミーの寮に部屋を割り当てられているが、そちらで休むことはほとんど無い。彼は今夜も代行局の敷地《しきち》内にある戦士用の宿舎に足を向けた。

F型神鎧《じんがい》に適合した男性は、今でも荒士《こうじ》以外に見付かっていない。つまりアカデミーの寮に住んでいるのは、彼以外全て女子。この状況は入学当時から変わっていないが、この三年間で彼を見る周りの目は大きく変わった。

最短とも言える期間で『紫』になり、『黒』に交じって邪神の軍勢相手に活躍し続けている。従神戦士《じゅうしんせんし》が背負う運命《さだめ》の内、明暗の「明」の部分しか知らない者から見れば将来を約束されたエリート、いや、ヒーローだ。しかも荒士《こうじ》は、外見も悪くない。銀幕やスポットライトに照らされたステージを飾る華やかさは無いが、最近では少年っぽさが精悍《せいかん》さに置き換わり男の色気が備わってきている。

今の荒士《こうじ》は、同じ年頃の女子にとって極上の獲物だった。

そんな彼が、部屋に鍵が付いていない寮にいたらどうなるか。

荒士《こうじ》は肉食系の女性を嫌っているが、同年代以下に対しては拒絶反応を示す程ではない。夜、ベッドに忍び込まれて、何もせずに一晩耐える自信の持ち合わせは無かった。彼はそれ程、自惚《うぬぼ》れてはいない。

そこで彼は、過《あやま》ちを避ける為《ため》に自分から、代行局の宿舎に避難した。これは「妊娠で教練に支障を来さない」という教官たちの方針にも合致していた。

戦士は様々な面で一般局員よりも優遇されている。宿舎についてもそれは言えていて、幹部クラスの物よりもさらにグレードが高い。単身者であっても――戦士の既婚率は約五十パーセントだ――2LDK以上の間取りの部屋が与えられ、利便性の面でも充実している。

何時《いつ》でも異性を連れ込めるように――というのは、代行局の平職員の間でやっかみ半分に囁《ささや》き交わされている品の無い冗談だ。ただ「根も葉も無い」とは言えない面もあった。

ドアを開けた荒士《こうじ》の「ただ今」という言葉に「お帰りなさい」と返す若い女性の声があった。荒士《こうじ》が連れ込んだガールフレンド、ではない。むしろ逆だ。

「御夕飯《おゆうはん》、できているわよ」

顔を出してそう告げたのは、この部屋の借主、真鶴《しづる》だった。事実は、荒士《こうじ》が真鶴《しづる》の部屋に半ば居候《いそうろう》しているのだった。

真鶴《しづる》の表情は親しげで柔らかい。口調も任務中とは違って打ち解けている。

「そうか。着替えてくる」

荒士《こうじ》はと言えば、真鶴《しづる》が自分の為《ため》に食事の用意をしていることに疑問や遠慮を覚えている様子はまるで無い。「ありがとう」の言葉も無い。当たり前という程に慣れている感があった。

荒士《こうじ》が部屋着に着替えてダイニングに来る。まず彼の着替えが置いてある時点で、この二人が普通の関係ではないと分かる。

それは下衆のかんぐりではなかった。二人が付き合い始めたのは約一年前、荒士《こうじ》がまだ『青』でありながら戦士の務めを与えられるようになった頃だ。当時は真鶴《しづる》も正式な従神戦士《じゅうしんせんし》に取り立てられてまだ半年。力の及ばないことが多かった。その時期の真鶴《しづる》と荒士《こうじ》は、二人で一人前のようなパフォーマンスだった。戦場で助け合っている内に私生活でも親しくなったというのが、彼と彼女が「彼・彼女」の関係になった経緯だ。

――無論、それだけで特別な関係になったのではない。荒士《こうじ》が戦場で助け合った相手は真鶴《しづる》だけではないし、真鶴《しづる》についても同じことが言える。二人が付き合い始めたのは一年前だが、その前から単なる先輩後輩の枠に収まらない心の交流があった。

切っ掛けは二年前、あの戦いの直後。

陽湖《ようこ》の葬儀が終わって、荒士《こうじ》がアカデミーに戻ってきた日の夕暮れ時のことだった。

アカデミーには殉職した在校生と卒業生を祀《まつ》る慰霊塔がある。名前だけを刻んだ慰霊碑ではなく、在学中の写真を遺影として内部に掲げた塔だ。

その一番端に、最も新しい殉職者として陽湖《ようこ》の遺影が掲げられているはずだ。葬儀が終わったばかりにも拘《かか》わらず、荒士《こうじ》はそれを見に行くことにした。

陽湖《ようこ》が何故《なぜ》死んでしまったのかを、改めて心に刻む為《ため》に。彼女の死が病死でも事故死でもなく、人間同士の犯罪や戦争に巻き込まれた結果でもなく、神々と邪神群の戦いの犠牲になったことを決して忘れない為《ため》に。殉職という言葉で、美化されてしまわないように。

荒士《こうじ》は温室栽培のカサブランカを一輪だけ買って慰霊塔を訪れた。塔の中が花で溢《あふ》れてしまわないように、供《そな》える花は一人一度に一輪だけと決められていた。

慰霊塔の内側の壁に遺影が掲げられている。下から順番に、上に行くほど新しい殉職者だ。荒士《こうじ》は塔の階段を三階まで上った。エレベーターもあるのだが、彼は自分の足で上ることを選んだ。この塔は四階建てで、現在最上階に遺影は置かれていない。三階に遺影が掲げられるのは陽湖《ようこ》が一人目だ。殉職者は意外に少ない。

遺影の前には、先客が一人だけいた。後ろ姿だけで、荒士《こうじ》には誰だか分かった。

「――真鶴《しづる》さん」

ビクッと肩をふるわせ、真鶴《しづる》が慌てて振り向く。

彼女の目は既に潤んでいた。

荒士《こうじ》と目を合わせるや否《いな》や、真鶴《しづる》はぽろぽろと涙を零《こぼ》し始めた。

「新島《あらしま》君……」と、声を震わせて荒士《こうじ》を呼ぶ。そこで彼女は、言葉を詰まらせた。

遺影の前で泣いている女性を見て何も感じないほど、荒士《こうじ》の心は荒廃していない。

「……ありがとうございます。陽湖《ようこ》の為《ため》に、泣いてくださって」

荒士《こうじ》が掛けた感謝の言葉に、真鶴《しづる》は何故《なぜ》か、激しく頭《かぶり》を振った。彼女の長い髪が、宙を舞う程の勢いで。

「ごめんなさい！」

「真鶴《しづる》さん？」

「ごめんなさい！　新島《あらしま》君、ごめんなさい！」

「何故《なぜ》そんなことを言うんですか？　何故《なぜ》真鶴《しづる》さんが謝るんですか？　真鶴《しづる》さんは何も悪いことをしていないじゃないですか」

荒士《こうじ》は困惑顔で、真鶴《しづる》を何とか宥《なだ》めようとする。しかし真鶴《しづる》はただ「ごめんなさい」と謝罪の言葉を繰り返すだけだ。

「真鶴《しづる》さん！」

荒士《こうじ》が真鶴《しづる》の両肩を摑《つか》んで揺さぶり、強い口調で名前を呼ぶ。それでようやく、真鶴《しづる》の謝罪は止まった。

「陽湖《ようこ》の死に、真鶴《しづる》さんは何の責任もありませんよ」

「いいえ！」

真鶴《しづる》が叫ぶ。荒士《こうじ》を見上げる目から、涙が流れ落ちる。

「陽湖《ようこ》さんを殺したのは私の兄です！　ごめんなさい、新島《あらしま》君。兄が、兄さんがとんでもないことを……」

謝罪の発作は治まっていなかった。ただ中断されただけだった。

再び繰り返される「ごめんなさい」の、謝罪の言葉。

「真鶴《しづる》さん」

それを荒士《こうじ》は、今度は、穏やかな声で遮る。

「……………」

その優しい声音は、強い口調で名前を呼ぶよりも、真鶴《しづる》の心に深く響いた。

「真鶴《しづる》さんの所為《せい》じゃありません。陽湖《ようこ》を殺したのは、背神兵《はいしんへい》グリュプスです」

「でも」

「いいえ」

真鶴《しづる》が反射的に上げようとした反論を、荒士《こうじ》は強引に遮った。

「背神兵《はいしんへい》グリュプスがしたことに、真鶴《しづる》さんが責任を感じる必要はありません」

荒士《こうじ》は古都鷲丞《こみやしゅうすけ》を、あくまでも「背神兵《はいしんへい》グリュプス」と呼んだ。真鶴の兄であった鷲丞《しゅうすけ》とは、最早《もはや》別の存在だと強調するかのように。

「真鶴《しづる》さんは、何も悪くありません」

真鶴《しづる》が勢い良く、縋《すが》り付《つ》くように、荒士《こうじ》の胸に飛び込む。

荒士《こうじ》は陽湖《ようこ》に捧《ささ》げる白いカサブランカを片手に持ったまま、もう片方の腕で真鶴《しづる》を抱き止めた。声を殺して泣く真鶴《しづる》を、彼女が泣き止《なや》むまで胸の中に抱いていた——。

それが二人の始まりだった。切っ掛けは同情だが、その感情はやがて、共感に育った。一方的なものではなく、お互いの心情を想《おも》い合う関係になった。

ただこの二人、恋人同士と言うには躊躇《ためら》われる部分がある。甘さがないのだ。私生活では真《し》鶴《づる》が一方的に荒士《こうじ》の世話を焼きたがり、荒士《こうじ》がそれを受《う》け容《い》れているという印象があった。

内でも外でも、恋人らしい睦《むつ》み合《あ》いは全く見られない。信じ難《がた》いことだが、同じベッドで寝ることはあっても繋《つな》がり合ったことは一度も無いのだ。彼が真鶴《しづる》の部屋に入り浸るようになって半年以上が経過しているにも拘《かか》わらず。

一方、戦場ではどうかというと、『黒』の真鶴《しづる》が『紫』の荒士《こうじ》を頼りにしている、と言うか依存しているようなところがあった。

本来であれば逆でなければならない。だが任務中の真鶴《しづる》は荒士《こうじ》のイニシアティブに従い、彼の指図を待つような態度を隠そうとしなかった。

共依存、ではないが、二人はそれに似た歪《いびつ》なパートナー関係にあった。

◇◆◇◆◇◆◇

前述のとおり、神々のジアース世界統治が揺らいでいるのはグリュプスとサイレン、二人の背神兵《はいしんへい》の跳梁《ちょうりょう》が大きく影響している。

グリュプスはこの世界出身の、邪神アッシュに仕える背神兵《はいしんへい》。サイレンは邪神シュエンヌが支配する異次元世界出身の、生粋の使徒だ。

つまりこのジアース世界には、アッシュとシュエンヌという二柱の邪神が同時に攻め入っている。これは邪神群の在り方からすれば、あり得ないと言える程に珍しいことだった。

一つの世界を支配するのは一柱の邪神。一つの世界を侵略するのも一柱の邪神。これが邪神群のルールだ。邪神たちは新しい次元世界を見付ける度《たび》に、その世界を誰が担当するか全員で集まって会議を開く程だ。

今回はシュエンヌが支配権を要求しないと申し出ることで、アッシュとの共闘が成り立っている。

だがこれも、本来ならばあり得ない。

邪神は恒星のエネルギーだけでも生きていける。だが邪神は、生きていられればそれで良《い》いという存在ではない。そもそもそんなに無欲なパーソナリティならば、邪神には成れない。邪神は精神生命体に進化する段階に達した知的生命体種族の中の一つの魂が、他の魂を喰《く》らい尽くすことで邪神になる。もっともらしく言い換えれば、知的生命体種族が精神生命体に進化する際、一つの精神生命体が他の精神生命体のエネルギーを吸収して更なる進化を遂げた存在が邪神だ。

このシステムの必然で、一つの次元世界で生まれる邪神は一柱のみ。最も強く純度が高い欲、自分を自分自身で在り続けさせる欲求を持つ魂が自分よりも弱い魂を吸収して邪神に進化する。故に邪神は、自分の根源となる欲を持ち続ける。

各邪神の力はほとんど互角だ。邪神同士が争えば、ほぼ間違いなく共倒れ。どちらか一方が勝ち残ったとしても、邪神で在り続けるエネルギーを失い神の座から転落する。神の座から墜《お》ちた精神生命体は他の邪神の糧《かて》となるか、新たな邪神を生み出す苗床となる。

だから邪神同士が直接争うことは決して無い。邪神は自分に割り当てられた複数の世界で、自分の根源的な欲を満たそうとする。自分が欲《ほっ》する色に染まった精神エネルギーを飲み干して、邪神としての自分を満たす。

それが、邪神という生命体の行動原理だった。

だから一つの世界を手中に収めて自分好みに味付けされた精神を継続的に収獲することを放棄し、一時的な味見で満足するというシュエンヌの申し出は、本来あり得ないものだった。

そのあり得ない共闘に、ジアース世界の代行局は苦しめられていた。

アッシュとシュエンヌの共闘が本来あり得ないものならば、グリュプスとサイレンの協力関係も普通ならあるはずが無いイレギュラーなものだ。だが今は、神々という共通の敵を前にして手を取り合っている。特に邪神群の真実を知らない鷲丞は、神々の支配を打倒するという目的を果たす為《ため》に黄思楽と積極的に交流していた。

鷲丞《しゅうすけ》は今も、深矢間明日香《みやまあすか》と暮らしていた隠れ家に住んでいる。と言っても任務で留守にしている日の方が圧倒的に多いのだが、戦いの合間には山奥のこの家に戻っていた。

元々が明日香《あすか》との二人暮らし。彼女が死んでしまって、待つ者のいない寂しい家となるはずだった。しかし明日香《あすか》の埋葬が終わり四十九日が過ぎた辺りから、思楽《スーラ》が隠れ家を訪れ始めた。その頻度は着実に上がり、一年くらい前から思楽《スーラ》は通い妻状態になっていた。

思楽《スーラ》の外見はこの家に来始めた当初から、東洋の姫君風のものに変わっている。化粧とか変装とかではなく、顔自体が変わっている。荒士《こうじ》のトラウマを刺激した若い美人教師風の姿は鷲丞《しゅうすけ》に見せていない。だから思楽《スーラ》の変化を鷲丞《しゅうすけ》は見ていないし、当然、彼女の姿が変わったことに鷲丞《しゅうすけ》が戸惑うことはなかった。

姿を変えたといえば、鷲丞《しゅうすけ》の現在の容貌も生来のものとは違う。邪神の配下になった際に、代行局の追跡を避ける為《ため》にアッシュの力で顔を変えていた。神暦《しんれき》十七年の夏に名月《なつき》がグリュプスの正体を鷲丞《しゅうすけ》だと見抜けたのは、逆説的だが兜《かぶと》で顔が見えなかったからかもしれない。

別の顔には別の名が与えられた。『古賀修人《こがしゅうと》』がその名前だ。彼は古都鷲丞《こみやしゅうすけ》としてではなく古賀修人《こがしゅうと》として、この隠れ家で生活していた。その生活は同じように別人の名と偽りの立場、「古賀修人《こがしゅうと》の妹の古賀愛花《こがあいか》」の役を演じていた明日香《あすか》を埋葬した後も続いている。

この家で鷲丞《しゅうすけ》はグリュプスとしてではなく、古賀修人《こがしゅうと》として生きている。それは取りも直さず、この家ではバーサーカーから普通の人間に戻るということだった。

今や鷲丞《しゅうすけ》は、ここ以外の場所で神鎧《じんがい》を脱ぐことはない。そして神鎧《じんがい》を身に着けグリュプスとなった彼の精神は、自動的にバーサーカーのものに切り替わる。次元装甲を斬り裂くバーサーカーの力でグリュプスは神々の戦士を圧倒していた。

この二年半で地球上に五十五基設置されていた祭壇《オルター》の内の約三分の一、十八基を破壊したのはバーサーカーの力によるものだ。グリュプスが単独で破壊したケースは無い。だがバーサーカーの力を振るうグリュプスの活躍が無ければ祭壇《オルター》は陥落しなかったというのは、両陣営共通の認識だった。

まだ候補生の荒士《こうじ》に戦士の待遇が与えられているのは、グリュプスと同じバーサーカーの力を発揮することができるからだ。その力でグリュプスに対抗することを期待されたのだった。

鷲丞《しゅうすけ》はこの隠れ家でのみ、バーサーカーから普通の人間に戻ることができる。戦いの合間にこの家で彼は、普通の暮らしを営んでいた。黄思楽《ファンスーラ》を済《な》し崩《くず》し的に、異性のパートナーにして。

◇◆◇◆◇◆◇

ジアース世界の状況は、破局に向かって急速に進んでいた。荒士《こうじ》にも鷲丞《しゅうすけ》にも、束《つか》の間《ま》の平穏すら許されぬ時が迫っていた。

そして遂《つい》に、この世界は、そ、の、時に至った。

神暦《しんれき》二十年七月四日、土曜日の夕刻。梅雨の晴れ間の蒸し暑い昼が、そろそろ夜に変わろうとしていた。

残光で空が紫に染まった黄昏時《たそがれ》。富士《ふじ》代行局に激しい警報が轟《とどろ》いた。

代行局の宿舎で早めの夕食を一緒に摂《と》っていた荒士《こうじ》と真鶴《しづる》は食事の手を止めて、素早くインフォリストを起動した。二人に、慌てている様子は無かった。二人とも、警報が日常になっている感じだ。

「代行局に対する直接攻撃⁉」

だが驚愕《きょうがく》を露《あら》わにした真鶴《しづる》の口調からも分かるとおり、インフォリストが伝えてきた事態は二人にとっても日常とは言えないものだった。

「遂《つい》に来たか……。真鶴《しづる》、すまない。せっかくの料理が無駄になってしまった」

その平和なセリフとは裏腹に荒士《こうじ》の表情は緊張感に引き締まり、殺気立っていた。

「そんなことを言っている場合ではありませんから。テーブルはそのままで良《い》いですよ」

真鶴《しづる》の口調が作戦中のものに変わる。

二人は既に立ち上がっていた。


私服から制服に着替え直した荒士《こうじ》と真鶴《しづる》が作戦指令室に入室した時には、富士《ふじ》代行局に待機中だった戦士の、既に半数が揃《そろ》っていた。

と言っても二人がもたもたしていたわけではない。先に来ていた戦士たちとの到着時間の差はわずかだ。残りの半数も荒士《こうじ》たちが入室した後、続々と姿を見せた。

富士《ふじ》アカデミーはF型候補生の専門校だが、富士《ふじ》代行局所属の従神戦士《じゅうしんせんし》には当然ながらG型の男性もいる。男女比率は半々だ。彼ら、彼女たちが緊急出撃《スクランブル》せずにブリーフィングを行っているのは、背神兵《はいしんへい》が奇襲してくるのではなく上空で戦力を集結させているからだ。邪神の軍勢は大部隊による決戦を目論《もくろ》んでいるのだろう。バラバラに出撃したのでは各個撃破される恐れがあった。

別の場所で編成した軍勢を一斉に転移《テレポート》させるのではなく代行局直上の低高度衛星軌道で部隊を集結させているのは、こちらの戦力を誘い出す目的もあると代行局は分析していた。邪神の軍勢が陣列を整えている場所は高度三百キロメートル、第一次神域《しんいき》のすぐ外側。何時《いつ》でも増援を送り込み、兵を撤退させられる宙域だ。

敵の狙いは代行局の戦力を削ることにあるのかもしれない。邪神側が、相討ち覚悟でこちらの抵抗力を奪った上で、異次元世界から増援を送り込みジアース世界の支配権を奪う戦略を立てている可能性を代行官《アルコーン》は警告している。——ブリーフィングが開始されて早々に、防衛オペレーション担当のディバイノイド、黒百合《くろゆり》はそう告げた。

「神々も統治下の各世界から援軍を派遣する手配をしているが、第一陣到着まで最短で十二時間掛かる見込みだ。また、邪神側が攻撃の構えを見せているのはこの富士《ふじ》代行局だけではない。全ての代行局上空で背神兵《はいしんへい》の集結が観測されている」

防衛部部長の今能《こんの》翔一《しょういち》が機械的な口調で、黒百合《くろゆり》に続いて厳しい現状を説明した。

「何故《なぜ》、援軍の派遣に半日も掛かるのでしょうか」

立ったまま説明を受けていた戦士の中から、一人が不満を隠せぬ口調で質問する。

「最近、複数の次元世界で神々が邪神群から支配権を奪っている。その次元に投入されていた戦力を移動させる為《ため》の時間だ」

翔一《しょういち》はその者の不満を問題視しなかった。彼の声には相変わらず感情が欠けていた。

ところでマルチバースにおいては、時間は次元の一要素、座標軸の一つだ。時間を移動すれば、異なる次元世界にシフトすることになる。同じ次元世界の過去や未来に移動する、純粋な意味の時間旅行はあり得ない。時間を移動する技術があっても、一つの次元世界に留まる限り同時性の束縛から逃れられない。

翔一《しょういち》の回答は、別の次元世界を攻略する為《ため》に戦力を割いていた為《ため》に、即時対応の戦力が不足してしまっているという意味だった。もしかしたら邪神群は、奪われた次元世界の代わりに今、ジアース世界をターゲットにしているのかもしれない。

「そうしますと今回は、地上でディフェンスを固めて援軍を待つ方針ですか？」

別の戦士から作戦方針に関する質問が飛んだ。

「既に述べたとおり、敵の攻撃は地球上全ての代行局をターゲットにしている。全面攻撃が現実になった場合、最重要防衛拠点は言うまでもなく総代行官閣下《グランドアルコーン》の御座《ぎょざ》、南極だ」

「……この富士《ふじ》代行局を放棄することも選択肢としてはあり得るということですか？」

「防御に専念する消極戦術を選択した場合、放棄を余儀なくされる展開もあり得る」

「つまり、こちらから打って出る、と？」

横から口を挿《はさ》む形でこの大胆な質問をした荒士《こうじ》に室内の視線が集まる。荒士《こうじ》はこの部屋の中で最年少だが、彼に向けられた目に侮《あなど》りの色は無い。多くの瞳に単純な驚きが浮かび、例外的に愉快の念を宿している者も数人いた。

「そうだ」

荒士《こうじ》に向けられていた視線は、頷《うなず》きながら肯定の答えを返した翔一《しょういち》に戻った。

「球形浮遊砲台《スフィア》と正八面体浮遊砲台《ヘドロン》を第一次神域《しんいき》の境界面内側に展開し、その掩護《えんご》砲撃の下、背神兵《はいしんへい》を迎撃する。総員、出撃準備」

翔一《しょういち》の声を張り上げない号令に従い、従神戦士《じゅうしんせんし》が一斉に神鎧《じんがい》を装着しNフェーズを展開する。無論、正式な従神戦士《じゅうしんせんし》ではない荒士《こうじ》も、戦友に遅れることなく次元装甲で身を鎧《よろ》った。

「勇敢な戦士に神々のご加護があらんことを」

「神々に栄光あれ！」

翔一《しょういち》の出撃命令に、荒士《こうじ》は他の従神戦士《じゅうしんせんし》と声を合わせて決まり文句を唱えた。

◇◆◇◆◇◆◇

富士《ふじ》代行局の従神戦士《じゅうしんせんし》部隊が高度三百キロの宇宙に、一斉に転移《テレポート》する。

ほぼ同時に、戦端が開かれた。

先手を取ったのは邪神の軍勢だ。転移《テレポート》直後の従神戦士《じゅうしんせんし》が一人、背神兵《はいしんへい》に急襲されわずか数合で斬り伏せられた。

従神戦士《じゅうしんせんし》を撃墜した背神兵《はいしんへい》はグリュプスだ。

狂戦士《バーサーカー》と化している彼は、次の敵を求めて視線を巡らせた。

その目がすぐに、一人の戦士の上で止まる。因縁の相手が、背神兵《はいしんへい》の戦列に向けて宇宙空間を上昇していた。

グリュプスはその戦士──荒士《こうじ》に、側方から襲い掛かる。しかし、奇襲は成らなかった。急迫するグリュプスに、荒士《こうじ》の陰から光矢《こうし》が射掛けられたのだ。

グリュプスの接近に逸早《いちはや》く気付いて足止めの矢を放ったのは真鶴《しづる》だった。隣からの掩護《えんご》射撃によって、荒士《こうじ》もグリュプスに気が付く。

「真鶴《しづる》、俺はヤツを殺《や》る。構わないな?」

グリュプスの正体、古都《こみや》鷲丞《しゅうすけ》は真鶴《しづる》の実兄だ。それを踏まえて、荒士《こうじ》は真鶴《しづる》が見ている前でグリュプスを「殺《や》る」と宣言した。

形の上では真鶴《しづる》に対する質問。

「もちろんです。サポートします」

真鶴《しづる》は躊躇《ちゅうちょ》のタイムラグ無しに頷《うなず》き、さらには荒士《こうじ》に掩護《えんご》を申し出た。

二人の会話は神鎧《じんがい》の念話通信《テレパシーシステム》で行われていた。通常《デフォルト》の念話《テレパシー》は意思疎通相手を限定する。通信システム的に言えば、クローズドネットワーク、あるいはプライベートチャネルで行われるコミュニケーションがデフォルトに設定されている。

しかし荒士《こうじ》は今、オープンな念話《テレパシー》で真鶴《しづる》に話し掛けた。真鶴《しづる》もその設定のままで答えた。

グリュプス──鷲丞《しゅうすけ》に、聞こえるように。それは鷲丞《しゅうすけ》に対する挑発であり、荒士《こうじ》から叩《たた》き付《つ》けられた挑戦状だった。

いや、「挑戦状」よりも「果たし状」と表現する方が適切かもしれない。

この二年間。荒士《こうじ》と鷲丞《しゅうすけ》は何故《なぜ》か、戦う機会が無かった。二人とも戦闘には頻繁に参加している。荒士《こうじ》の出撃エリアは日本、東南アジア、オセアニア、ハワイ諸島に限定されていたが、鷲丞《しゅうすけ》――グリュプスは世界中で暴れていた。あの大阪の戦闘以来日本には姿を見せなかったが、東南アジアやオーストラリアでは何度も目撃されている。

にも拘《かか》わらず、二人が戦場で遭遇することはなかった。戦場の外で出会う機会は最初から無かった。この邂逅《かいこう》は、あの日以来のものだった。

まるで神々か、邪神か、あるいはその双方が二人を会わせないようにしていたかのようだ。

しかし今日、決戦のこの場で、二人は出会った。

神々の戦士、荒士《こうじ》。邪神の使徒、今やグリュプスに成り切った鷲丞《しゅうすけ》。

誰の、どのような思惑があったとしても、神々の陣営と邪神の陣営が全面的に衝突するこの戦場で二人の対決を邪魔するものは何も無かった。

荒士《こうじ》がグリュプスに突進し、グリュプスが荒士《こうじ》に飛び掛かる。

槍《やり》と長剣、二人の得物が交わった。

刃に乗った、切っ先に宿った、二人の殺意が激突した。

今の荒士《こうじ》の目にはグリュプスの姿しか映っていなかったとしても。

荒士《こうじ》のことを見ているのは、グリュプスだけではなかった。

真鶴《しづる》は、兄の鷲丞と戦う荒士《こうじ》を掩護《えんご》していた。彼女の行動に迷いは無かった。だが彼女の心に迷いが全く無かったかと言えば、それは違った。

真鶴《しづる》は実の兄に裏切られたと思っている。

死を偽装し、自分たち家族を悲しませた兄に怒りを懐《いだ》いている。

家族を捨てた鷲丞《しゅうすけ》のことを、許せないと思っている。

だが殺したいと願う程、憎んではいない——はずだ。少なくとも自分ではそう思っている。

しかし今、真鶴《しづる》は荒士《こうじ》の手助けをする為《ため》に、鷲丞に向かって矢を放っている。彼女は自分が武器を向けている相手を、実の兄と認識している。

殺したいとは思っていない肉親を相手に、彼女は何故《なぜ》武器を向けているのか。

彼女の光矢《こうし》では次元装甲を展開している鷲丞《しゅうすけ》を殺せないから？

骨肉の情よりも従神戦士《じゅうしんせんし》の務めの方が重いから？　神々に対する忠誠の方が上だから？

兄の鷲丞《しゅうすけ》よりも荒士《こうじ》の方を愛しているから？

どれもが当たっていて、どれもが外れているように、真鶴《しづる》は感じていた。

何が正解なのか、彼女には分かっていない。正解を得ようとも考えていない。

ある意味で真鶴《しづる》は、流されるまま惰性で戦っているのかもしれない。

選ばれてアカデミーに入学した。

敷かれているレールの上を懸命に走って、優秀な成績を収めた。

神々に仕える従神戦士《じゅうしんせんし》の地位を得た。

その過程で唯《ただ》一人、個人的な交流を持った異性の彼女になった。

そして真鶴《しづる》は恋人の為《ため》に、今こうして裏切り者の兄に弓を引いている……。

幸いと言うべきか、この激戦の中では余計なことを考えている余裕は無かった。真鶴《しづる》は宇宙空間で前後左右上下を交錯する敵味方の身体《からだ》と流れ弾を躱《かわ》しながら、激しく動き回る荒士《こうじ》が有利になるように、同じくらい素早く動いているグリュプスを、無心に狙い撃ち続けていた。

富士《ふじ》代行局に対する攻撃部隊の中には、サイレン＝黄思楽《ファンスーラ》もいた。今のところ、他の背神《はいしん》兵《へい》の背後に隠れている。現在、両軍の間で繰り広げられているような正面衝突の局面では、彼女は力を発揮できない。心理干渉の特殊能力をのぞいたサイレンの単純な戦闘力はそれほど高くない。精々が「並」といったところだ。

息を潜めて暗躍の機会を窺《うかが》っていた彼女は、戦場の端で一際《ひときわ》激しく燃え上がるエネルギーの激突に気付いた。

（あれは、グリュプスと……新島荒士《あらしまこうじ》!?）

どちらもサイレンが良く知っている神鎧《じんがい》兵だ。二人の間にある因縁についても覚えている。

荒士《こうじ》の方は、彼女にとっても因縁の相手だった。

神に授けられた自分の力が通用しない相手。

蛇蝎《だかつ》に対するが如《ごと》き拒絶を自分に突き付けた相手。

使徒としても女としても、他に覚えが無い屈辱だった。

サイレンの時も黄思楽《ファンスーラ》の時も、荒士《こうじ》から何か危害を加えられたわけではない。むしろ、何もされなかった。

サイレンは何時《いつ》かその屈辱を晴らさんと、荒士《こうじ》に対する暗い敵意の炎を胸の裡《うち》で燃やし続けてきた。

「チャンスだ」とサイレンは思った。一人のF型従神戦士《じゅうしんせんし》が専属のような形で新島荒士《あらしまこうじ》を支援している。あれが誰かは分からなかったが、新島荒士《あらしまこうじ》と特別の関係にある女だろう、とサイレンは考えた。

その女を目の前で仕留めれば、あの忌々《いまいま》しい新島荒士《あらしまこうじ》を悲嘆の沼に沈められるに違いない。

——そのアイデアは、サイレンを興奮させた。

自分の直接的な戦闘力が特別優れてはいないことをサイレンは弁《わきま》えている。次元装甲を貫いてダメージを与えるのは、自分には難しいと分かっている。

だが至近距離でエネリアルアームを暴発させれば、解放された精神エネルギーで次元装甲は揺らぎ、安定性を失うはずだ。そこに透《す》かさず追撃を加えれば、自分の攻撃力でも何とかなる
——と、サイレンは願望込みで計算した。

サイレンは戦闘開始前に、隙を見て敵のG型戦士に心理干渉を使い、その者の手引きで富士《ふじ》代行局に侵入するというプランを立てていた。しかし彼女はそれを忘れて、真鶴《しづる》を不意打ちすべく放出エネルギーを最小に抑えて移動を始めた。

精神を攻撃性に特化させたバーサーカーと化して背神兵《はいしんへい》グリュプスに成り切っている鷲丞《しゅうすけ》には、焦《あせ》りや苛立《いらだ》ちはあっても戸惑いや躊躇《ためら》いは無い。荒士《こうじ》を掩護《えんご》している従神戦士《じゅうしんせんし》が真鶴《しづる》だと分かっても、肉親に武器を向けられるショックは無い。戦いの邪魔だと感じるだけだ。

荒士《こうじ》との戦闘は、真鶴《しづる》の掩護《えんご》射撃の所為《せい》で劣勢に追い込まれている。——グリュプスとして戦っている鷲丞《しゅうすけ》は、そう感じていた。劣勢となっている原因を取り除く為《ため》に、真鶴《しづる》を無力化してしまおうとグリュプスは考えた。

ただそのチャンスが、中々摑《つか》めなかった。無力化の程度は考えていなかった。荒士《こうじ》の攻勢は衰えることを知らず、グリュプスの戦闘力を以《もっ》てしても余所《よそ》に手を出す余裕は無かった。

この二年間で、荒士《こうじ》と鷲丞の戦闘力格差は完全に埋まっていた。狂戦士《バーサーカー》と化したことによるブーストも、同じく狂戦士《バーサーカー》化ができる荒士《こうじ》に対しては決め手にならない。

追い込まれている実感がグリュプスの中に焦《あせ》りを生み出す。

苦境からの脱出口を、グリュプスは心の中で形振《なりふ》り構わず捜していた。

そして一筋の光明を見出《みいだ》した。その光が不吉な悍《おぞ》ましい色に染まっていても、グリュプスにとっては問題ではなかった。不幸な未来しか照らさぬ光であっても構わなかった。

実の妹に迫る魔の手。それを荒士《こうじ》に気付かせない為《ため》に、グリュプスは攻撃のギアを上げた。


突如勢いを増したグリュプスの剣撃に、荒士《こうじ》は十秒未満で違和感を覚えた。

地面が無い宇宙空間なのでかなり勝手は違うが、荒士《こうじ》は剣道も教えている師匠から槍術《そうじゅつ》を仕込まれた元武道少年だ。両手で竹刀を操る剣道と片手に剣、片手に盾の戦闘スタイルでは技術が大きく異なるが、刀剣を使った白兵戦技術という大きな共通点がある。兵法の基本は同じだ。元武道少年の荒士《こうじ》は、それがどのようなものか理屈でも感覚でも分かっている。

グリュプスの攻勢は不自然だ。そして流れに逆らう不自然な動きの裏には、隠された企《たくら》みがある。敵味方が入り乱れているこの状況では、おそらく援軍。おそらく伏兵。おそらく奇襲。それが何かを見極める為《ため》、荒士《こうじ》は剣の勢いに態《わざ》と押されて間合いを空《あ》け、大きく回り込んだ。

荒士《こうじ》とグリュプスの視界が入れ替わる。

荒士《こうじ》の目に、真鶴《しづる》に忍び寄る敵兵の姿が映った。

発見されたのを察知したのか、忍び寄り《creep》が急襲《assault》に変わる。

気配を露《あら》わにしたことで、襲撃者の正体を荒士《こうじ》は覚《さと》った。

背神兵《はいしんへい》サイレン。あの女だ。

陽湖《ようこ》に死を招いたあの疫病神《やくびょうがみ》の死神が、今度は真鶴《しづる》を毒牙《どくが》に掛けようとしている。

荒士《こうじ》は眼前の敵、グリュプスのことを忘れてはいなかった。

だが同時に、サイレンも無視できなかった。

その存在を、許せなかった。

「これ以上の勝手な真似《まね》は、断じて許さない」と、心の中で強く念じた。

その念《おも》いと共に荒士《こうじ》は、Sフェーズを解放した。

ただでさえ全力で戦える時間が短い荒士《こうじ》がSフェーズを使えば、すぐに息切れしてしまう。

だからSフェーズの使用については基本的に現場指揮官の指示に従うよう、荒士《こうじ》は防衛部の部長である翔一《しよういち》に命令されていた。

「基本的に」というのは、Sフェーズを使わなければ切り抜けられないような事態に追い込まれる可能性も想定しているからだ。だから彼の神鎧《じんがい》のSフェーズにロックは掛かっていない。

「どうしても必要な場合」の判断は荒士《こうじ》に委ねられている。

だが今の状況はその「必要な場合」に該当しない。そしてこの乱戦の中では、前線の指揮官も代行局のオペレーターも荒士《こうじ》を制止できない。

ヘルメットのシールドが消え、荒士《こうじ》の顔が仮面に覆われる。顔全面を覆う端整な青年神の仮面だ。口は薄く閉じられ、目の部分には濃い色のシールドがはまっている。

次元装甲で肉体を守っている神鎧《じんがい》兵は、真空の宇宙空間でも見掛けの姿は地上と変わらない。F型の神鎧《じんがい》兵は従神戦士《じゆうしんせんし》も背神兵《はいしんへい》も、顔の下半分、鼻の下から口、顎にかけて露出しているように見える。しかしSフェーズにシフトした荒士《こうじ》は、肌が完全に見えなくなった。

荒士《こうじ》の背中に四枚の光翅《こうし》が広がる。F型が飛行する際に出現する見掛け上の飛行器官で、現在衛星軌道上を飛び交っているF型の従神戦士《じゅうしんせんし》と背神兵《はいしんへい》の背中にも同じ物が存在する。

だが今まで荒士《こうじ》の背中に翅《はね》は無かった。翼も無かったし、ブースターのような物も背負っていなかった。彼は虚空《こくう》に足場を作って、その上を駆け回っていた。

その荒士《こうじ》の背中に光翅《こうし》が出現した。他のF型従神戦士《じゅうしんせんし》と同じ、光でできた四枚の翅《はね》。ただ彼女たちの翅《はね》に比べると細く、直線的だ。鋭いイメージすらある。見様によってはX字型にクロスさせた二本の棒を背負っているようですらある。

その光翅《こうし》が眩《まぶ》しく輝いた。

槍《やり》を前に突き出し、光輝の残像を引いて荒士《こうじ》が突き進む。翅《はね》から放たれた光を推進力にしているかのような光景だった。

想定外のスピードで迫る荒士《こうじ》を、グリュプスは反射的に避けた。迎撃するのではなく回避して、道を空ける。それはグリュプスが意図した行動ではなかった。完全に反射的な回避だったが、それは荒士《こうじ》に道を譲る結果になった。

荒士《こうじ》が突き進む先に待つ者は真鶴《しづる》と、今まさに真鶴《しづる》へ襲い掛かろうとしているサイレン。

荒士《こうじ》は真鶴《しづる》の斜め前、手を伸ばせば届く距離で虚空《こくう》に足場を形成し、激しく踏み込み、突進の勢いを刺突の威力に変えて、真鶴《しづる》の背後に槍《やり》を突き込んだ。

立《た》ち竦《すく》む真鶴《しづる》。

その背後で激しいエネルギーが弾《はじ》ける。

爆発する。

荒士《こうじ》が繰り出した槍《やり》の切っ先はサイレンの次元装甲を貫き、エネリアルの装甲を直撃した。

装甲に特殊な処理が施されていたのか、荒士《こうじ》の刺突は肩当てを貫けなかった。その代わり、穂先に突かれたエネリアル装甲は爆散した。

一種の反応装甲《リアクティブアーマー》だろうか。装甲を貫通した敵の刃で肉体が損傷するのを防ぐ為《ため》に、堅固な装甲で刃を防ぎ止めるのではなく、装甲を爆発させてその衝撃で刃から逃れる。

爆発で攻撃を押し返すのではなく、自分を後方に吹き飛ばすことで攻撃から逃れるというコンセプトは分からないでもない。だがそんな威力の爆発を起こせば、装甲を纏《まと》っていた肉体がダメージを負わないはずはない。たとえ二重の装甲で爆発の熱や衝撃波を防いだとしてもだ。

案の定というべきか。サイレンは壊れた人形のような不自然な体勢で虚空《こくう》の彼方《かなた》へ流れていく。しかしその身体《からだ》がデブリとなって漂流することはなかった。

荒士《こうじ》が止めを刺すべく踏み出そうとした瞬間、サイレンの身体《からだ》は消失した。おそらくは、邪神による転移《テレポート》。邪神が直接回収に乗り出す程、サイレンは重要な下僕なのだろう。

邪神の直接介入は、荒士《こうじ》の虚を突いた。荒士《こうじ》の意識と身体《からだ》が動きを止めた。しかし彼の敵は、サイレンだけではない。この戦場における荒士の敵は、サイレンではなかった。

本来の敵は今、背後にいる。

硬直という隙を曝《さら》した荒士《こうじ》に、本来の敵であるグリュプスが迫った。

「荒士《こうじ》！」

真鶴《しづる》が叫ぶ。

荒士《こうじ》は慌てて振り返った。

グリュプスは既に、剣の間合いに入っている。

斬撃の予備動作は既に完了し、長剣は振り下ろされようとしている。

「兄さん、止めて！」

荒士《こうじ》の体勢が崩れる。よろけて、横に倒れそうになる。

二歩で踏《ふ》み止《とど》まり、体勢を立て直した荒士《こうじ》が目にしたものは。

「真鶴《しづる》っ⁉」

グリュプスの剣を身体《からだ》で受け止めた、真鶴《しづる》の背中だった。

突き飛ばされて、かばわれたのだと荒士《こうじ》は覚《さと》った。

真鶴《しづる》は自分の身代わりとなり、自分の盾となったのだと荒士《こうじ》は覚《さと》った。

「――コォミヤァ！　シュウスケェッ！」

爆発する怒りと憎しみ。

荒士《こうじ》の殺意が、臨界を超えた。

荒士《こうじ》の想定を超えた突進スピードに思わず避《よ》けてしまったグリュプスだったが、その直後、この因縁の敵の背中に決定的な隙を見出《みいだ》した。

迷いは無かった。躊躇《ためら》いも無かった。それもまた、ある意味で反射的な行動だった。

グリュプスは荒士《こうじ》の背中に、全力で斬り掛かる。

スピード。

タイミング。

回避不可能な一撃――の、はずだった。

だがグリュプスの剣は、荒士《こうじ》に届かなかった。

剣は、憎むべきあの男ではなく、横から割り込んだ女性戦士の身体《からだ》に食い込んでいた。

F型従神戦士《じゅうしんせんし》の次元装甲を斬り裂き、エネリアル装甲を断ち割り、肉を切り骨を砕いて血をしぶかせる。

神鎧《じんがい》を維持できなくなってきたのか、女戦士の顔を隠していたヘルメットのシールドが透明になった。

その下から、顕《あらわ》れた顔は。

「……真鶴《しづる》？」

目から飛び込んできた衝撃によって、グリュプスが鷲丞《しゅうすけ》に戻る。

鷲丞《しゅうすけ》が握る刃で血を流しているのは、彼の実の妹だった。

「兄、さん……」

真鶴《しづる》が、苦痛に顔を歪《ゆが》めるのではなく、何故《なぜ》か微笑《ほほえ》んだ。

真空に隔てられて彼女の声は届かなかったが、何と言ったのか、何を言われたのかは不思議と分かった。

幻ではない。

他人の空似でもない。

否定しようもなく、自分が斬り殺そうとしているのは。

妹の、真鶴《しづる》だった。

「し、づ、る……な、ぜ……」

——何故《なぜ》、お前なのか。

——何故《なぜ》、こんなことになっているのか。

——何故《なぜ》、お前があの男をかばっているのか。

——何故《なぜ》、あの男の代わりにお前が死ななければならないのか。

——何故《なぜ》、あの男ではなく。

——何故《なぜ》。何故《なぜ》！

——何故《なぜ》あの男ではなく！

……あの男ではなく？

……あの、男が。

――そうだ。あの男の所為《せい》で！

「コォミヤァ！　シュウスケェッ！」

耳障《みみざわ》りな声が、自分の名を呼ぶ。

真空を震わせる思念波で、自分の名前を叫ぶ。

グリュプスではなく。

古都《こみや》鷲丞《しゅうすけ》と。

「古都《こみや》ァ、鷲丞《しゅうすけ》ェェ！　貴様、何故《なぜ》、真鶴《しづる》を殺したぁ！」

――真鶴《しづる》？　何故《なぜ》お前が妹のことを真鶴《しづる》と呼ぶ？

――何故《なぜ》？　こんなことになったのは、お前が、真鶴を、盾に、した、から、だ！

鷲丞《しゅうすけ》の狂気が、臨界を超えた。

鷲丞《しゅうすけ》は鷲丞《しゅうすけ》のまま、狂戦士《バーサーカー》となる。

鷲丞《しゅうすけ》の神鎧《じんがい》が形を変える。

Sフェーズにシフトし顔面を完全に覆い隠した兜《かぶと》が猛禽《もうきん》の頭部を模《かたど》り、大きく開いた鋭い嘴《くちばし》の下から顔の無い、のっぺらぼうの仮面が現れる。

仮面に目が生じ、口が裂ける。目に赤い鬼火が点《とも》る。

目と口だけの、人相の無い仮面。

「――アァラシマァ！　コォジィイ！」

その口から、真空を震わせる絶叫が放たれた。


二人のバーサーカーが、殺意と狂気を燃え上がらせて激突する。

その二人は、次元装甲を斬り裂き、貫く力を持っている。

次元に穴を空ける能力を持っている。

その二つの力が数十回に亘《わた》って正面から激突した結果。

二人は、この次元世界から弾《はじ》き出《だ》された。

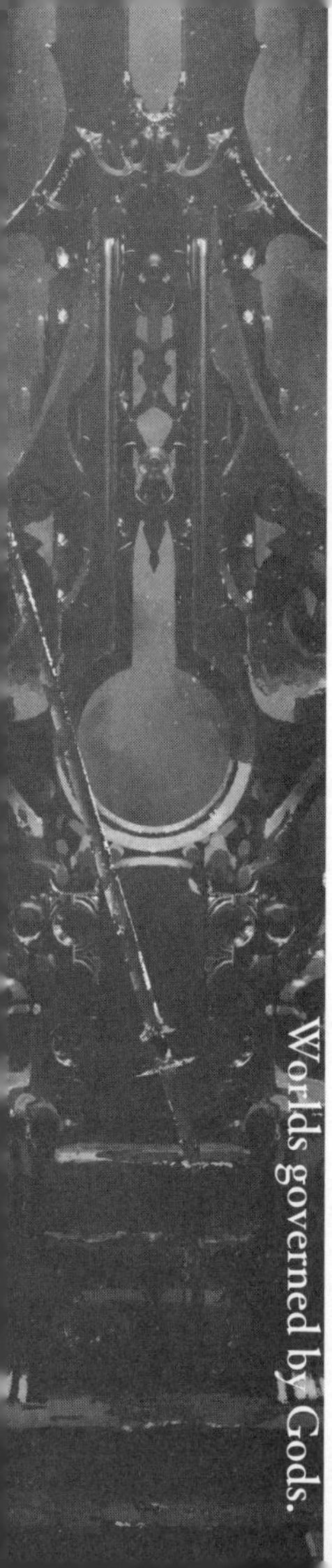

【15】真相／終局

「俺は、神になることなど望まない！」

荒士《こうじ》の視界から、いきなり敵軍が消えた。

友軍の姿も消《き》え失《う》せた。

「下」に見えていた地球も存在しない。

荒士《こうじ》はバーサーカーと化していたが、戦う為《ため》だけの存在として戦闘に関わる情報は冷静に認識している。

何も無い。

眼前に立つ、敵を除いて。

(ここはもしや、次元狭界《きょうかい》か？)

敵から目を離さずに、一瞬の油断もせずに、一瞬の隙も見逃さぬよう敵を睨《にら》み付《つ》けながら。

荒士《こうじ》は心の中で呟《つぶや》いた。

「そうだ。ここは次元狭界《きょうかい》」

まるでその心の声が聞こえたかのように。

敵が――鷲丞《しゅうすけ》が声を発した。肉声とも念話とも、どちらとも取れる声だった。

「次元と次元の狭間《はざま》に生じた空隙《くうげき》か」

鷲丞《しゅうすけ》が会話を望んでいるとは思わなかったが、荒士《こうじ》は応えを返した。

その間にも油断なく仕掛ける機会を窺《うかが》っている。意図したものではないが、この会話も戦術の一環になっていた。

「そうだ。時空と時空に挟まれた虚無。時間と空間が意味を失う場所」

鷲丞《しゅうすけ》もまた荒士《こうじ》と同様に、斬り込む機を探っていた。

「時空と時空の狭間《はざま》は、一瞬と一瞬の狭間《はざま》でもある。時間の流れが意味をなさないこの場所で何時間を過ごそうと正常な次元世界では、時間は経過しない」

「時間の存在しない世界で時間の経過を意識するのは無意味だ」

「それは違う。客観的な時間が存在しないからこそ、主観的な時間を意識しなければならない。然《さ》もなくば『一瞬の永遠』が訪れる。その名は死だ」

「時間も空間も存在しない場所と、死の世界に何の違いがある？　次元狭界《きょうかい》を漂う俺たちは、既に死んでいるようなものだ」

「次元装甲に守られている限り、次元狭界《きょうかい》にあっても死は訪れない。だが死にたいのなら殺してやるから、その前に答えろ」

距離が意味をなさない世界で少しずつ間合いを詰めながら、鷲丞《しゅうすけ》は荒士《こうじ》との問答を望んだ。

「俺が死ぬのはお前を殺してからだが、答えてやるから質問してみろ」

荒士《こうじ》が穂先を小さく動かして鷲丞《しゅうすけ》の攻撃を誘う。

鷲丞《しゅうすけ》はフェイントの誘いに乗らずに、質問を促す誘いに乗った。

「――真鶴《しづる》は、妹は何故《なぜ》お前をかばった？」

「お前が彼女を裏切ったからだ」

「……なに？　どういう意味だ」

「お前が家族を捨てて邪神の許《もと》に走ったりしなければ、彼女が俺と縁を深めることは無かった。お前の愚かな裏切りが、彼女に破滅をもたらしたんだ」

「愚かだと⁉　何も知らぬくせに、勝手なことを言うな！」

「フッ。何を知っているというんだ？　聞いてやるから言ってみろ」

鷲丞《しゅうすけ》の激昂《げきこう》を、荒士《こうじ》は鼻で笑った。

「ハッ。良《い》いだろう。教えてやる。お前たちが知らない真実をな！」

荒士《こうじ》の挑発に、鷲丞《しゅうすけ》は嘲笑で応えた。

「地球の各地に設置された祭壇《オルター》は、候補生を発掘する為《ため》の施設ではない。あれは魔神の、収奪の道具だ」

「収奪？　何も奪われた覚えは無いが。もしかして人生を奪っているなどと、感傷過多《センチ》なことを言いたいのか？」

「進化のエネルギーだ」

「なに？」

「肉体の限界を超克し、人が神に進化する為《ため》の精神エネルギー。祭壇《オルター》はそれを集めている」

「……人を神にするエネルギーだと？」

「そうだ。魔神は進化の為《ため》の精神エネルギーを人々から奪い、それを喰《く》らって自分の力にしている。魔神は人類から進化を奪っているのだ。そんなことを許せるのか？　座視しても良いのか？　進化を守る為《ため》の戦いを、貴様は愚かだと言うのか！」

「……お前は神になりたいのか？」

自分以外の何者にもなりたいと思ったことがない荒士《こうじ》は、心底不思議そうな声で訊《たず》ねた。

荒士《こうじ》には許せないものがある。貫きたい念《おも》いがある。だがそれはあくまで、彼自身が否定し、彼自身が手に入れたいものだ。自分が自分以外の何かになって、得たり捨てたりするものではない。

切っ掛けは好きだった父親を理不尽に奪われて、理不尽を理不尽のまま父の死を賛美する社会を目《ま》の当《あ》たりにしたこと。父の死を「警察官としての職務を最後まで果たした」「警察の正義を貫いた」と美化して、それを止められなかった責任を心から認める者がいなかった。その時の荒士《こうじ》には、誰もいないように見えた。

母親ですら、荒士《こうじ》には納得できなかった社会の賛美を、受《う》け容《い》れて疑わなかった。その時から幼心に荒士《こうじ》は、自分以外の何かを当てにすることを止めた。後に師となった片賀《ひらが》順充《よりみつ》が同じ想《おも》い、同じ不満を抱えていると知ったが、その時にはもう遅かった。荒士《こうじ》の心では、彼を今の彼たらしめる精神的な土台が固まってしまっていた。

だから彼は、自分自身の力を欲《ほっ》した。他人が当てにならないから、自分を鍛えた。他人から見れば無駄としか思えない過酷な修練も、苦にならなかった。

今の荒士《こうじ》は、そうして彼自身が手に入れたものだ。無論、自分だけで大きくなったなどとは考えていない。母や師、多くの人々の助けがあったことを忘れてはいない。

だがそれとは別に荒士《こうじ》は心の奥底で、何を欲《ほっ》するのも何を選ぶのも結局は自分自身だと思っている。よく「三つ子の（三歳の子供の）魂百まで」と言うが、それは五歳の荒士《こうじ》の、幼い魂に刻み込まれた信念だった。ある意味では、呪いだった。

「……なに？」

荒士《こうじ》の質問の意図を理解できない鷲丞《しゅうすけ》が、問いにならない問いを返す。

「神々と邪神について多くを知っているわけではないし、俺の知識が正しいという保証も無いが……神とは、肉体を捨てた精神体なのだろう？」

「何が言いたい？」

「俺は俺だ。これが俺だ。精神だけでなく、肉体も俺自身だ。肉体を捨てた俺は、最早《もはや》俺ではない」

荒士《こうじ》にとっての「自分自身」とは、彼が自分で育んできた心と体だ。精神も肉体も自分自身。どちらかを捨てれば、それはもう「自分自身」ではなかった。自分自身でなくなってから何かを手に入れたとしても、そんなものに価値があるとは思えなかった。

「………」

「変化ではなく進化と言うからには、種族全体に起こることなのだろう？　個人の意志に関係無く」

「何が言いたいっ⁉」

鷲丞《しゅうすけ》が苛立《いらだ》ちを爆発させる。彼は遂《つい》に、心を乱した。

心の乱れが隙を作り出す。それを荒士《こうじ》は見逃さなかった。

「俺は、神になることなど望まない！」

その「答え」と共に、荒士《こうじ》が刺突を繰り出す。

穂先を盾で受け損なった鷲丞《しゅうすけ》が体勢を崩した。

一気呵成《いっきかせい》に攻め立てる荒士《こうじ》。

だがそれで決着が付く程、二人の戦いは簡単なものではなかった。

槍《やり》の穂先を剣で受け、鷲丞《しゅうすけ》は荒士《こうじ》に盾を投げ付けた。

所有者を離れたエネリアルアームが爆発する。

その衝撃の所為《せい》で、荒士《こうじ》の攻勢が途切れる。

何とか体勢を立て直した鷲丞《しゅうすけ》が荒士《こうじ》から距離を取る。

空間が意味をなさないこの世界では、武器の間合いだけが距離としての意味を持つ。

停滞は、ほんの一瞬だった。時間が意味を持たない次元狭界《きょうかい》の、意味が無い時間が過ぎた。

──そして。

「コォミヤア、シュウスケェエ！」

荒士《こうじ》が吼《ほ》える。

「アアラシマァ、コォウジィィ！」

鷲丞《しゅうすけ》が応える。

間合いの外で睨《にら》み合《あ》っていた二人は、すぐに間合いを潰すべく相手に向かって突き進んだ。

穂先と刃先に討滅の光を宿し、二人の戦士が激突する。

時間が存在しないこの場所で、二人の戦いは永遠に続くかに見えた。

だが、ここにも「永遠」は存在しない。

終わりの無い物語は、無い。

盾を捨てた鷲丞《しゅうすけ》が時に右手で、時に左手で、時に両手で荒士《こうじ》に斬り付ける。

素《もと》より槍《やり》一本しか持たなかった荒士《こうじ》は穂先が長い大身槍《やり》の特性を活《い》かして、時に突き、時に斬り付け、時に薙《な》ぐ。


——数十合、数百合に及ぶ激戦の末。

——遂《つい》に。

——荒士《こうじ》の槍《やり》が、鷲丞《しゅうすけ》の胸を貫いた。


次元装甲を突き破り、エネリアル装甲を貫通し、切っ先が皮膚を、肉を、骨を穿《うが》つ。

鷲丞《しゅうすけ》が、動きを止《と》めた。彼の身体《からだ》が、動くのを止《や》めた。
荒士《こうじ》が反動を付けて、血に染まった槍《やり》を引き抜く。
鷲丞《しゅうすけ》の身体《からだ》が次元狭界《きようかい》の虚無を漂い、流れていく。
いや、この場所には漂流する為《ため》の時間も空間も無い。
遠ざかっていくように見えているのは、虚無に呑《の》み込まれているのだ。
鷲丞《しゅうすけ》が見えなくなる。その身体《からだ》が、荒士《こうじ》の視界から消える。
彼が本当に消滅したのか、それとも邪神が回収したのか、荒士《こうじ》には分からない。
最早《もはや》、どうでも良かった。

——自分は、あの男に勝った。

その事実だけで、荒士《こうじ》には十分だった。

二人の白兵戦能力は完全に互角だった。
身体能力では鷲丞《しゅうすけ》が勝り、技では荒士《こうじ》が上回っていた。
総合すれば、肉体的には互角。
ならば勝敗を分けたのは、精神の強さか。

鷲丞《しゅうすけ》は自分の怒りと憎しみと、邪神に教えられた真実を拠《よ》り所《どころ》にして戦った。

邪神の「正義」の下に戦った。

荒士《こうじ》は自分の怒りと憎しみのみを糧《かて》にして戦った。

自分の価値観を貫いて、邪神の「正義」を拒んだ。

彼は、自分自身の正義の上に戦った。

神鎧《じんがい》は、装着者の精神の力で駆動する。顕在意識だけでなく、潜在意識もエネルギーにする。

むき出しの思念だけでなく、裏に隠れた想念をも、戦闘力に変える。

超越者に与えられた価値観をエネルギー源にした鷲丞《しゅうすけ》と。

心の奥底から湧き上がる価値観をエネルギー源にした荒士《こうじ》。

もしかしたら鷲丞《しゅうすけ》は、心の奥底の最奥《さいおう》に迷いを残していたのかもしれない。

家族を捨てた罪悪感に、縛られていたのかもしれない。

それが鷲丞《しゅうすけ》に敗北を、荒士《こうじ》に勝利をもたらしたのかもしれない。

全ては仮定だ。検証できない仮説だ。

少なくとも荒士《こうじ》にとっては、どうでも良かった。

それよりも、問題は——。

(さて……、どうするか)

神鎧《じんがい》は戦士に、次元狭界《きょうかい》での活動を可能にする。虚無から装着者を守る。

だが従神戦士《じゅうしんせんし》にも背神兵《はいしんへい》にも、独力で次元狭界《きょうかい》を脱出する力は無い。従神戦士《じゅうしんせんし》が次元狭《きょう》界《かい》に出陣する時には必ず、神々の代理人が戦士をバックアップする。ジアース世界に所属する戦士の場合は代行局だ。そのバックアップが帰還を保障する。

しかし荒士《こうじ》は、独力で、鷲丞《しゅうすけ》と二人の力で、偶然に次元狭界《きょうかい》へ迷い込んだ。

帰還の手段は無い。

「帰れない、か……。まあ、それも良い《い》……」

陽湖《ようこ》を死なせ、真鶴《しづる》を死なせ、鷲丞《しゅうすけ》を殺した。

心残りが無いわけではないが、まあまあ、満足できる幕引きだ……。

(本当にそれで良い《い》のか？)

「……誰だ？」

心の中に湧き上がった想念。

自分の心の中に生じたものだが、自分の思考ではなかった。

(我々は君たちが神々と呼ぶ存在だ)

答えはあっさりと、返ってきた。

神を名乗る存在であればもっと、もったいぶった態度を取るものだと思っていた荒士《こうじ》は、その答えに意表を突かれた。

動揺が警戒と疑いを忘れさせた。

「神々が俺なんぞに……直接？」

（卑下することは無い。君は、その価値を示した）

「価値？　背神兵《はいしんへい》を倒したことか？」

（それだけではない。詳しい話は、君の世界に戻ってからにしよう）

神々の声が、彼の疑問に答えなかった直後。

荒士《こうじ》は見慣れた世界の、見慣れない廃墟《はいきょ》に戻された。

◇◆◇◆◇◆◇

時間が無い場所で過ごしたにも拘《かか》わらず、地上では何時間も経過していたようだ。日本では、夜が明けていた。頭上に雲は無く、空は記憶にあるとおり青かった。

土の色も、木々の緑も、昨日までと変わらない。

だが、代行局は廃墟《はいきょ》と化していた。

辛《かろ》うじて代行官の、巨大光量子コンピュータ・オラクルブレインのドームだけが原形を残している。

代行局だけではない。アカデミーも、地上の建物は全て倒壊していた。

「負けた、のか……？」

呟《つぶや》く荒士《こうじ》。その独り言が聞こえたわけでもないはずだ。

『――新島君《あらしま》!?』

しかし、彼の呟《つぶや》きに応えるかのようなタイミングで、荒士《こうじ》の名を呼ぶ声が聞こえた。

念話ではなく、通信機から聞こえてくる声だ。聞き覚えのある声だった。

「光《ひかり》さん!?　そうか、地下シェルターですね？」

『ええ、そうよ。名月《なつき》もアカデミーの子たちも、みんな避難しているわ。新島《あらしま》君も無事だったのね。作戦中行方不明《MIA》だって聞いたから、心配して……。新島《あらしま》君、良かった……！』

通信機のスピーカーからすすり泣きが聞こえる。

「ご心配をお掛けしました」

荒士《こうじ》はその謝罪だけを告げて、光《ひかり》が泣《な》き止《や》むまで待った。

「……ごめんなさい、泣いたりして。黒百合卿《くろゆりきょう》からお話があるそうだから、替わるね」

「黒百合卿《くろゆりきょう》が？　分かりました」

黒百合《くろゆり》は富士《ふじ》代行局の防衛オペレーションを担当するディバイノイドだ。形式上は防衛部の所属だが、代行官《アルコーン》直属として実質上は部長の今能《こんの》翔一《しょういち》よりも上の立場にいる。

『戦士新島《あらしま》』

黒百合《くろゆり》からの呼び掛けは、通信ではなく念話で行われた。

「黒百合卿《くろゆりきょう》。戦士新島《あらしま》、神々のご加護によりここに帰投しました」

荒士《こうじ》は声に出して、型どおりの挨拶を返す。

『まずはご苦労様でした。貴男方《あなた》の奮戦により、我々は邪神群に勝利しました』

黒百合《くろゆり》の言葉に、荒士《こうじ》は意外感に打たれた。

「勝ったのですか……？」

廃墟《はいきょ》となった代行局。瓦礫《がれき》の山となったアカデミー。この有様《ありさま》を見れば、戦争に勝ったとは到底思えない。

『邪神群はこのジアース世界から完全に撤退しました。多くの犠牲を払いましたが、紛れもなく我々の勝利です』

「そうですか……」

その結果だけを聞けば、確かに勝利だ。だが荒士《こうじ》は、喜ぶ気にはなれなかった。黒百合《くろゆり》は「多くの犠牲を払った」と言った。荒士《こうじ》にとっては、分かっている犠牲者は二人だ。だが二人だけでも、勝利を喜ぶには大きすぎる犠牲だった。

『戦士新島《あらしま》。代行官閣下《アルコーン》がお呼びです。案内しますので、御座《ぎょざ》に進んでください』

「御座《ぎょざ》に入ってもよろしいのですか？」

驚きに荒士《こうじ》の声量が増す。「御座《ぎょざ》」とはまた物々しい名称だが、要するに光量子コンピュータ・オラクルブレインのドームの中に来いということだ。

荒士《こうじ》が知る限り、ドーム内に立入が許されているのはディバイノイドのみ。代行局の人間の、局長にも、ドームに入る権限は無い。

荒士《こうじ》の許《もと》に、空からソーサーが舞い降りた。ソーサーは代行局がコントロールする自動兵器の一種だが機動性に優れているので、従神戦士《じゅうしんせんし》の乗り物としても利用されている。

地上すれすれに浮かぶソーサーに、荒士《こうじ》は両足を乗せた。

ソーサーがゆっくりと前進を始める。徐々に大きくなっていくオラクルブレインのドームが、ある地点でそれ以上大きくならなくなった。歪曲参道《ディストーションアプローチ》に入ったのだ。

代行官《アルコーン》＝オラクルブレインは歪曲《わいきょく》空間の壁に守られている。正しい経路で進まない限りドームにはたどり着けない。

歪曲《わいきょく》による距離の延伸は正しい経路でも平均で十万倍。一メートルが百キロメートルに引き延ばされている。経路を外れればさらにその一千倍だ。この歪曲《わいきょく》空間によって、オラクルブレインのハードウェアは邪神の軍勢の攻撃から守られたのだった。

ソーサーは急激に速度を上げ、音速の十倍に達していた。神鎧《じんがい》には慣性中和機能があるので荒士《こうじ》がソーサーから振り落とされることは無い。単体で大気圏内マッハ五の飛行速度を誇る神鎧《じんがい》には空気抵抗をキャンセルする機能も備わっている。だが気分的なものなのか、荒士《こうじ》はソーサーの上に片膝を突いてしゃがみ込んでいた。

客観時間で半時間、主観距離で六千キロメートルを翔破《しょうは》してソーサーは速度を落とし、平らな床に着地した。ドームの前はタイルともプラスチックともつかない物質で舗装されていた。

その床に、荒士《こうじ》が足を降ろす。

(そのまま真《ま》っ直《す》ぐ進んでください)

透《す》かさず黒百合《くろゆり》から念話が届いた。その指示に従い、荒士《こうじ》は真《ま》っ直《す》ぐに歩き出す。

約十メートルを進んだところで、ドームの壁に達した。

(通れます。入ってください)

荒士《こうじ》は言われたとおり、足を止めなかった。

ドームの壁は虚像ではなかった。粘性の高い液体の中をくぐり抜けたような感覚。

荒士《こうじ》は、オラクルブレインの内部──代行官《アルコーン》の体内に呑《の》み込まれた。

(新島荒士《あらしまこうじ》君、良く来てくれた)

足を止めた荒士《こうじ》に、黒百合《くろゆり》のものではない念話が届いた。何千人、何万人、否《いや》、それを上回る数え切れない程の声が一つに合わさって語り掛けてきたような印象があった。

(我々は神々だ)

話し掛けてきたのは代行官《アルコーン》ではなく、神々だった。荒士《こうじ》は片膝を突いて頭《こうべ》を垂れた。

「拝謁の栄誉を賜り、光栄に存じます」

少しも感動している様子が無い形式的な荒士《こうじ》の挨拶に、神々から苦笑の波動が漏れる。

神々は、予想外に人間的だった。

う）

（態々《わざわざ》手間を掛けた。ここならば話が外に漏れる心配は無い。約束通り、君の疑問に答えよう）

自分がここに呼ばれた理由は、どうやら盗聴対策の為《ため》だったらしい。

神々が意外に全能ではないと知って——荒士《こうじ》は別に、驚かなかった。

（知りたいことがあるのだろう？　遠慮無く訊《たず》ねたまえ）

繰り返し質問を促されて、荒士《こうじ》は遠慮を止めた。

「それでは質問させていただきます。神々よ、祭壇《オルター》が私たちから進化のエネルギーを奪い取る為《ため》の施設というのは本当ですか？」

実は、荒士《こうじ》は祭壇《オルター》の正体をそれほど気にしていない。この問いは、取《と》り敢《あ》えず思い付いたものを口にしただけだった。

（真実だ）

「そうですか」

荒士《こうじ》は無関心を隠していない声音で相槌《あいづち》を打った。

再び神々から苦笑の波動が漏れる。

（説明させてくれないか）

「お願いします」

またしても心がこもっていない答えを返す荒士《こうじ》。

さすがに神々も慣れてきたのか、今度は特に反応を示さなかった。

（我々神々も、邪神群も、進化に失敗した種族だ）

「進化に、失敗、ですか……？」

荒士《こうじ》の方も遂《つい》に、無関心ではいられなくなった。

（肉体を捨てて精神体となった我々は、それ以上の進化ができなくなっている）

ここで神々の声の調子が変わった。

（我々は進化の袋小路《ふくろこうじ》に迷い込んでしまったのだ）

それはまるで、神々の中でスポークスマンが交替したかのような変化だった。

荒士《こうじ》は思う。神々はその名のとおり、単一の存在ではなく集合体なのだろうか……。

だが彼が神々から感じるパーソナリティは、一つだけだった。

（我々が次元世界を侵略しその世界の住人を支配するのは、正しい進化の姿を知る為《ため》だ）

「……私たちはその為《ため》の実験動物ということですか？」

（誤っていると分かっている進化の道をたどらないように処置しているという意味では、実験と言えるだろう。だが我々が正しい進化に戻ることは、最早《もはや》できないと分かっている）

「では、何の為《ため》に？」

（我々の目的はただ一つ。正しく進化した地球人の姿を見てみたい。我々が到達できなかった、真に進化した地球人類の姿を）

その答えに、荒士《こうじ》は大きな違和感と疑問を覚えた。

「何故《なぜ》、地球人に限定するのですか？」

その疑問は質問となってそのまま口から零《こぼ》れ出た。

（一つの次元世界の一つの時代に、存在できる知的種族は一つだけなのだ。我々が到達できる次元世界で知的種族を育むことができる星は、因果律の関係で一つしかない。地球だけだ）

「宇宙に存在する知的種族は……地球人だけ？」

（遥《はる》かな過去には別の星で知的種族が文明を築いた。時の彼方《かなた》では地球以外の星で文明が築かれるだろう）

（だが我々がそれを見ることはできない。君たちにもおそらく、不可能だ）

（もっとも、因果が遠く離れれば、同じ地球人でも次元世界によってかなり違う）

（文明の形態だけでなく、肉体的な外見が大きく異なるケースも少なくない）

（その意味では、異星人に会うことは可能だ）

神々の中で会話の主体が次々と切り替わった印象を荒士《こうじ》は持った。

「――神々よ。失礼な質問をしてもよろしいでしょうか」

その印象を、その疑問を、荒士《こうじ》は棚上げにできなかった。

（遠慮は要らない）

楽しげな口調。神々は荒士《こうじ》が問おうとしていることを予期しているようだ。

「あなた方は一体、何人いらっしゃるのですか？」

荒士《こうじ》は敢《あ》えて何柱とは訊《き》かず、何人と訊《たず》ねた。

（我々が精神体となった時、精神化に成功した原初の地球人は約五億人だった。それだけの人数しか、精神化に耐えられなかった）

（その後、九つの次元世界で肉体を捨てた地球人と融合し、現在では約十億人となっている）

（だが後から加わった人格は眠ったまま目覚めない。ただ我々の中に在るだけだ）

（融合が新たな可能性をもたらさないと分かって、我々は受け容れを止めた）

「……では邪神も、地球人の集合体なのですか？」

（邪神は我々の真似《まね》をして精神化を試みた地球人だ）

（だが彼らは我々のような集合体にはならなかった）

（一つの人格が他の魂魄《こんぱく》を全て呑《の》み込み、自分の為《ため》の単なるエネルギーに変換した）

（同族の精神体を全て呑《の》み込んで神の力を得たのが、彼ら邪神群だ）

「邪神は同族喰《く》らいの神ですか……」

荒士《こうじ》の声に嫌悪《けんお》感が滲《にじ》む。

（新島荒士《あらしまこうじ》君。勘違いをしてはならない）

それを神々がたしなめる。

（進化の段階に達した時点で、それまでの生命形態は限界に至っている。邪神に呑《の》まれなくて

も、彼らは滅びていた)

(進化は善悪ではない。生物種に訪れる変化の一つにすぎない)

「……分かりました」

荒士《こうじ》は、納得はできなかったが理解した。

進化は善でも悪でもない。そこに正義は無い。自分がいるのはそういう世界だと認識した。

その認識は、彼にとってしっくりとくるものだった。

(さて、新島荒士《あらしまこうじ》君。ここで君に、一つ提案がある)

「何でしょうか?」

荒士《こうじ》は不思議と、警戒感を覚えなかった。

(肉体を捨て神となることを自発的に、明確に拒絶した君は、我々にとって興味深い存在だ)

(新島荒士《あらしまこうじ》君。我々のエージェントとなって多次元世界《マルチバース》を巡ってみないか?)

「……他の世界に行け、と?」

(追放ではないぞ。次元間を自由に往《ゆ》き来する技術を君に託そう)

(まだ「神」に支配されていない次元世界で、「神」の影響を受けていない進化の道を守って欲しい)

「要するに、ジアース以外の次元世界を邪神群の手から守れとのご命令ですか?」

(その方が分《わ》かり易《やす》いか? ならばその解釈で構わない)

(次元世界には、ジアースとは全く異なる世界もあればわずかな違いしかない世界もある。例えばジアースの地球と同じ時代で、君が既に存在しない代わりに、君が亡《な》くした人がまだ生きている世界も)

荒士《こうじ》は頭を思いきり殴り付けられたようなショックを覚えた。

それは、陽湖《ようこ》がまだ生きている世界もあるということだろうか。

真鶴《しづる》が生きている世界もあるということだろうか。

「──分かりました。エージェントの任務、拝命いたします」

荒士《こうじ》の口は、心が決意を固める前に、神々に答えを返していた。

◇

◆

◇

◆

◇

◆

◇

廃墟《はいきょ》になっているのは、富士《ふじ》代行局だけではなかった。邪神の軍勢の攻撃は地球上全域に及び、無事な施設は最初から無人の南極だけという有様《ありさま》だった。代行局だけではない。一般の都市も多数被害を受けた。これにより、ジアース世界における神々の統治は大きく揺らいだ。今後は従来の政府が勢力を盛り返すと予測されている。

ただ、荒士《こうじ》にとっては良いこともあった。いや、不幸にはならなかったことがあった。

「──真鶴《しづる》、具合はどうだ?」

花束を持って訪れた病室では、真鶴《しづる》がベッドの上で身体《からだ》を起こしてネット動画を見ていた。

「大丈夫。もうほとんど治っているわ」

荒士《こうじ》の問い掛けに、真鶴《しづる》が笑顔で答える。

あの戦いで鷲丞《しゅうすけ》に斬られた真鶴《しづる》は、死んでいなかった。転送機ですぐに回収され、地下シェルターに設けられた病院で緊急手術を受けた。

応急手当は代行局の技術で行われたが、その後に与えられた神々の奇跡によって、肩口から胸に掛けて深く斬られた傷痕もすっかり消えている。

「……ところで荒士《こうじ》。お見舞いに来てくれるのは嬉《うれ》しいんだけど」

「んっ？　何だ？」

立ち並ぶ花瓶の横に花束を置いた荒士《こうじ》が訝《いぶか》しげな顔で真鶴《しづる》へと振り返る。

「病室を花屋さんにするつもり？　幾ら個室だからって限度があるわよ」

「そ、そうか……」

荒士《こうじ》が決まり悪げに頭を掻《か》く。

「じゃあ、次からは果物か御菓子《おかし》にしよう」

「手・ぶ・ら・で・良《い》いから。私は、荒士《こうじ》が顔を見せてくれるだけで嬉《うれ》しいんだからね」

「そ、そうか……」

荒士《こうじ》は同じセリフを、照れ笑いしながら繰り返した。

「ねえ、ちょっとこれを見て」

真鶴《しづる》が動画を映していたタブレットを指差した。

荒士《こうじ》が言われたとおり動画をのぞき込もうと顔を寄せる。

その顔をいきなり両手で捕まえ、真鶴《しづる》は荒士《こうじ》の唇に自分の唇を重ねた。

目を白黒させている荒士《こうじ》から顔を離し、真鶴《しづる》は荒士《こうじ》にニッコリと笑い掛けた。

「すぐには無理だけど、復帰したら私も出張に付き合うからね」

「わ、分かった」

真鶴《しづる》の、何処《どこ》か迫力を感じさせる笑みに、荒士《こうじ》は引《ひ》き攣《つ》った笑顔で頷《うなず》いた。


お見舞いを終えた荒士《こうじ》は、陽湖《ようこ》の墓を訪れた。独りではなく、名月《なつき》と一緒だ。

二人で陽湖《ようこ》の墓に手を合わせる。

名月《なつき》にとっては実の妹。荒士《こうじ》にとっては、幼馴染《おさななじ》みの少女。

荒士《こうじ》と陽湖《ようこ》は幼くして知り合った。

だが共に過ごした時間は少ない。会わなかった時間の方が長いからだ。

もし二人が本物の幼馴染《おさななじ》みのように同じ時間を共有して思春期を迎えていたら、お互いが懐《いだ》く気持ちは恋愛感情に発展しただろうか。それとも、異性として意識できない家族のような関係に落ち着いていただろうか。

事実は、そうはならなかった。荒士《こうじ》にとって陽湖《ようこ》は、会う度に懐《なつ》かしく、すぐに気が置けない関係に戻れる、幼い頃から親しくしている美しい少女だった。

魅力的に育った彼女に男の本能として、憧憬に似た感情は覚えた。だがお互いに遠慮が無さ過ぎて、それが恋情に育つことは無かった。微妙な距離感の所為《せい》で、その関係を壊してしまうことに、二人とも臆病になっていたのかもしれない。

今となってはもう、分からないことだ。陽湖《ようこ》はもういない。彼女との関係は、彼女に向ける想《おも》いは、もう変わらない。

「荒士《こうじ》……陽湖《ようこ》に会いに行くのね？」

手を合わせたまま、名月《なつき》が荒士《こうじ》に訊《たず》ねた。

「違います。たとえ同じ顔、同じ姿をしている女がいたとしても、それは陽湖《ようこ》ではありません」

――そうだ。陽湖《ようこ》は、もういない。

荒士《こうじ》は閉じていた目を開けて合掌を解き、名月《なつき》に顔を向けて彼女の問い掛けを否定した。

「本当に、分かってる……？」

名月《なつき》が荒士《こうじ》を見詰める。

荒士《こうじ》は目を逸《そ》らさない。

「だったら良《い》いわ……」

先に目を逸《そ》らしたのは名月《なつき》だった。

「どんな世界で、誰がいても、貴男《あなた》が帰ってくるのはこの世界よ」

「当然です。言われなくてもそのつもりですよ」

荒士《こうじ》は嘘《うそ》臭く感じるほど躊躇《ためら》い無く、名月《なつき》の言葉に頷《うなず》いた。

そうして新島荒士《あらしまこうじ》は、多次元世界《マルチバース》の旅人になった。

【16】 エピローグ——異次元世界

Worlds governed by Gods.

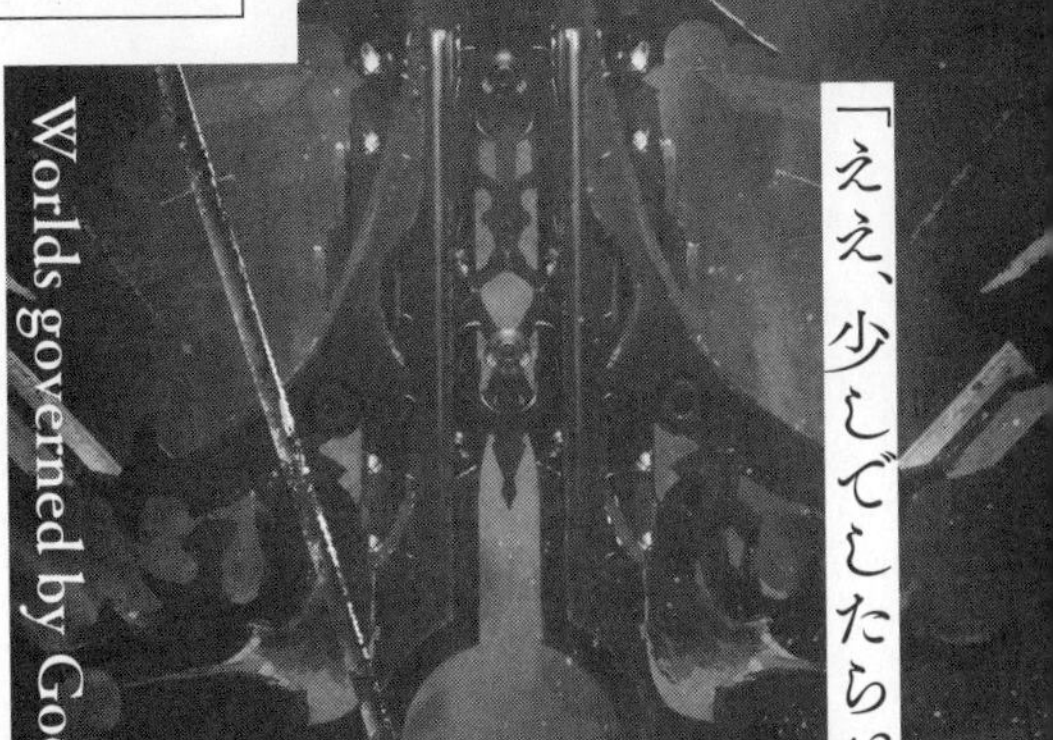

「ええ、少しでしたらお付き合いしますよ」

荒士《こうじ》が別次元の地球に派遣されたのは、ジアースの暦で神暦《しんれき》二十一年十二月のことだった。

　この一年間、荒士《こうじ》は正規の従神戦士《じゅうしんせんし》『黒』として邪神の加護を失った背神兵《はいしんへい》の残党を刈り尽くした。邪神の軍勢に蹂躙《じゅうりん》された地球も、ようやく復興の目処《めど》が立ったところだった。

　彼は真鶴《しづる》や名月《なつき》、イーダや幸織《さおり》などのアカデミー時代の仲間たちにも見送られて、異次元世界へ旅立った。

　神々の、エージェントとして。


　彼が最初に派遣された先は『テラ世界』。神々にも邪神群にも発見されて短くない時間が経過しているが、まだどちらにも支配されていない次元世界だ。

　荒士《こうじ》はテラ世界の横浜を、独りで散歩していた。

　着ている物は神鎧《じんがい》でも代行局の制服でもない。二十歳の、日本人青年らしいファッションだ。

　このテラ世界の文化は、ジアース世界とそっくりだった。文明も、神々の技術を除けば完全に一致する。荒士《こうじ》の故郷の世界も、神々の侵略を受けなかったならば、きっとこんな姿だったのだろう。テラ世界の地球は、表から見る限りでは荒士《こうじ》にそう思わせた。

　しかし社会の裏側には、邪神の魔の手が伸びている。

　それを排除する為《ため》に、荒士《こうじ》はこの世界に送り込まれているのだった。

　だが今の彼は、一休み中だ。平和で賑《にぎ》やかな街を、目的もなくブラブラと彷徨《さまよ》う。荒士《こうじ》が知らない、平和な都会の景色を噛《か》み締《し》めながら。

テラ世界は現在、西暦二〇二〇年十二月。ジアース世界に比べて、時間がちょうど一年遅れている。ジアースとテラの、わずかな違いの一つだ。

街にはクリスマスの音楽が流れている。まだ十二月の上旬だが、ここではそんなシーズンなのだろう。

もし陽湖《ようこ》が生きていたら、そして彼女がアカデミーに選ばれなかったならば。彼女はおそらく大学生として、同年代の友人たちに囲まれて、この平和で賑《にぎ》やかな街を楽しげに歩いていたに違いない。――ちょうど、あんな風に。

荒士《こうじ》は動揺を面《おもて》に出さなかった。驚きをねじ伏せ、懐《なつ》かしさを心の奥に仕舞い込んだ。

若い女性の五人組。その中心にいるのは、陽湖《ようこ》だった。

荒士《こうじ》はそのグループと、近すぎず遠すぎない距離ですれ違った。

声を掛けようとは思わなかった。会話をする気は、最初から無かった。

どんなに良く似ていても。

同じ顔を持ち、同じ姿で、同じ声をしていても。

あの女性は陽湖《ようこ》ではない。彼女は、別人だ――。

自分に言い聞かせるまでもなく、荒士《こうじ》はそれを分かっていた。

彼女たちのグループとすれ違い、通り過ぎる。

「あの、すみませんっ」

しかしそこで、荒士《こうじ》は呼び止められた。

彼女の方から、話し掛けられた。

無視した方が良《い》いだろうか、と荒士《こうじ》は迷った。

迷いを懐《いだ》いた時点で、どうするか答えは決まっていた。

「俺ですか？」

さり気なく疑問を覚えている表情を作って荒士《こうじ》は振り返る。

「まさか……」

彼女は目を丸くして荒士《こうじ》の顔を凝視した。

「……荒士《あらし》君？　新島荒士《にいじまあらし》君、なの……？」

「新島《にいじま》、荒士《あらし》？　いえ、人違いですね。俺は新島《あらしま》と言います」

「そ、そうですか。そうですよね。荒士《あらし》君はもう……」

陽湖《ようこ》の顔を持つ女性が、その顔を曇らせる。

彼女が美女だという事実に関係無く、荒士《こうじ》は放っておけない気になった。

「あの……？」

「あっ、すみません」

女子大学生らしいその女性は、訝《いぶか》しげな目を向けている友人たちに囲まれて愛想《あいそ》笑《わら》いを浮かべた。その目に滲《にじ》む涙を素早く指で拭い取った。

「ごめん、先に行っててくれる？」

そして軽い調子で、友人たちに手を合わせた。

「うん……分かった」

何かある、と感じたのだろう。友人たちは彼女のお願いに頷《うなず》いた。

「陽子《ようこ》、待ってるからね」

そして、その言葉を残して歩み去った。彼女のことを「ヨウコ」と呼んで。

「すみません、変なことを言っちゃって」

ヨウコと呼ばれた女性は、再度荒士《こうじ》に頭を下げた。

「私は、平野《ひらの》陽子《ようこ》って言います。少し、お話しできませんか……？」

「話、ですか？」

「あっ、あの別に、逆ナンというわけではないんですよ！　ただその、えっと」

「新島荒士《あらしまこうじ》です」

「あっ、これはどうもご丁寧に。その、新島《あらしま》さんがですね、私の幼馴染《おさななじ》みにそっくりと言いますか……」

陽子は、言いにくそうに言葉を濁した。いや、「言いにくそう」ではなく「言い辛《づら》そう」か。

荒士《こうじ》は彼女が続きを口にするのを待った。

「そんなはずは……無いんですけどね。だって、荒士君《あらしくん》は死んじゃったんですから」

やはりそうか、と荒士《こうじ》は思った。神々は彼をエージェントにスカウトした際、「陽湖《ようこ》が生きていて荒士《こうじ》が死んでいる世界もある」という内容を匂わせる言葉を荒士《こうじ》に伝えた。どうやら最初の派遣先に選ばれたこのテラ世界が、その異次元世界だったようだ。

「……さっきのお話ですけど、今日は特に予定はありません」

「じゃあ!?」

「ええ、少しでしたらお付き合いしますよ」

「ありがとうございます！」

荒士《こうじ》は陽子《ようこ》に誘われるまま、近くの喫茶店に入った。

陽子《ようこ》は嬉《うれ》しそうに笑っていた。

荒士《こうじ》の唇にも、作り笑いではない笑みが浮かんでいた。

あとがき

上巻に引き続き、本作を御手に取っていただきまして、まことにありがとうございます。……念《ねん》の為《ため》にうかがいますが、上巻からお読みいただだいていますよね？　この本は上下巻の下巻です。是非上巻をご一読なさった上で、この下巻をお楽しみください。

私事ですが、実は数年前に半年ほど入院していました。病室には辛《かろ》うじてサブのノートパソコンを持ち込むことができましたが、魔法科の執筆に使っている資料はその中に入っていませんでした。

取《と》り敢《あ》えず入院前にある程度の原稿はできていたので、長期間のブランクは作らずに済んだのですが、手許《てもと》にデータが無い状態では魔法科の続きは書けません。とはいえ何もせずにただ寝ていることには耐えられず、「さて、何をしようか」と考えて組み立てたのが本作の原案です。悲劇展開が多いのは、入院中という環境が反映したのかもしれません。

本作に出てくる「神々」のイメージは、今やスペースオペラの古典の一つとなっているドイツのSF『宇宙英雄ペリー・ローダン』シリーズに登場する『不死者』です。一方、「邪神群」のイメージは彼《か》の大作家、アーサー・C・クラークの『幼年期の終り』に登場する『オーバーマインド』からアイデアを頂戴しております。ただし、『オーバーマインド』は決して邪悪な存在ではありません。念《ねん》の為《ため》。

進化が非肉体化、精神化に向かうというのは、昔から好きなコンセプトです。現代の創作に多用されている（？）精神を仮想空間に移し替えて肉体的な寿命の限界を超えるとか、死後も仮想世界で精神だけの存在になって生きるとか、滅亡した世界の代わりに仮想世界で生き延びるとかの『仮想世界転生』も精神化の一形態だと、個人的には思っています。ああ、ホログラフィック宇宙論も精神化の一つのパターンとして創作に使えそうですね。ホログラフィック宇宙論はある意味で「肉体を持つ知的生命体の精神化」の逆パターンですけど。

ただ精神だけの存在となった知性は、それ以上進化するのでしょうか。それとも進化はレベルアップではなく単なる適応であり、進化よりも成長こそが尊ばれるべきなのでしょうか。

この作品の中で「神々」は進化に至上の価値を置き、進化を渇望《かつぼう》した挙げ句に絶望しているようなところがありますが、進化＝善というテーゼが正しいとは限りません。これは別の作品で掘り下げてみたいテーマですね。

本作はこれで完結ですが、主人公たちの物語はまだ始まったばかりとも言えます。この続きの物語が綴《つづ》られるかどうかは、皆様のご要望次第です。

……とまあ、下心満載の煽《あお》り文句を入れたところで、あとがきを締めたいと思います。

浪人《ろうにん》先生、下巻でも美麗なカバーイラストをありがとうございました。また下巻でも素敵な巻頭・本文イラストを添えてくださった谷裕司《たにゆうじ》先生にも等しく御礼申し上げます。SFなのかファンタジーなのか摑《つか》みどころが無い作品だったと思いますが、お二方のイラストの御蔭《おかげ》で形がしっかり定まった気がします。

ストレートエッジ及びKADOKAWAの関係者の皆様方、下巻でもお世話になりました。まことにありがとうございました。

そして何より、本作を御手に取ってくださった読者の皆様に多大なる感謝を。

ご縁がありましたら、またお目に掛かりましょう。

（佐島《さとう》　勤《つとむ》）

●佐島　勤著作リスト

「魔法科高校の劣等生①〜㉜」（電撃文庫）
「魔法科高校の劣等生SS」（同）
「魔法科高校の劣等生　Appendix①〜②」（同）
「続・魔法科高校の劣等生　メイジアン・カンパニー①〜⑧」（同）
「新・魔法科高校の劣等生　キグナスの乙女たち①〜⑥」（同）
「魔法科高校の劣等生　司波達也暗殺計画①〜③」（同）
「魔法科高校の劣等生　夜《ヨル》の帳に闇《ヤミ》は閃く」（同）
「ドウルマスターズ1〜5」（同）
「魔人執行官《デモーニック・マーシャル》　インスタント・ウィッチ」（同）
「魔人執行官《デモーニック・マーシャル》2　リベル・エンジェル」（同）
「魔人執行官《デモーニック・マーシャル》3　スピリチュアル・エッセンス」（同）
「神々が支配する世界で〈上〉」（同）
「神々が支配する世界で〈下〉」（同）

本書に対するご意見、ご感想をお寄せください。

ファンレターあて先
〒102-8177　東京都千代田区富士見2-13-3
電撃文庫編集部
「佐島 勤先生」係
「浪人先生」係
「谷 裕司先生」係

本書は書き下ろしです。

電撃文庫

神々《かみがみ》が支配《しはい》する世界《せかい》で〈下〉

佐島《さとう》 勤《つとむ》

2024年7月10日　初版発行

発行者　山下直久
発行　株式会社KADOKAWA
〒102-8177　東京都千代田区富士見2-13-3
0570-002-301（ナビダイヤル）
装丁者　荻窪裕司（META＋MANIERA）
印刷　株式会社暁印刷
製本　株式会社暁印刷

●お問い合わせ
https://www.kadokawa.co.jp/（「お問い合わせ」へお進みください）
※内容によっては、お答えできない場合があります。
※サポートは日本国内のみとさせていただきます。
※ Japanese text only

※定価はカバーに表示してあります。

ISBN978-4-04-915545-7　C0193　Printed in Japan

電撃文庫　https://dengekibunko.jp/

電撃文庫DIGEST　7月の新刊　発売日2024年7月10日

恋は双子で割り切れない6
著／髙村資本　イラスト／あるみっく

晴れて恋人同士となった二人。そして選ばれなかった一人。いつまでもぎくしゃくとしたままではいかないけれど、立ち直るにはちょっと時間がかかりそう。そんな関係に戸惑いつつ、夏休みが終わり文化祭が始まった。

レプリカだって、恋をする。4
著／榛名丼　イラスト／raemz

「ナオが決めて、いいんだよ。ナオとして生きていくか。それとも……私の中に戻ってくるか」決断の時は、もうまもなく。レプリカと、オリジナル。2人がひとつの答えに辿り着く、第4巻。

彼女を奪ったイケメン美少女がなぜか俺まで狙ってくる2
著／福田週人　イラスト／さなだケイスイ

「お試しで付き合う一か月で好きにさせる」勝負の期日はもうすぐそこ。軽薄な静乃だけど、なんで時々そんな真剣な顔するんだよ。それに元カノ・江奈ちゃんも最近距離が近いような？お前らいったい何考えてるんだ！

少女星間漂流記2
著／東崎惟子　イラスト／ソノフワン

可愛いうさぎやねこ、あざらしと戯れられる星、自分の望む見た目になれる星に、ほっかほかの温泉が湧く星……あれ、なんだか快適そう？　でもそう上手くはいかないのが銀河の厳しいところです。

吸血令嬢は魔刀《おれ》を手に取る2
著／小林湖底　イラスト／azuタロウ

ナイトログの一大勢力「神殿」の急襲を受け仲間を攫われた逸夜たち。救出のため、六花戦争の参加者だった苦条ナナの導きで夜ノ郷に乗り込むことに!?

教え子とキスをする。バレたら終わる。3
著／扇風気 周　イラスト／こむぴ

元カノが引き起こした銀を巡る騒動も収まり、卒業まではこの関係を秘密にすることを改めて誓いあった銀と灯佳。その矢先、教師と生徒が付き合っているという噂が学校中で囁かれ始めて――。

あんたで日常《せかい》を彩りたい2
著／駿馬 京　イラスト／みれあ

穂含祭での演目を成功させた夜風と棗。しかし、その関係性は以前と変わらずであった。そんな中、プロデューサーの小町は学年末に開催される初花祭に向けた準備を進めようとするが、棗に「やりたいこと」が無く――？

新作
神々が支配する世界で〈上〉
著／佐島 勤　イラスト／浪人
本文イラスト／谷 裕司

ある日、世界は神々によって支配された。彼らは人間に加護を与える代わりに、神々の力を宿した鎧『神鎧』を纏い、邪神と戦うことを求める。これは、神々が支配する世界の若者たちの物語である。

新作
神々が支配する世界で〈下〉
著／佐島 勤　イラスト／浪人
本文イラスト／谷 裕司

神々の加護を受けた世界を守る者。邪神の力を借りて神々の支配に抗う者。心を力とする鎧を身に纏い、心を刃とする武器を手にして、二人の若者は譲れない戦いに臨む。

新作
こちら、終末停滞委員会。
著／逢縁奇演　イラスト／荻pote

正体不明オブジェクト"終末"によって、世界は密かに滅んでる最中らしい。けど、中指立てて抗う、とびきり愉快な少年少女がいたんだ。アングラな経歴の俺だけど、ここなら楽しい学園生活が始まるんじゃないか？

新作
異世界で魔族に襲われても保険金が下りるんですか!?
著／グッドウッド　イラスト／kodamazon

元保険営業の社畜が神様から「魂の減価償却をしろ」と言われ異世界転移。えっ、でもこの世界の人、魔族に襲われても遺族にはなんの保障もないの!?　じゃあアクション好きJKといっしょに保険会社をはじめます！

ソードアートオンライン
SWORD ART ONLINE
川原 礫
イラスト/abec
「これは、ゲームであっても遊びではない」
《黒の剣士》キリトの活躍を描く
究極のヒロイック・サーガ!
電撃文庫

アクセル
ワールド
川原 礫
イラスト／HIMA
accel World
もっと早く……
《加速》したくはないか、少年。
第15回電撃小説大賞《大賞》受賞作!
最強のカタルシスで贈る
近未来青春エンタテイメント!
電撃文庫

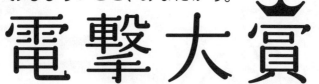